— Deaf —

Angel

聋天使

周晓枫

著

北京出版集团公司
北京十月文艺出版社

目录

聋天使

/一/ 蚕蛾

1

由于附着蚕种，柔软的纸比原来挺括。对准台灯，我隐隐看到纸张内部的絮状纤维，蚕卵比芝麻粒儿还小，薄得能透出光线。轻触上面凸起的颗粒，仿佛神秘盲文……这是一种我不能理解的书写和孕育。我期待着十天之后幼蚕的出生。夜空密布群星，排列得像蚕纸……含着笑意，我陷入睡梦前的恍惚。

内部开始孵化了。蚕种由最初通透的奶黄色籽粒，渐变出里面五号字体般大小的黑逗号。刚孵出来的蚕极小，不能以手碰触。我用羊毫毛笔把它们粘起来，仔细地刷到桑芽上。把原来装庆大霉素注射液的药盒穿好气孔，去掉铺在里面的瓦楞纸衬底，合上盖子，就成了清洁安静的饲养盒。蚁蚕们乔迁其中，拱动着，寻找锯齿形的叶缘。

之所以被称作蚁蚕，是因为小小的褐色个头儿与蚂蚁相仿。只不过，后者紧掐的束腰和皮革质感的体表使它成为行动灵活的铠甲战士；幼蚕尽管生有细幼刚毛，却单弱得易于被摧毁。蚁和蚕，两者现在看起来体貌酷似。我想起生命常识课本上的插图。胚胎形成初期，不仅是和近亲的灵长类，从猪羊到冷血的鱼，人类胚胎和其他动物胚胎长得全都一模一样：蜷缩身体，形状近于耳郭，黑色眼影如外星生物般，大得夸张，那是永远停滞在吃惊里的表情。胚胎期既然如此接近，那到底经历怎样的转折时刻，一方开始沦为另一方的陪衬，乃至牺牲品呢？倘若蚁蚕与蚂蚁相遇，注定悲剧，蚂蚁会毫不犹豫地吃掉自己的赝品。我想，生物之间，存在着一种危险的仿生学，如同首领常常会吃掉他的人民——生命之初，他们已深知彼此，自身的弱点就是对方的破绽，自身的潜能也预示着对方未来的强悍。

只有几十天的生命旅途，我必须学会保护蚕宝宝远离比蚂蚁更大的危险，才能使它们抵达使命。

2

蚕的食谱如此单一，只吃桑叶。找到桑树的难易，就意味着养蚕的难易。

法院宿舍那边有两棵桑树，但离我家远。每次采摘，我尽量多储备一些。把叶子放入扎紧口子的塑料袋里，保存在冰箱，能多放几天。没办法，成长期的蚕食量惊人，仿佛永远在饥饿状态。铺进去一层桑叶，就被迅速咬出锯齿形边沿……仰俯之间，蚕连续错动口器，头部越来越深地嵌入弦月般空缺的黑洞里。不断进食，不断排泄，纸盒里撒满黑颗粒状的蚕沙——蚕的样子，已精简为一截短短的消化系统。

假如储备的叶子不够，来不及接应，我还曾偷窃。范家院子里的桑树，每年都因甜美多汁的桑葚招致贪嘴的孩子们偷食。范爷爷或许并不吝啬，只是不愿鳏居后的宁静被打扰，于是小院的防护设施由竹制矮篱笆改成了宽网铁丝。这个数月前做完白内障手术的老头儿，常常坐在黄昏荒寂的园子里，坐在皮表浅裂的那棵桑树下。一个老者就将如此，慢慢地，被消化在他的桑榆暮景里。范爷爷不欢迎任何来访者，尤其是孩子，他那孤僻者的威严构成无形中的压力，使我觊觎桑树却不得不多加小心。好在，范爷爷的邻居家新来了进京就医的亲戚，男孩名叫小盐，只有八九岁，他愿意充当我的同谋，可以趁人不备的时候折断几根细枝；小盐之所以成为范爷爷唯一能够容忍的孩子，大概是因为他从不喧闹，安静得像个永远不被读出声的句号。

蚕在进食中分外专注，我曾击掌、佯装怒吼、手指突然在它们面前晃过等，但什么也不能让咀嚼过程停顿，它们不受任何惊吓，慢条斯理地，继续吃桑叶。它们似乎从枯燥的食物来源中已获得完全的满足，不再好奇任何其他口味。按照顺序，从头顶上方吃到下颏底部，它们不停地如此；这个动作，像重复中的膜拜。对某种食物怀有近乎偏执的忠诚，蚕让我想起吃竹子的熊猫，或者远在南澳大陆只钟情桉树叶子的考拉，它们都是些行动迟缓的动物。或者说，忠诚就是一种无比缓慢的品质吧，难以转移和变化。

当然，我指的食物忠诚并非绝对意义的。实在找不到桑树，能用莴笋叶短暂替代，可惜蚕丝就不能保证匀整的银白色了。因饲叶品种不同而调节体内的化学变化，吃莴笋叶的蚕，吐浅黄色的丝。变幻出的颜色，令我既惊喜又感觉怪异，说不清楚好恶。我奇怪地联想起那天遇到的患者：一个因急性黄疸而躺在急诊室病床上的少年，通体散发着不可思议的金黄光芒。当医护人员们围拢过来，少年突然坐起来，在环衬的白衣中他的肤色显得那么奇特，大百合中橘金色的蕊柱……仿佛弥散着一种神秘或至危险的花药，他从两个医生臂膀之间的空隙，忽然，向我微笑。他的微笑，我不知道是接近邪恶之美，还是更接近有罪的奇迹，我也无法了解自己是被这微笑祝福还是诅咒。规律与规则之外的部分，总令人茫然。

成为能够吐丝的熟蚕之前，还要经过数度蜕皮。微微抬升的身体前端与蚕座之间形成一个不大的仰角，它们雕像般凝立，不动不食。入眠看起来是成长中的停顿，其实也是划分蚕龄的分界线。从薄透、褶皱、很快会被风干的旧皮中脱身出来，蚕一次次发生着变化。从蚁蚕到五龄蚕，体重增加万倍，而蚕体面积也扩大出五百倍，这些怪诞的蚕，终日匍匐在容量更大的药盒里，为了把桑叶转化成体内积聚的能量。

我搓捻旧蜕，像碎葱皮，没有什么味道。然后我小心捏拢拇指与食指，拿起一条蚕，它在指肚的压力下晃动起头部。我示意小盐的手从蚕背上滑过，感受它表皮腻滑的绸子质感。小盐碰触了两下就失去了兴趣，可能不喜欢它肉滚滚的样子。当我试着把蚕放到小盐的鼻梁上，他吓了一跳，慌忙闪开，皱起眉头地表示反对。我就不怕，再壮硕的蚕也无力抗争，任由我观察它体侧的黑点、尾棘和两排令人肉麻的连绵腹足。活不了多少天的蚕虫，却有着老者那样憔悴的额头；两只很小很小的眼睛之间，突出的肉红的额，烘托着上方一片石灰白的体色——我觉得它模仿了京剧丑角或者是鸭子的脸。

3

食欲减退，到五龄末期，蚕停止进食，胸腹趋向透明，形同一只裹紧的纺锤，它将逐渐抽空体内的丝线。当蚕吐露第一条丝涎，倒计时开始了……细到纤维的卷尺标算着它的命，它开始每寸每寸地计数。

昆虫精湛的数学天赋令人惊叹。比如蜜蜂，蜂房是严格的六角柱状体，一端是平整的六角形开口，另一端是封闭的六角形棱锥形的底，由三个相同菱形组成；组成底盘的菱形，所有钝角都为109度28分，所有锐角为70度32分——研究表明，这种结构可用最少的材料建造最大空间的建筑。其实何须科研数据，看到闪烁周易玄机与几何美学的蜘蛛网，看到尺寸规整、如出一辙的洁白蚕茧，谁能不被迷惑并折服其中呢？

织茧时，蚕耐心地摇摆着头：最开始，能从发光的茧囊里看到它的动作，由于茧腔逐步缩小，蚕体尽力向背部大幅度弯曲，呈现出受难般的“C”形；渐渐，视线越来越难以穿透茧壳，只剩嘴部隐约的黑点在其中移动；渐渐，它彻底隐没在织就的屏障之后，去经历秘而不宣的变形。

椭圆形的茧，轻盈柔嫩，在我托捧的掌心中安静而神秘。摇动茧子，听见轻响，我仿佛晃动着最小最小的沙槌。克制不住好奇心，我用镊子辅助剪刀，小心翼翼，屏息静气，外科手术般割破一个茧囊。其中的沉睡者如此陌生，体长缩至精短，呈茶褐色，镀满幽微的金属之光。甚至没有头脸和尾足……蛹，紧裹着自己，像尊小小的木乃伊。

为了加深了解化蛹的过程，我找来一张软薄的稿纸，蒙在碗口，用橡皮筋绷紧固定。我把一条即将吐丝的熟蚕放在这个平整的鼓面。蚕爬行着，力图寻找到一个向上的支点、一个可以绳结的角落来织茧，但屡次往返，都徒劳无功：没有高度，只有碗沿之外空落的悬崖。一张空白稿纸，足以构成一个无法走出也无法遁形的格子世界。喷薄的期限已到，它不得不把隐秘转折暴露在光线之下，暴露在平展的舞台……它必须接受我强加的屈辱和叛卖。不止一只蚕被我安排到这样的命运里，否则，我得不到那张碗口般圆整且有厚度的丝帛。一只蚕吐尽它的丝，另一只蚕接续到它的位置，稿纸不断承载着它们忘我的书写。等积累到一定厚度，我把丝片从稿纸上剥离下来：满月形的，大小如同一张茯苓饼，柔润，轻软，蚕丝铺展非常均匀……这些不用测量工具的天才。完成使命的蚕再度深睡，并在其中经历转折：从圆柱状的肉身，到枣核形的蛹；从腻白变得金黄；那笋壳般的环状体节中，酝酿着鳞粉覆盖的翅膀。原本内幕中的嬗变，现在成了摊平的秘密，我可以毫无阻拦地看着它们在我眼皮底下演化。奇怪的是，多年后，我忘记了从蚕到蛹中被裸露出来的点滴变化；我记住的，与生物教材里泛泛的图示无异，疲惫的熟蚕和体壁坚韧的褐金色的蛹，而茧囊里的一切都被简化掉了。我即使确信自己曾不离左右，凝视它们缓慢到不动声色的缩骨术——但那些时刻，全被擦涂。我好像从未溜进后台偷窥过，好像帷幕揭开，演员已化妆完毕，彻底容身于另一个角色。是否成蛹的过程是平淡的，并无预想的神秘，所以才被我轻易遗忘？是否蜕变里藏着丑陋的细节，出于审美上的习惯捍卫，我才滗除渣滓，错觉金光闪闪的蛹似乎只需垂下眼睫的瞬间业已诞生？是的，什么印象都没有了，尽管碗口上吐丝的蚕一定集体出卖过真相。我兴致盎然的观察实验到最后毫无斩获，为什么，个人记忆总是流于虚妄，我们总是要服从于公共知识以及它的巩固教育中所附带的惰性呢？

蚕，最小的织工。在辽阔世界那拖曳着的襟袍边沿，它匍匐着，谦顺地劳作。当储存的丝纺被掏空，蚕也气若吐出的游丝，看起来体能衰竭、疲惫不堪，褶皱的前额更显出它挣扎到最后的老态……命数低贱，蚕似乎不具情感起伏的资格，但我发现了此时它那献祭者的神情。终生熬炼，蚕终于酿就超越自身的唯美的丝帛。想起童话中存在一种匪夷所思的薄透织物，折叠起来能穿过针孔。寻宝人踏山渡水，终于目睹魔法：蜘蛛编制了这件想象之物，体积如此之小，裙裾铺开却华丽得足以盛装一个新娘。神奇之物，常常出自平凡之手吧？像蚕织出丝锦，像唱诗班的孩子传诵天籁。

4

蚕的幼虫时期没有性别之分，它们终日咀嚼，不做他想，所以我会错觉那只是一小截一小截蠕动的消化器官。然而，吐丝之前蚕就停止进桑，然后由寂然的蛹变成口器已丧失功能的蛾子——漫长期间，它始终绝食。有些变态昆虫以蛹越冬，但蚕不是，它很快就将临近终点。蚕的前半生没有战争和性，一旦成为蛾子，唯一目的就是交配。似乎，它们一生饕餮，积聚体能只为尾声里一场性爱狂欢。

蚕蛾胸腹披覆密实的鳞毛，米旧色，像用久的剪绒毛巾，脉纹明显的翅膀也像把旧扇子。比之幼虫，蛾子眼睛显得大而空洞，仿佛来自灵界一样，虚幻莫测……或许这是纵欲者的标记。蛾子交配时，性器持久镶嵌，一只像另一只的倒影，两者腹部都极其微弱地抽搐和起伏着。当我恶作剧地尝试强行分开交欢的蛾子，它们的末端渗出少量浅黄黏液。两只受到打扰、做爱还没餍足的蛾子，会重新寻找机会，继续对接它们的尾部。

我记得那道从茧子中撕扯开来的微光，厚重扑粉像日本艺妓般的蚕蛾出场了。它曾一经一纬地编织，然后在狭小的个人修道院里，开始自闭中的修持。究竟是什么力量，使它撕破禁锢自身的经纬，从沉睡前的绝对禁欲走向背叛后的绝对纵性？蚕蛾们当众交配，尾部紧紧媾合在一起，旋转方向时也焊接着，须臾不离。它们为何展示这不顾廉耻的情欲，而不成为像幼年所为，成为昆虫版的僧徒？或许，神话已经暗示答案。在这些以神明为主角的故事里，我们发现，性能旺盛的诸神所追逐的总是美色，很少垂青凡庸，更何况丑陋与渺小之物。情欲，是神赋予被弃离的卑微众生唯一的、能依靠彼此酿造欢快的能力——它是临死之前最好的宽慰。

一只交配后的虚弱雄蛾，停靠在我的掌心，翅上的鳞粉像老墙皮上的石灰有所脱落。看它气息奄奄，我也有所黯然。

蚕蛾是少有几种我能碰触的蛾子之一。我怕蛾子的巫气，很少沾染。相比蝴蝶，蛾子的翅膀普遍色调阴郁，即使相对浅亮一些的，图案也令人产生隐隐的威慑之感。《沉默的羔羊》的著名电影海报中，鬼脸天蛾遮挡住女主角无辜的嘴唇……鬼脸天蛾最显著的图案特征是背部的恐怖骷髅。地球上翅膀面积最大的是地图蛾，它的茧也超大，据说墨西哥人拿来做鞋子。我想象地图蛾那令人震撼的双翅上重叠的波纹和眼斑，仿佛诡异暗示着某个藏宝洞穴或邀约死亡的深渊。即便再普通不过的灯蛾我也怕。它们围绕路灯旋飞，光源映照下，状若雪花。而电线杆的基座下，跌落着大量衰微的灯蛾，毛茸茸的头部像早春的柳芽苞，而溅了斑点的翅膀脱落着鳞粉。灯蛾气衰地扑腾已经不中用的翅膀，挣扎，在泥苔上，在狗和不拘小节的人留下的尿迹上。我不喜欢它们仿佛来自冥界的眼睛和小丑那涂得惨白的脸。

死去的蚕蛾被我随手扔掉，与灰尘垃圾为伍。如果小盐在，他会把死蛾子收集起来，收进折叠的纸包，然后再扔掉。他怜惜着这些自己喂养过的小生命。和范爷爷一样，我对小盐抱有超出常人的宽容，我不嘲笑他。即使嘲笑，他也听不见。

/二/ 耳蜗

1

夜晚如同巨大的扑火的黑蛾子，向光耀的白昼靠近。它的翅缘擦碰夕阳，引燃晚霞。在我看来，黄昏是一天中最动人的时刻。诗人说："夜风中感光的物质，漂在水上、空中……"我总预感什么神秘之物会在黄昏之后到来，但日复一日，黄昏不过意味着普通的晚炊，召唤着归来者；我还是作为被生活软禁的囚徒，回到既定的那张餐桌。

爸爸杀了鸡，炖成诱人的酱红色。我不动筷子，因为公鸡临死之前在家里养了几天，我不习惯眼睁睁地看着一个活物变成死肉被享用。公鸡死前遭受过羞辱，孩子们追逐它，拔下最漂亮的尾羽——做成的毽子闪动墨绿色幽光，在游戏中翻飞。这是一只骄傲的公鸡，健硕，威风凛凛，但我不喜欢这种虚张声势的禽类，它的眼睛小而凌厉，像精密的微型表盘，特别势利，给我一种分秒算计之感。何况，它最后的时光也带给我困扰，我担心防范不当，公鸡会靠近蚕室并吃掉它们。对公鸡来说，那只是一条拱动中的肉虫，没有任何额外价值——蚕在审美上任何的抒情意味都消失了，消失在它肥沃的蛋白质里。这是公鸡的利喙所抱持的观念，这是另外一种等级意义的公平。

晚餐令我难以下咽，因为那盘油汪汪的蛹。作为医务人员的妈妈为小盐求医带来便利，小盐父母登门拜谢，并留下来和我们一起吃晚饭。他们带来新米、野木耳、油豆角，还有据说是土特产的蚕蛹。这种蛹比家蚕的蛹大出许多倍，黑乎乎的，我难以想象它原来是拥有怎样体积的巨虫。下油锅烹制，静死般的蚕蛹突然分不出头尾地集体摇动，笋壳样的韧皮里露出腹节之间的嫩黄色。我恶心得抓住锅盖，当啷一声扣上，把充当大厨的爸爸吓了一跳。

小盐在众人面前表现腼腆，不怎么抬头，不愿和平时那样与我用表情和动作交流。我想小盐肯定是不吃蚕蛹的，果然。只有四个家长无动于衷，没有丝毫对食物的心理障碍。他们的筷子频频伸向那盘特殊的菜肴，咀嚼之下，蛹的表皮纷纷破裂，在他们的齿间流溢着肥沃的蛋白质。

虽然偶尔能猜中小盐的心思，但在更多方面，我从来没有真正了解过这个耳聋的男孩。他坐在那里，无声无息，如同生活里的一个幻觉。

2

小盐帮我从范爷爷那里偷桑叶，作为酬报，我会请他喝北冰洋汽水。通透的瓶身上，有著名的北极熊标志，这种生活在冰天雪地之间，皮毛雪白、看似纯洁实则凶悍的动物，带给我们联想中的凛冽凉意。起开瓶盖，明黄色的液体冒出气泡……两个人中，只有我能听到气泡生成又破灭时甜蜜的沙沙声。

小盐边缘蜷曲的耳郭上有两枚小痦子，像个冒号，我很少发现谁的痦子会在这个位置，于是捏住他的耳垂凑过去观察。薄软骨质具有良好弹性，所以耳朵即使被弯折也不会受伤，不过他娇嫩的表皮还是被我扯出一片隐隐的浅红色。我看到他外耳道里的小茸毛。在外耳道弯曲狭窄的盲管后面，隐藏着神秘的鼓膜和更深处的耳蜗。

我不知小盐因何成为一个聋儿。是染色体或基因携带先天性的致聋因子，还是外伤造成的听骨链中断，抑或药物作用下的中毒性耳聋？我想起自己用来养蚕的饲养盒，原来盛装的是庆大霉素针剂——它们消失在怎样的患者体内？是否，曾有高烧的儿童前来就诊，甜美的护士阿姨用砂轮锉沿注射液瓶颈切割一圈，然后轻敲玻璃帽，把液体吸进针筒，轻声细语地安慰，给孩子消毒，并微笑着推入改变他未来的毒药……除掉表面的毒，却把更深的毒埋进肌体。清洁的针筒，吸空注射液时瓶底会发出一个极小的噪声——那是进入倒计时的声音，此后，无论音乐和噪声，都不能再干扰他。

我想过要问妈妈，但念头闪过，又被什么事岔过去就忘了。有时，不关心且不提供解决方案的打探详情，其实已只剩略带冷酷的好奇心了。或者说，每个人都孤单，只能影响到他的亲人和敌人，或者被亲人和敌人所影响，其他，不过无动于衷的过路人而已，留不下任何爱恨的擦痕。

据说，小盐的奶奶认为孙儿致聋是由于自己的某种触犯而遭受的惩处。数年前翻修老宅时，她惊恐万状，叫人铲断了那条暴露出来的铜斑蛇。那条蛇死后被传播成镇守家宅的隐居者，在奶奶的梦里，它越发金丝金鳞，样貌神异。为了残疾的小盐，奶奶吃斋念佛、施舍放生。那座供奉着的黄杨木质观音雕像，脸上散发柔静的光芒……奶奶乞求恕罪，乞求神挽回孩子突然改变的命运。

无辜者为什么会遭受不幸？当难以猜测因果，我们情愿设想一种美好的补偿：与灾难相伴的，必是一种奇异禀赋，才能升华到悲剧里蕴含的美学意义。比如，我们愿意想象，哑女拥有非凡的容貌，她的美，甚至能够驱散寒冷和任何语言上的怀疑；肢体残障的少年，心算能力惊人，世界在他面前是座可以轻易打开的迷宫。但想象之所以成为想象，就是因为它并非现实。生活如同月相，虽然也明亮，也照耀，但那黑暗中残缺的幽然的发光体，没有足够的填充物去弥补密布的坑斑。比如小盐，暂时看不到什么过人之处，看不到额外的能力给予，他只是聋。不知是由于脾气还是残疾，他比正常的孩子明显反应慢。随之成长，他保持着生理和心理上的沉默。

小盐六岁的时候，小弟弟降生。他健康结实，长得很像小盐，是个成功的接替者，他修补了在哥哥身上失手的制作工艺，重新增添家庭的荣耀。似乎遵守某种潜在的平衡机制，弟弟早慧，尤其巧言。是不是在这种衬比之下，小盐更愿意隐没于他个人的空间里，放弃去追逐不可能的目标？专家建议做植入人工耳蜗的手术，是否能彻底改变他的状况？小盐对诊疗显得淡漠，并没有热望的积极配合态度，为什么，他似乎情愿拒绝表达，选择继续自闭在聋哑人的孤寂里？

3

听力正常者庆幸于上天的恩泽，同时也必须忍受周围杂音的不断滋扰，耳朵不会关门。也正因宁静的珍稀，才会给人带来别样感受。

印象深的是许多年前去北京房山区，一个玩伴引领我到地下洞里探险。必须借助木船划过一段狭窄水道，才能深入腹地。我们小心翼翼，俯身低头，躲闪两侧的嶙峋怪石。拐过弯儿，一连串的水珠落下来，怪怪的气味，滴进头发里发痒。玩伴提醒："小心啊，这里的水酸度很浓，会掉头发。"在不适应的地理环境中，尤其是这样幽寂的前往黑暗的旅程中，容易丧失知识和理智，我有点紧张。玩伴说刚才不过一个玩笑："如果真是有这么强的腐蚀作用，给我们摇船的人经常出入，皮肤岂不早成坑坑洼洼的了？"他的话没能让我获得安慰，反倒成了启发中的恐怖情节，胆小的我不敢回头，怕后面坐着的船工已是鬼魅。

越来越远离光亮。进入洞穴，就是进入大地隐秘的子宫。

我记得那一刻：当熄灭光源，所有的光线都不复存在。我置身绝对的黑腹地带，像一个奴隶的胎儿。我的右手触摸着一面石幔来寻找支撑，它又湿又凉。这里太静了，竟然连滴水声都听不见。半分钟以后，我极度惶恐，不由自主地闭起眼睛。

当睁开眼睛，世界还是瞎了一样。我被无边的肃穆吸纳了，这里，世界是一只聋了的耳蜗。甚至听不见自己的呼吸声，我像一个亡灵那样安静下来，陪葬前世的秘密。

那一刻。我想自己也穿越时空进入了小盐的世界。

4

雨是无声的。海浪是无声的。狮子吼叫是无声的。打铁是无声的。敲门是无声的。摔碎玻璃杯是无声的。病孩子的咳嗽和喘息是无声的。亲人召唤是无声的。被侵害者的呼救是无声的。永远听不见自己的名字，永远接收不到回声，一个绝对寂寞的世界缺乏基础的响应。除非亲眼目睹，或者肢体被直接碰触，耳聋者不会受到任何道听途说的干扰。虽然听不见美妙旋律，但他也听不见金属刺耳的刮擦，听不见抗议和抱怨的嘤嗡之声，听不见嘶喊和谩骂，他不再受到语言的蛊惑和伤害……只要闭上眼睛，他就合拢了与外界联系的开关。

不仅是简单的生理障碍，聋所影响的，是对世界的判断，因为人类大约半数以上的信息由听觉器官接收和传递。据说，婴儿能够通过神秘的直感途径来判断他人对自己的好恶，不需要词语，也不为音调高低和装饰性表情所左右。随着发育，社会性知识增多，他会很快丧失灵敏天赋，渐渐认同于普泛而粗

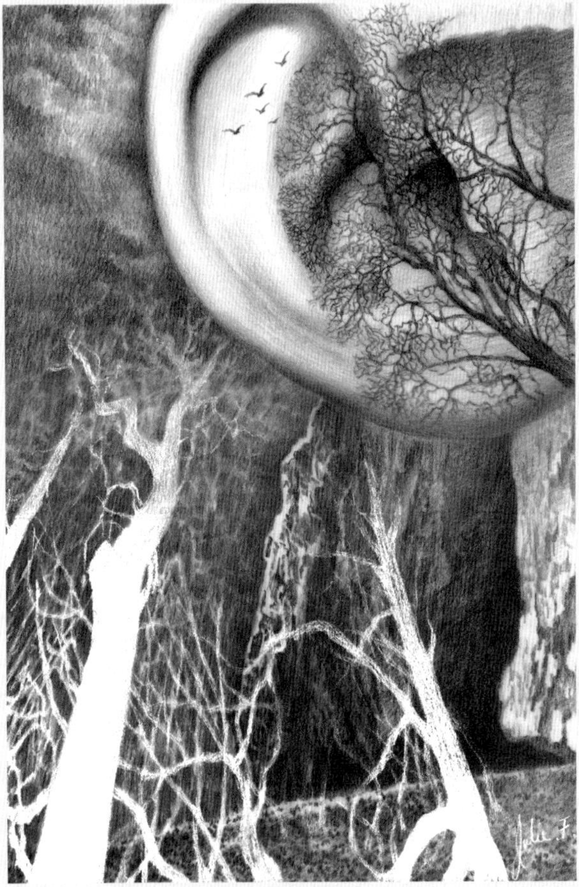

雨是无声的。海浪是无声的。狮子吼叫是无声的。打铁是无声的。敲门是无声的。摔碎玻璃杯是无声的。病孩子的咳嗽和喘息是无声的。亲人召唤是无声的。被侵害者的呼救是无声的。永远听不见自己的名字，永远接收不到回声疏的公共标准；换言之，以集体概括代替个人判断，他更多倚重“听取”的方式而不再是单纯的“感知”。那么，聋者是否以近似手段维护了婴儿时期的充耳不闻，维护了某种隔绝状态才能存在的纯净？过滤掉那么多，一切在聋哑者的理解中是更干净，还是更单调？没有伴音相随，是否意味着他可以脱离经纬，在真空里缓慢地持续地飘浮？

我依然难以想象小盐一样的孩子，终身都没有听到过时间在表盘走动的嘀嗒声，没有听到过一个明朗的元音或一个轻触唇齿的辅音。我难以想象他们的静寂。当生命的最后时刻，当灵魂被天国收纳，我想象他们由于听到一声叹息般的耳语而身体轻颤，仿佛被音叉美妙地击中。

然而所谓的健康人，是否真正具有显示优越的同情资格？我们又何尝不在听觉的缺失中？人类的听阈，从最低音每秒振动16次到最高音每秒振动20000次；在此之外的声响，所有人都是聋子。尽管我们已听到太多，听到雷声和蛇皮鼓，听到潮汐，听到情人呢喃，听到长途电话室里浓重的口音。但许多细小之声却被忽略，我们常常是听不见的，比如蜜蜂嗡鸣、小鱼渴氧时吐泡、豆荚爆开它的籽粒，我们注意不到绣针刺穿丝绸那轻微的破裂，以及，蛇芯在空气中滑擦出危险的咝咝声……我们也永远无法倾听酝酿中的曲谱和绝世者轻触嘴角遗留的秘密。即使没有大功率锯床或者轰鸣着的印刷机的巨噪来破坏传感细胞，我们内耳里的纤毛依然会逐渐损耗。年老时，我们多少都会丧失部分听力，器官和肌体在生活的长期锻压下产生变形，最后，我们终将被还原成彻底闭目塞听的孤独者，回到，生前死后的苍茫。

5

乌云仿佛沉重的苫布覆盖着，船锚形的燕子飞得很低。暴风雨就要来了。

闪电的长柄钥匙，将打开一个跟随响雷的世界。这个夏夜，就像一只装满雷声的铁皮罐子，滚来滚去。雷声阵阵，大嗓门的天神嚷些什么呢？现在连耳聋的老者都用力关紧了窗户。过了好久，我才看到雨水溅落。从天上到地下，还会再从地下返回天上，雨，也是一群翅翼透明的候鸟。但什么不是守着折返承诺的候鸟呢？四季是，生死也是。

我趴在窗台上看雨，也看玻璃瓶里那只甲虫，它不能在闪电的短暂光线下显现奇迹。小盐帮我采桑叶时，发现了这只神气的昆虫：它的背板珠光宝气，耀动不可思议的荧彩。我不明白，由几丁质的韧性材料组成的外骨骼，怎么会看起来像粒宝石？还有两根武旦翎子般的飞扬触角。它没有翅膀吧？因为它一遍遍弯曲后腿的胫节试图逃走，但徒劳无功，脱离不了小盐掌控。或者，它的翅膀被晨雾打湿了，正等着阳光晒暖飞翔肌后升腾，却落入好奇的孩子之手？

小盐把甲虫装进玻璃瓶，作为礼物。

小盐以他的方式感谢我带他去挖知了猴。寄宿在亲戚家，小盐接受医院的系列检查和化验，除我之外，他没什么朋友。不过据小盐父母说，他在老家也这样，独来独往的。

可我拿什么来回报小盐呢？前天刚挖到两只知了猴，我就被爸爸喊回家吃饭了，而且还有一只是母的。不过，对聋儿小盐来说，两者没什么区别。当我在雄蝉体侧稍稍加力，它原本用于觅偶的震动膜突然发出高亢鸣音，吓我一跳。尽管小盐听不到，但蝉仅从外观上就无法和精致的甲虫相比：背板厚墩墩的，像中世纪简陋的盾牌，圆形复眼镶嵌在与前胸等宽的头部——怎么看，样子都粗疏简陋。我想好了主意，等到放晴，我们可以去捉蜻蜓或者蝴蝶。如果小盐喜欢挖知了猴，那就接着去，带上一端粘橡皮胶的竹竿，还可以顺便粘几只蝉。

/三/ 疾患

1

蝉声喧响。持久而响亮的鸣叫，我想象它振动的胸腹已经变成一块发烫的铁板。闷热，烦躁，摸过床头柜上的手表，幽绿的夜光指针显示：已经是深夜两点多了。从大学毕业以后，我经常陷入阶段性失眠，十几年过去，它几乎作为习惯巩固下来。我试过食品、药物到音乐和心理的多种治疗方式，无效，我总在独自面对漫漫长夜。

意识有些模糊，恍惚中我突然听到一种非常奇怪的声响，就像耐心的工匠在砧板上锻打薄铁，它洞穿了整个夏夜，让我清醒起来。听了许久，猜测这是一种叫声古怪的鸣禽，正伴随季节发出的求偶信号。但如此猛烈的击打之声，出自身体的哪个部位呢？喉咙、翅膀、前胸还是充血的肉冠？这声音无休无止，像蝉鸣那样似乎需要透支体能——数小时过去，我还是不能判断这兴奋的序曲所引发的交配活动何时能够开始或结束。我忍不住推醒先生：“你听，这是什么鸟叫？”他混混沌沌的，眼睛半睁半闭，听了半分钟，反问我：“哪儿有鸟叫？我什么也没听见。哎呀，困死了。”他翻过身，很快睡着。

“昨晚你没听到鸟叫声吗？一整夜，天快亮时才停。”“没有啊，挺安静的，我睡得可香了。”早餐时的对话使我陷入对自己的怀疑，到底是他睡得太沉没有听见，还是根本就不存在什么纵欲的鸟，一切，只是幻听？

一段时间以来，我耳鸣不已，这种自发性的内在噪声干扰着我：主要是水管间歇性的呜呜声，最严重的一次，是继蝉鸣后风钻样的高鸣音。无法辨别方向，整个头颅回响着轰鸣，令我烦躁不安。生理性缺陷使一切都发生动摇，我难以判断，自己所倾听到的世界到底是真实存在还是虚拟幻觉。

我明白，耳鸣不过是其中一个影响，更复杂的问题和麻烦并置着。

原来，十五岁的那个夜晚，会如此不可逆转地修改我的世界。

2

我十五岁被烫伤，除了颜面部留下疤痕，持续高烧和感染还导致了化脓性中耳炎。当时并不知道耳疾会伴随我二十多年，甚至有可能终生，我的注意力集中于少女最重要的打击上：不知如何在被摧毁的容貌上重建信心。面对众人惊异的目光、不友善的议论，自尊心必须反复承受那些小而连绵不断的折磨，心被一点点地咬碎边界……回想起几年前的喂养，我才真正体会到什么叫“蚕食”。被单独地从青春期的欢乐里抛离，我感同身受，也体会出小盐的沉默里可能蕴含的些微抗拒和敌意。倘若，一个残疾者希望全世界的人都不拥有健康，都陪着自己残疾，其实并非出于恶毒，他只是，那么，那么强烈地渴望能重归人群，回到人群的温暖和安全之中。

当适应了自己残损的容貌，我不再受到干扰，因为只要心理不扭曲变形，它并未带来实际的功能性障碍。然后，我才发现耳疾问题的严重。伴随烫伤，本来双耳都受到感染，但左肩大面积的溃伤使我不能触碰外物，包括医院消毒后的床单，所以住院的几十天内，我始终侧躺，右耳道里的积液得以及时清排，加上一直输液，抗菌的药效也帮助着穿孔的鼓膜自行愈合，我的右耳听力恢复，没有受到影响。当然，这以牺牲左耳为前提。

左耳的化脓性中耳炎不久由急性转为慢性，洗澡或感冒稍不注意，就炎症加剧——连续指压耳屏，积液的耳道里一阵咕叽咕叽响，就像谁穿着胶筒靴跑过湿滑的泥地。发作厉害时，我稍一侧头，就会流出汹涌的分泌液，睡眠也被打断，由于滴漏的脓液几个小时就把枕头浸上一块块的湿斑迹，我甚至想过在枕头上垫衬卫生巾的办法。假寐在黑暗里，我合拢羞愧的眼睑，觉得自己令人恶心，我无法把自己塑造成向往中的清爽形象。

参观过一次手术之后，我曾数年吃不下牲畜肉食，容易联想起过程中见到的凝黄脂油、从破裂血管里喷射出的血柱。鱼虾成为我唯一能够进食的蛋白质和脂肪，它们没有与哺乳动物近似的形貌。但每染鱼虾之类的腥鲜，或者辣食，我几乎不可避免地大发作一次。家人从日本带回来的零食，仅仅是几条混在果仁里蝌蚪般大的小针鱼，也会让我加重分泌黏液。所以，我的食物结构不得不单调起来。

我也被迫离开唯一热爱的体育运动：游泳。对游泳的热爱里本来包括的对潜水的准备，当然更成了痴人说梦。我无法背负氧气瓶潜入海底，和那些通体光滑、闪耀鳞斑的鱼，和那些长得像内脏的水母，和那些刻绘着地图纹路的蛤贝，自由自在地一起漫游。为了悼念曾经的梦想，我去泰国旅游时，专门挑选了一项与潜水沾边的项目，也勉强算作潜水吧。套上宇航员头盔样的潜水钟罩，围绕头部形成一个闭水的空气腔，我顺着从船舷延伸到海里的金属梯架，笨拙地下降。下不了两三米就触底了，教练员指示我沿一圈直径有限的圆轨行走并观察。虽然钟罩是透明的，但视线并不清楚，我吃力地缓慢迈动双腿，模糊地看着小得寒酸的鱼游来游去——几乎谈不上是鱼，而仅仅是几道折射到水里的光线。以这种简易而受束的方式，我悲哀地告别未来的潜水可能，告别我的人鱼之梦。唯一好处，是我失去鼓膜的左耳感受不到水压带来的锐痛；而另一侧，仿佛长锥子捅进右耳深处。

说起来，中耳炎是隐伏着的疾患，外人看不出破绽，但自己痛苦，可不仅仅是限制食物和体育活动的问题。耳道炎症，致使左侧牙床也经常伴随着肿烂，其实牙疼中的人生是可以忍受的，只是意志被消磨，因为每分每秒都得承受那种不放过你的压迫。中耳炎也诱发了我的体位性美尼尔综合征，视物旋转、恶心……躺在床上休息时我不敢轻易转动眼珠，怕那种魔幻中的镜像呼啸而至。我了解医学常识，在纸一样薄并且绷紧的鼓膜后面，是人体中最小的骨头——三块相互连接、米粒大小的听小骨：槌骨、砧骨和镫骨，形成杠杆系统的听骨链，把声音传输进内耳。内耳中不仅有耳蜗，还有由三个相互垂直套在一起的小环组成的半规管。半规管负责三维空间的平衡感，一旦出现问题，就会产生眩晕症。方位感难以清晰确立，也导致行走不稳，在各种原因的综合作用下，我数次崴脚，给踝骨的韧带组织造成陈旧性损伤。医生说，以后还会习惯性扭伤，所以在我的贮藏室里，长期准备着撑架、拐杖和一把轻便轮椅——并非是自怜下的夸张，事实上，我已经坐着这把椅座低陷的助步工具挪移过许多公里。头颅里的一个小毛病，竟然影响和伤害到我站立在世界的方式。或许我已算幸运，认识的一个熟人正是由于化脓性中耳炎导致胆脂瘤，最后到了危及性命需要抢救的程度。只需一个微弱推动，多米诺骨牌就会连锁倒下……疾病面前，我们感慨于人体是多么脆弱的维护系统。

鼓膜干性穿孔虽不能自愈，但保留着可经手术重获生机的一线可能，我安慰自己，虽历时漫长，但情况依然可称为暂时性听力衰弱。奇怪的是，一方面是我的左耳几近失聪，另一方面，却是幻听——它制造唯有自己听得到的声音，比如水管低鸣或蝉声大作，常常只是出于耳朵的杜撰能力，而非现实环境。既听不真，又比别人更听得见的矛盾状态，让我想起了妈妈。作为一个遗传性糖尿病患者，失控的血糖使她每天得给自己注射几个单位的胰岛素，饮食上必须谨慎小心，避免高糖类食品；可同时，妈妈又是严重的低血糖患者，稍微推迟一会儿进餐时间甚至会引起晕厥，一旦发现血糖低的不良症状，她必须马上用高糖类的巧克力或饼干来缓解。母女同病相怜，我们都在对峙的身体反应之间试图维持短暂而尴尬的平衡。

3

医生戴上额镜，这只钢制独眼更增加了他的职业威严。患者情愿在医生面前毫无保留地打开身体的任意部分。凹面镜的反光作用，将强光射入弯弯曲曲的外耳道，我猜自己的耳郭也映成半透明的脆红色。

妈妈的医生身份，让我很小就熟悉来苏水的味道，熟悉迂回的门诊走廊，熟悉那种不被血和体液污损的高傲冷静的白调子，也熟悉患者命运挤压下变形的脸。以医院为成长背景的孩子更早醒悟：童年和童话并非人生全部。古旧的建筑风格，使医院看起来更像一座王府：青绿的琉璃瓦铺满高大屋顶，桁架上的图案色彩柔糜，还有透窗和白玉栏杆。我记得某天的场景。跪在花坛石凳上，我一边写作文，一边观看檐角那个束髻者的雕像和锈蚀的铃铛……正好从救护车抬下一副空担架，奇怪，没有人，硬帆布中间的凹陷面却涌漾着一大摊污暗的血。我涌起和年龄不相符的悲惜，想，命运如同我笔下的这张纸各不相同，有的纸用来承托孩子的绘画，有的，用来承托辞世者的遗嘱。我设想所谓的幸福未来，就是远远逃离这里的阴影，不需要被卫生和消毒所时刻监护。

成年后，我依然一次次回到医院，作为在不同科室候诊的患者。当我还是不足两岁的幼童，妈妈用绳子一端捆牢我的腰，另一端系死在靠墙的床围栏上，使我活动受限，不致跌下床受伤。我必须学会独处，在她上班期间度过孤单漫长的数小时。难道是来自童年的隐喻吗？一个滑稽的象征，我向往的自由总是试探后折返，迟迟挣扎不出医院划定的直径？

我们永远也无法对自己的身体做出仔细说明，病症诉述的只是模糊感觉：疼、痒、晕眩、恶心、寒冷或者干燥。机器却了如指掌，它给出一系列详尽的数据、标准和解释：血压、体温、酸碱度、转氨酶、酸激酶、血清、胆红素……我甚至是在它们的提示下感到或确认哪里出现不适。人体的感应机制相比医疗仪器，容易存在误区和劣势，似乎，后者更代表技术公正与理智选择，但医学有时是拯救，有时，也会迹近嘲弄。访医问药，顽固多年的中耳炎始终未获痊愈。其实，我已不再迷信医院创造奇迹，只是除此之外，我找不到信任的他途。

我试过一些民间偏方，或科学，或令人心生疑窦。方法一，把利福平药片碾成粉，放在对折的纸上，然后由他者吹入耳道。但晶粉状的药末凝结于耳道深处，占据空间并堵塞，很难继续给药。方法二，因为培育实验证明病菌厌氧，我坚持数月每天用双氧水擦拭，见效，可不根治，停药后易于复发。方法三，连续一个月地注射青霉素针剂，当药品换更批号我重新做皮试，严重过敏反应，只好放弃方案。

治疗过程中最冒险的一次，几乎带有抵押全部赌本的性质。我听说，自己间接认识的一名化脓性中耳炎老年患者被成功治愈，就又燃起了希望。按他指引，那个妙手回春的民间高人身居河南某偏僻县城。我不顾妈妈的强烈反对，瞒着她出发。走省际高速公路，一般司机需要七八个小时车程。那时我驾驶经验不够丰富，不敢开快，宁可耗时长些，所以凌晨就动身了。深冬，天黑得像在子夜，超载的大货车呼啸，超速的小轿车双蹦灯闪烁，飞碟般飘忽而过，我吓出冷汗。行至石家庄，突降大雾，能见度极低，我吃力地辨识道路，车速比肩步行……惊魂，突然刹车，我只差半厘米就撞上前车后杠。天气恶劣，致使高速封路，我进退不得。不知何时才能畅通，为了节省有限的油储，我冷得实在受不了才开一会儿暖气，剩下的时间，都在滴水成冰的寒气里瑟缩着。等千难万苦地赶到目的地，我惊愕于所谓的名医诊所竟简陋至此：面积只有十平方米左右，窗户昏暗，挂了许多用词通俗的锦旗来遮挡旧墙。大夫本人更令我信任度锐降，与我从小习惯的医生形象相去甚远，他更像是身陷困苦的落魄患者：蓝棉袄松垮邋遢，五官陷在褶皱里含混不清，左眼皮耷拉下来，显得比挂了眵目糊的右眼小。他让我每天早晚滴入不同药液，分别命名为红水和白水——尽管很像骗子的命名，我还是将信将疑地领取了红红白白的瓶子。药水滴入耳道，整天咯吱咯吱响，像一扇破旧的木门被反复推开。不仅如此，这个并无行医执照的大夫开列的抗生素处方严重超常规，数种混用，且剂量大得吓人，他要求至少服用半年以上；我咨询相关西医得到的答复是，绝对禁用这个自杀式的抗生素处方，即使选用其中一种，连续服用期限也最好不超过一星期，否则后患无穷。但我对中耳炎的承受力已濒临边缘，久病的人到最后没有什么理智可言，只求速战速决，尽早结束对体能和耐心的消磨——常人很难体会那种迫切下的混乱。康复者的案例鼓舞着，我一咬牙，开始了危险的吞咽。大约两个多月以后，不知巧合还是由于剑走偏锋的野蛮治疗，我关节剧痛，虎口状若撕裂，甚至拿不起一个轻巧的水杯。无奈之下，半途而废，我倒是从这次失败的历险中记住了老大夫叮嘱的禁忌食物：鸡、鱼、酒、梨、羊肉、辣椒等。从这个意义上他帮助了我，把它们从餐桌上彻底清除以后，即使不用药，我的病症也缓解了许多。

4

他们在痛楚中颤抖或呻吟，我听惯了医院里的啜泣。病人包含着委屈与无效抗议的哭声，小盐自始至终的沉默，还有对比之下自己所遭受的几次微弱的肉体历练，都让我迷惑于疾病和残疾的存在意义。难道，命运是个聋天使，听不到悲哀者的呼喊，或者以为呼喊只是对他的热烈唱颂？

从事艺术创作的人习惯强调“悲痛处境”，自怜与自恋在被放大的痛苦中容易释放出近于圣徒的光芒。可停留于表达的“痛苦”比较抽象，偏重于精神领域。单纯性的且正在进行时态的肉体剧痛，却什么也不带来，有的，只是狂怒般的野蛮之力——它剥夺你对一切的美好感受，摧毁意志，会把你变成瞬间或阶段性的低贱奴隶。结结实实的痛苦，牢固地，占据你所有的注意力，占据你的每寸神经，占据你的每分每秒，占据你全部的剩余生活……你会发现，它不吐骨头渣儿地吞进整个的你。这里面没有折算，没有偿还，没有幻想，你的肉体只是暴掠之中的残迹。它销毁任何美化的可能。频繁使用“痛苦”的审美意味，原因也许恰恰在于，使用者不疼；一个真正痛着的人不抒情，如同残疾孩子久居沉默。

正因如此，真正穿越痛苦而犹怀感恩的人，他所完成的，才是神也无法替代的救赎。

法国学者尚塔尔·托马在《被遮蔽的痛苦》做过如下表述：“使尽全力去拒绝痛苦，只允许自己受一点点苦，其实这样做，是投入注定失败的战争，还会因此在情绪上、想象上、肉欲上衰弱下去，从而不能做出重大发现。世界因我们过度的痛苦避开我们，而我们也会因吝啬眼泪而错过世界。”

什么样的世界将作为承受痛苦和缺陷之后的奖励到来？是

否有一天，小盐能在内心涌现的激情与欢愉里，发现天地之间的大公正，发现神不偏斜的等式？因为神甚至不抱先验性的善恶，他让暴雨清洗所有的孩子：从狮子的硬鬃毛，到蛇被鳞片覆盖的脸；从弟弟有着弦月般弧度的眼睫，到自己安静冰凉的舌尖？

我自己也是在多年以后才有所醒悟，并体会着迟缓到来的自由。当我开始写作，才发现自己如此感恩于疾病和不幸，感恩于不明朗的往事，感恩于对尴尬、受挫和悲哀的体验，感恩于爱和尊严唯在其中才能获得的苏醒。那些静寂时分，我建筑着自己的词语后花园。我一边构思，一边习惯性仰起头，遥望夜空出神……回忆，这只独角兽逐渐浮现它稀世的脸，在金黄的圆月里。曾有的苦楚，正作为底肥滋育我的笔，养殖我的想象力。写作具有转换不幸的能力，它把命运的剥夺变成更隐蔽的赐予、更丰富的偿还。

是的，作家的能量，取决于他对困难、苦难乃至灾难的消化……蚕不停咀嚼，在聋掉的世界里专注消化眼前的桑叶，它将忠诚于素材之后的使命。

/四/ 织锦

1

“世界以痛吻我，要我回报以歌。”阅读泰戈尔，我感到简单的诗句，一如璀璨焰火改写着黑夜。一句话就可以扭转悲剧，鼓励不幸的孩子站起来成为——英雄。无数次，我体验到奇迹：由几个字词形成的魔咒，足以打开神明看护的乐园，或者把悲伤中的灵魂运往寂静的安息地。

“a”“o”“e”……当语文老师带领着我开始拼音表上的旅行，我并不知道，一种对拼写的终生迷恋暗自生长。辅音和元音拼成字，字和词拼成句子，题目和段落拼成文辞，回忆和想象拼成我植根其中的世界。我认为现实并不结实，它摇摇晃晃的檩梁会轻易埋葬一个栖身其下的性命。而海市蜃楼，美到虚幻，虽渺茫却也慰藉——唯神迹和词语，能搭建它透明而悬置的基座。我迷恋于关乎词语的技艺，只有对那些永远无法目睹神异之兽的人来说，屠龙之技才是无用的。用心，而不是运用理智和智慧，去抚触那个折叠在书里的无声无息的世界……我的爱慢慢展开，一如盲人脸上的笑容。

填报大学志愿书时，我毫不犹豫地填写“中文系”。其实在此之前，我已经开始了偷偷地写作练习。做完繁重作业，已近子夜，我还是喜欢在日记本上享受一会儿书写的自由。有时，写着写着就困了，趴在桌子上睡去……等我醒来，发现台灯还亮着，像枚表皮金黄的果实悬垂在靠拢而来的枝头，给我一种梦想中的暖意。

名词：有的像山体那样有着令人敬畏的粗糙岩面；有的触感柔润，像雨花石，成为安慰我的朴素珠宝。动词：禽类的脚，会以难以预料的方式降临或脱逃，必须以精确的方式才能捕获。形容词怎么能不让我心动呢？它是多变的可能。它是主观的、个性的，因繁复而华丽而凝滞的……即便形容词是狡猾的，常常善于伪饰，我也无法克制自己去书写形容词赞美诗。罗兰·巴特认为："形容词只具有描述品质，所以它是悲伤的。"我因这悲伤而难以离开。甚至作为边角料的语气助词，那么谦逊，显得可有可无，也不能被忽视。比如"啊"，小学课本和诗歌朗诵中频繁使用的装饰音，似乎必须有它，才显得强烈真挚，就像"您"对"你"的改动所增加的尊敬力量。有一个阶段，我力争避免使用这个字，因为语效上的控制力量非常必要，否则容易矫情。但读到多多的《春之舞》："我怕我的心啊，我在喊；我怕我的心啊，会由于快乐，而变得无用！"如此美妙的音乐质感和节奏，这个"啊"，是源自内心的叹息，建立了读者对诗人的叙述信任感……它像钟表的悦耳尾音。

当然，尝试创作需要勇气，因为它不仅意味着探险乐趣，也意味着漫长的自我怀疑与挣扎，意味着困境中的孤单无告。大学毕业后半年之内，我的中文系同班同学从烟台几十层高楼上纵身跃下。得知他自杀的消息，我脑海里突然闪回他在校刊上发表的那些哀凉入骨的诗行。这不是隐喻，我已耳闻太多写作者的悲剧，知道某些极端时刻，一个险韵，也足以令心怀远大的诗人跌入悬崖。梅列日科夫斯基说："琢磨石头要比琢磨词更容易。"说得对，石头倔强，但它不移动，顺从；而每个词，尤以形容词和副词为胜，不仅拥有鱼一样的鳞彩，更拥有鳞彩之上易于脱手的黏液。我常常在枯坐中困惑，消沉，一无所获的渔夫漂流在丧失方向的无边海面……神经质地按动圆珠笔顶端，"咔嗒咔嗒"连续地响，模仿着缺乏燃料的发动机。我不知到何处寻求援救，甚至越努力，越深感无望：勤奋也许有害吧？是否缺乏禀赋的人不应随时构思，如同神经衰弱者若非睡眠时间就不要躺到床上？文字的确状若巫术，有时需要诱引和召唤，尤其，每当选择那些与内心隐痛相关的题材，我都感到危险，仿佛吹奏弄蛇人的笛声……陶罐里，蛇缓慢地，仰起法老一样威严的头颅，寒气的血就像冷掉的铜汁；舌叉上的话语简短，是箴言，是有效的诅咒，瞬间决定未来生死。那条蛇，又像埃及艳后般徐徐扭转斑斓撩人的腰肢，写作者必须学习如何在它的翩翩起舞中安然无恙——如同一个非凡魔术师，学会在千钧一发之际，解开重重锁扣，从悬崖、河流、火焰和野兽张开的血盆大口中逃脱。但真正具有天赋和胆识的作家毕竟少数，优秀者身后，多少人因为失败而所有努力都被残酷归零？

希腊神话中，女先知卡珊德拉被阿波罗施以诅咒：她所预言的将百发百中，却无人信赖；且她预告的全是不吉之事，从背叛、死亡到国家沦陷。卡珊德拉预知真相，却受到嘲笑和憎恨，最后，她殒命于自己早已了然于心的谋杀里。我翻阅着自己调子灰暗的散文，看到隐含其中那宿命的悲观，暗暗猜想过：我能否勇敢如卡珊德拉，付出代价，以便拥有一种使自己遭受屈辱乃至不幸的才能？

2

咬碎词典和书籍，吃透富含纤维的字——桑叶在我体内，转化为语言的蛋白质。写作者将一再经受考验，从青春期过渡而来的幸存者，未必能在每次蜕皮之后完整地剥离自己，始终延续他源自纯真的背叛力量。多么容易在好运或命运打击下被瓦解，过程中的威胁也一直存在：桑叶似乎永远匮乏，体能也不断流失，信心随之动摇——我怕坚持不到最后，无法酝酿体内的丝帛。每当形成和适应了某种表达风格，我就明白，必须再次从这种惯性保护里驱逐自己，重新，脆弱地裸露，像蚕除掉旧衣，像易于变脏的木头不断被刨掉表层，露出新鲜的花纹。

谨慎而谦卑，蚕要超越极限，织就美并且大于自身之物。在写作者有限的胸腔，存储着关于历史、地理、生物、数学、绘画等多重知识和技艺，他所言说的将穿越时空经纬。俯身的写作者，让我回想少年时期的养蚕经历：在蒙在碗面的稿纸上，熟蚕如何匍匐书写、酝酿锦缎，它走不出那个格子铺垫的世界。那么，慢慢地写吧，慢慢织就一条徘徊中的路。

当年，弟弟淘气，恶作剧地在饲蚕室里放进一条毛毛虫。它体毛茂盛，红头盔，给人以暴力和邪恶之感。我给毛毛虫起外号叫“张飞”。我想象蚕必惊慌失措，但邻近的两条蚕并无什么特别反应，甚至没有避让，继续专注于用颚部对称的钩子切碎桑叶。在一片腴白的蚕宝宝中，毛毛虫显得罪恶感十足，它的邪道却是无力拓展的。蚕，有着近于残疾者的迟缓，心神凝聚，使它意识不到外界压力。我是否需要一再学习这个榜样，写作者像蚕一样，需要以偏执得近于残疾的状态消化词语，去准备未来的编织？还有更多的隐喻呼唤我的觉醒。当缺乏桑叶供给，莴笋叶替代使蚕丝色泽由银白变成金黄；也把饥饿、挫折、疾病之类的考验，全当作莴笋的叶子，当作缺漏之后意外的馈赠——写作就是如此，你得学习跟同类吃不一样的粮食，顽强地消化它们，才能有你自己的金黄……也必须学会，无视由于与众不同而遭受的非议和轻视。我好奇地想，蚕有耳朵吗？不仅是在休眠之中，在任意时候，为何蚕看起来都像身处寂静？它们信赖由什么样的感官构成的世界呢？写作者是否也应如此，心怀坚定，除了倾听坦诚有力的批评，其他诸如非议和诋毁，包括夸赞和荣誉，还有一些莫名其妙的耳食之谈，都可以一笑置之……让我们聋掉吧，把忽略当作不受打扰的寂静来享受。

写作时，我怀疑自己是为皇帝缝制新衣的那个裁缝，不过，我的目的并非愚弄众生。在空无一物的织布机上，梭子不断穿过头脑中想象的字词，我对自己说：你看到了吗，那些金色的银色的丝线闪烁？每完成一篇作品，我无不感觉疲惫……一种近乎幸福的虚脱，使我仿佛进入暂时的睡眠。如此，一次次，我卸下岁月的蚕蜕，直至蜷身在词语的茧壳休眠。我想，悲剧肯定不会贯彻始终。即便为此作茧自缚，即便我不能羽化为一只抒情主义的美艳蝴蝶，我依然可以成为寂寞而纵欲的蛾子，播种文字小小的籽粒。黑暗的最深处，我已预埋下一对关于未来的翅膀。

仅从听觉器官来说，失去左耳听力的我，所处位置介乎小盐和健康者之间。我由此怀疑，一个写作的隐秘动因深藏着：那是恐惧。我承认自己怕成为彻底的聋人，怕进入那个难以被理解也难以与他人沟通的世界。我之所以热爱写作，热爱字词蜂拥而至的时刻，是因为一支执握在手的笔，深具安慰的象征，使聋哑也可以被忍受，因为从阅读里我能够倾听，从书写里我可以倾诉……避开声音的表达方式，它使我获得另外的观察与交流途径。

所以，我内心笃信，即使写作艰难，可能会被曲解的，它依然是个人潜在的救赎之路。写作和暗恋一样，表面上与他者有关，比如读者或者爱人，但究其本质，终归是一个人的内心事件。一个朋友对我说："写作者无疑孤独，像孤独的地球向宇宙播放着音乐……"是啊，播放着小夜曲或咏叹调，向那难以估量的辽阔无垠的深渊，一遍遍，传递呼唤与安慰。这时的地球，好像一个听不到回应却依然倔强执守的聋孩子。

3

……暴雨之后，果然响晴，阳光晒热了眼皮，我才苏醒。

我咬着指甲，回忆刚才做的美梦。我梦见，小盐送给我的甲虫变得不一样了，不仅大而晶莹，而且每次轻轻晃动，它的颜色如同斑斓液体那样融汇着发生丰富的变化，比万花筒还神奇。在小甲虫的护板上，我看到对称的眼斑、完美的轴线，也看到河流分布的水系、墓碑前的花丛，更多时刻，奇迹璀璨到不可测度也无法描述，它把我因惊喜而放大的瞳孔也映成绚彩。醒来时的最后几秒钟，我记得，虫背上细碎的斑点，像教堂里祈祷的烛火温暖地跃动光苗：呼一口气，它们竟然像蒲公英的果实被吹散，光斑童话似的飘浮。

我一跃而起，想重温梦境里的景象。暖金色的阳光里，通透的玻璃瓶中，我惊讶地发现，被幽禁一夜的小囚徒，夺目色彩和显著星斑正在消散……金属丝般的六条小腿静穆地抱拢胸前，被晃动到瓶底另一端也毫不挣扎。它死了，告别注定的屈从。

目睹生动甲虫萎缩成一小团不动的标本，小盐的表情流露出无能为力的哀惜。他找到几株菊科野花，在它们辐射展开的花瓣之间，密实的管状花序簇成一个个硬币大小的平台——让曾经擅长魔法的甲虫躺在上面，小盐知道黄昏后，围拢周围的朵瓣会闭合帷幕。由花序组成的小魔毯，会不会托载着不甘从的小灵魂遨游，穿越晚风里浩荡的天籁？

这或许是一种提醒和催促，葬礼之后，小盐做出自己的决定。我们安安静静地等待知了猴蜕变，等着潮湿而嫩绿的蝉，经过窗纱上高空杂技般的倒翻动作，终于挣脱它们多年用以栖身的脆薄的金缕衣。一旦蝉的身体干燥，翅脉变得坚韧有力，小盐就毫不犹豫地放飞了它们：地下黑暗中幽居了十几年的卑微生命，终于，迎来飞翔。和蟋蟀振动膜翅的悦耳之音一样，小盐听不到树冠里盛大的合唱，但他看到重获自由的蝉，怎样饱含渴望地顺着开裂树皮向上攀缘，停顿半分钟后，两只蝉才有所省悟……起飞是以慢动作来呈现的，因为我看清了蝉的膜翅如何闪动着琥珀光泽，像用小片的金箔精心打制。一只蝉将成为骄傲的小母亲，另一只，将开始男高音的歌唱生涯……而给予它这最后辉煌的，是小盐，一个聋掉的天使。

那天，我和小盐没有选择任何性命作为牺牲品，只是，一起看萤火虫，偶尔和它们做个短暂游戏。萤火虫在小盐掌心走动，一边试探着那些稚嫩的手纹，一边闪耀冷绿色的幽微之光，未来之路就以这种极尽温柔的方式被祝福。小盐无意扣留这个小旅客，听任它在停留之后任意飞走……当我们抬起头，发现无数朦胧的光团，在叶丛之间闪动和飞升。那些萤火虫啊，像雪光，像下降的星星，像远方即将光照我的字词。我相信，在某一瞬，世界是完全无声的，蟋蟀和蝉都停止鸣叫……

这真空般的夏夜飘起来，那么轻盈，睡莲一样安静。

萤火虫飘移的光团，映照着小盐充满稚气的侧脸，由暗而明。夜色中，他耳郭上的痦子和脖颈后面桃皮般的细绒毛都看不见了，但我觉得，此时此刻，我们俩就像那个由两枚小痦子组成的冒号，依偎在一起，心怀汹涌却难以出口的表达。

我无法预知，多少天之后，如果自己侧躺，失聪左耳会使我感同身受，沦入和小盐相仿的命运。当时，我们坐在夏夜微凉的石阶上，一个是丧失听力的孩子，另一个，是不久之后就因突如其来的灾难而衰减听力的孩子——我们仰望夜空，缄无一语。谁用锯齿形的闪电砍伐树林，谁揽住人马星座的脖颈只身漫游？神，这个词的意思，是和你一起承担命运意义的分享。星空啊，不可胜数的水晶体，清凉的光芒，象征某种无法妥协的道德律令般高悬的美。瞻礼这种美，身体必然全部沉溺于黑暗；或者说，唯有黑暗，才能让我们目睹高远而不可触及的大美。

那些星光，犹如岁月沙漏里无声流泻的细沙，一点点，把我和小盐淹没。这个夜晚有着锡箔般的质感，而天，蓝得幽深……蓝得，就像寂静本身。

我们仰望夜空，缄无一语。谁用锯齿形的闪电砍伐树林，谁揽住人马星座的脖颈只身漫游？神，这个词的意思，是和你一起承担命运意义的分享

一晃而过的面孔

1

我在387路上看到一个三十岁左右的男子，穿着蓝的确良的老式长袖衬衫，站在中门，以准确的记忆和礼貌用语报着站名："欢迎乘坐387路工人先锋号优秀服务车，本车开往东小区，请您上车主动买票，下车主动出示车月票……"

他不是售票员，这让人诧异。不知他是迷上女售票员的体贴爱人，还是想以自己的殷勤劳动逃过票款的取巧者，或者，他是一个被无人售票车的电脑语音播报器替换下来的下岗工人在不甘而徒劳地竞争，更多的人认为他是精神病——为了安全起见，给他让出相对空旷的位置。省了嗓子的售票员用涂了蔻丹的指尖轻敲剥落了漆皮的售票台，远远投过轻蔑得带着厌弃的神情。

他对业务惊人地熟悉，使我确信他在这条正在施工的道路上消耗了无数时间，对路面细小而复杂的变化，他都能做出提前预告。一车人就这样，一边嘲笑着这个白痴，一边小心翼翼遵照着他的提示和引导。

2

二〇〇五年，夏天的夜晚还是很热，加上堵车，实在让人烦躁。我的车一直跟在一辆搬家公司的货车后面，它的铁皮车厢，让我有种运输冻肉的错觉。可能因为需要透风的缘故，后轿厢的门只关上一扇，另外半边，开着。

开着的那半边门，露出侧坐着的一个精瘦男人，肩膀抵着车的边框，身体的大部分陷在黑暗里。时明时暗的路灯映照，我看见他南方人的眼睛、梗着的脖子、光着的膀头和一条黑得上釉似的胳膊。他微微前倾，嘴不停地争辩着什么。他的伙伴坐在黑黑的对面，那半扇门关着，所以不知道长什么样。

我跟在他后面慢慢腾腾开了三站地，他的嘴就没停止过。他有时叹气，有时好像惊讶地鼓起眼睛，挥动拳头。这个精瘦的男人太饶舌了，表情剧烈得失常，颇为让人生厌——我不由得佩服那个坐在黑暗里的隐者，一路持有这么充分的耐心。

我们的终点恰巧都在同一家商场。当我停稳车，货车似乎在准备装卸。当那扇始终关着的门被打开，我想看看他好脾气的同伴。光照之下，我惊讶地发现，对面是空的。他说了那么久，其实，谁也没有，车厢里只有他一个人。

现在他在低头搬运成箱货品。不说话了，他紧抿着嘴巴。他当然是孤独的——是的，孤独，似乎他的无言理应遭到这样的忽略。

3

二〇〇四年，我在陕南参加一个散文研讨会。当地政府为了欢迎我们特意组织了文艺晚会，看得出他们的重视。很热的天，主持人穿着毛料西服报幕，朗诵诗般的串场词在节目上工整地印刷，被称为“黏词”。我们坐在前排，舞台一侧拥满了人：报幕者、幼儿园老师、即将上场的伴舞演员、家长、维护秩序的工作人员……他们几乎占了五分之一的舞台，给观众造成奇特的间离效果。

大量的儿童歌舞，和城市孩子的表演不同在于：这儿的孩子演出时大多自始至终不笑，非常严肃，不知出于紧张，还是在捍卫个人和艺术的尊严。尽管这个细节体现了他们的真和朴质，我依然不喜欢这类节目。并非由地域文化带来的狭隘的心理优势，而是因为我承受不了孩子身上剧烈起伏的戏剧因素。以前从电视里看到系着红领巾的少年队员挥动鲜花，嘴里“嗷嗷嗷”地喊着从远处跌跌撞撞地跑来……说不出为什么热泪和冷汗一起涌出，心像被谁攥牢，我涌起非常不舒服的虚脱感。这个镜头我极端不能忍受，绝非感动。所以看到那些孩子为了迎接我们，画浓艳得滑稽的妆，跳舞时不停神经质地抖动头颅像得了帕金森式综合征……我愿晚会越短暂越好。说实话意味着不讲良心，不耐烦的表情肯定会伤害主办方和演职人员的厚道和诚恳，所以我克制，克制得像喜欢那些表演一样：热烈鼓掌，笑逐颜开。

大型歌舞《今天是个好日子》，由当地小学生完成。孩子们穿大红绸做的演出服，镶有金黄流苏，大概是以灯笼造型烘托喜庆气氛。她们舞扇，跳跃，换位。二十名小少女，活泼纤美，抽芽才有的挺拔。是她们的年龄接近成年，我才逐渐适应了表演风格而不再觉得别扭吗？队形游走，变换，然后衔接成一条火红的长龙，绕行舞台外围一周……

我听到了刺耳的笑声，然后笑声迅速蔓延，导致突然的全场哄然大笑。长龙变成了响尾蛇，声音出自尾端的鳞片。队末一名，是个子最矮的孩子，我不知道说个子矮是否公正，观众惊讶地发现：她竟然是个明显的先天性佝偻症患者！议论嘈杂，伴奏声再大，我想她肯定听得清笑声中夹杂的那些词：驼背，罗锅。

当队形变回前后阵形，我很困难地才从一片火红中辨认出她。她的舞跳得不错，肢体灵活，有内在的和谐节奏。从正面看不出她的显著缺陷，唯有长龙阵暴露了让人蒙辱的秘密。选择坐在观众席，她不是安全得多吗？什么原因让她坚持站在舞者之中？我甚至猜疑编舞老师的用心。

我之所以会在观众的笑声中难过，除了善良，我隐含着自怜。我与这个不幸的孩子处境相似。尽管朋友们鼓励我的创作，我还是认为，不过暂时没发现问题而已，转过身，他们就会目睹那么明显的缺陷。在音乐和聚光灯里，埋伏着我注定的哀痛。

一个人对抗全世界的敌意，以弹跳着的舞步。彻底克服恐惧的办法唯有熟悉恐惧。舞台一片狂烈的红，她能否浴火重生？由于生理缺陷，她与众不同，注定成为群体中最为独特的舞蹈。我不想再究问原因，只要她还在坚持她的荆棘之舞，就是沉浸在无能为力的热爱之中。只要这不是她的首次登台，我就看到了由热爱和忍耐凝聚出的勇气。

4

二〇〇七年五月我到上海出差，住浦东的国际公寓。附近是繁华的“高尚居住区”，真正的繁华，并非喧嚣中的霓虹闪耀——恰恰是宁静，彰显这个繁盛与奢华的经济地位。处处花园式的景观和建筑，大面积人工湖，餐馆和酒吧的名称纯粹由字母组成，高鼻深目的脸……容易让游客误会为异邦。我迷上了在这里散步，树木高度怡人，清凉的阴影一直童话般延伸。大概，这就是我隐蔽的理想：不受经济困扰地享受生活，在最自由的土壤上培育梦境。

那天晚餐后，我到附近的家乐福金桥店买零食。在蔬菜售卖区，看见一对六十多岁的老夫妇。男的中等个，女的很矮，但两人似乎穿着同样尺码的外衣。我看不见他们的五官，因为，他们是那么专注地低着头，我只看得见额头皱纹下他们微蹙的眉头。他们动作默契，一言不发，把特价处理的菜花挑拣出两个品相好的，剥去每片附着的叶子，摘去一条细弱蠕虫，免得它称重时占有不必要的分量，并且，他们用随身带来的小刀在光裸的菜花上微雕般耐心地去除每一个小得不易察觉的污斑。他们手里的小刀，我已有很多年没有见过。还是上学时削铅笔用过那种廉价折刀，握柄那儿涂着或红或蓝的油漆。手推车里堆满大量物品的采购族从他们身边穿梭而过，但这对老夫妻，动作默契，沉浸在一个不被惊扰的世界里。

我不知道他们是住在附近，还是为家乐福的低价奔波而来。如果留居此地，我不知道是因为他们有个飞黄腾达的子女，还是他们在餐馆或其他地方从事着最艰辛的行业。我不知道他们是生活所迫，切实的穷困，还是仅仅因为上海人的省俭习惯，或者，往日生活让他们继承下难以摆脱的阴影。

5

每天上班必经的立交桥下，总能遇到卖报人，惊险地在排队等候的汽车之间闪转腾挪，对汽车的突然启动和刺耳鸣笛都熟视无睹、充耳不闻。偶尔是乞讨者，有些甚至经过造型，脏老的脸，黏腻的头发，执一根其实行走并不需要的道具木棍，趁着红灯的停歇期间逆行于车流，频频作揖，手里攥着示范性的钱票。他们的眼神或哀告，或有一种强力的由弱势而生出的道德胁迫，隔着窗玻璃，一次次伸出索求的手。

遇到这种情况，我从来都铁石心肠。因为乞丐的讨要地点，不仅给他们个人，也给行路司机带来危险的事故隐患，我从不支持和鼓励。常常被车身附近突然闪过的人影惊出冷汗，我想只有让他们意识到这种方式的失效，他们才肯转移阵地。

二〇〇六年十二月，我行驶到和平门，左拐路线要等个红灯才能到达我和朋友约见的中国银行。一个三十多岁的女性表情急切地连续拍打我的车窗。看起来，她绝对不像个乞讨者。虽然穿长款羽绒服，依然能判断出苗条动人的身材，毛线帽子下的脸上五官清秀。略为犹豫了一下，我关掉音乐，打开车窗。

她手里拿着七八张A4大小的文字材料向我示意，并且用非常快捷的语速提及某某市的某某人有严重问题，问我是否知情。见我一头雾水，不知如何作答，她又以更焦急的语言节奏重新讲述了一遍，但我依旧什么都没听懂。她说："哎呀，这事中央还不知道呢，我得赶紧去汇报。"这时，绿灯亮了，我缓缓启动了车子。从后视镜里，我看到她渐渐缩小的身影继续敲打车窗，心急如焚地，一辆车一辆车地传递她的内幕消息，争取她所需要的舆论力量。

6

去剧院听新年音乐会。此次被邀请访华演出的是国际著名的交响乐团，媒体的推广攻势汹涌，果真响应热烈，一票难求。

开场之前，观众陆续入席。不知为什么，我特别注意到一对从侧门入场的平凡夫妻。女的齐耳短发，肩膀结实，我猜她试图利用有收缩效果的黑色来掩盖自己偏胖的身材。走路时轻微左右摇晃的摆度，胳膊和腋窝之间保持着比常人略大的夹角，加上她满不在乎的走姿，我觉得女人有种近乎男性的质朴帅气。那个显然是她丈夫的人，个子低小，除了脸白外一无所长，从长相到仪态，都有显著的谦卑感。问题是，周围都是陌生观众，他在谦卑没有必要应用的情况下，还是谦卑着，那或许是习惯造就他的永久表情吧。

过了一会儿我明白了，他的谦卑是有所针对的，对象正是走在他们夫妻后面的第三个人——儿子。儿子精确集合了双方的优点，母亲的身高和父亲的肤色，并且他融合父母五官中本来并不算优势的优势，把它发扬到质变的高度。可以感受到，儿子在家庭中的地位不是一般的得宠，父母之所以急切地走在前面，只是要为儿子提前找好座位——他们看起来，就像殷勤服务中的管家和仆人。他们的座位恰好在我前面。坐下来后，母亲抱着儿子的外衣，父亲抱着儿子的背包，做好随行人员的本职工作。

我的直觉是这个父亲是音乐的门外汉，他的享受并不来自演出。乐曲间歇，他不由自主地一次次地侧望着儿子，好像要根据儿子的神情来决定表态。我注意到他特别的眼神，仿佛是儿子使他体会到自己身上蕴藏的伟大能力。那种眼神，也是典型的崇拜。是的，他崇拜儿子，并且豪迈，就像猫震惊于自己生下了一头狮子。

7

早七点，我到离单位不远的“宏状元”吃早饭。粥铺里客人不多，稀稀落落的，大家习惯性地选择了间隔的座位。

我点的扁豆馅包子是现包现蒸的，得等一会儿。这时，隔桌的男子边吃早饭边打电话，他一点没打算压低声音保护谈话内容，声音在还算空旷的餐厅里回荡，逐渐引起了我的注意。

中年男子看起来商人做派，似乎处于生活有了足够保障但更向往成功的那个阶段。他的电话就没停过，我从中猜出了故事梗概，还带有几分惊险意味。由于欠人二百万钱款，他老婆昨天被索债人“接”走，当然说“劫”走也行，至今不知被藏在哪里。这相当于绑架，对方已经发出威胁。

他的第一个电话打给说和的中间人，说之所以不去报警因为都是朋友，不愿搞得局面难以收场，彼此都不好看。钱财身外之物，他正在筹集，马上还清，如果因为一点经济纠纷最后转变成刑事案件，非常犯不上。男子希望中间人做好调解工作，不要激化矛盾，要让大事化小，小事化了。

第二个电话，打给岳父，汇报紧急情况。男人说自己始终揪心、彻夜未眠，之所以不能报警，我含混听出，其中似乎隐藏着某种特殊原因：“咱们这边的事不是也不方便吗？”他说自己周转困难，正意欲解决，但数额有限，能不能让老爷子先从公司转账，救命要紧，其他问题后面再解决？

只有第三个电话，他突然调整了声音分贝和语气节奏，听不清具体语词。那种低慢、暧昧和含混，难免让人猜测是打给一个神秘的情人，或是一个阴谋中的执行者。能看见的，是男人脸上的一丝笑意。

与中间人、岳父和神秘者通过电话之后，男人才踏实下来。他招呼服务员，抱怨刚上来的粥不够烫：“亏你们还是专门卖粥的。猪肝粥，猪肝粥，非得喝滚热的才有滋味又去腥气。拿去，给我新盛一碗！”

这个商人开始滋溜滋溜、热火朝天地享用冒着蒸腾热气的猪肝粥，他将信心满怀地前去营救生死未卜的亲人。

8

从就餐环境，看得出针对的是商务宴请的客户。酒家面积辽阔，包间占了多数，装修优雅，全套的明式家具，餐具和摆件都别有意趣，墙上挂的字画颇得古风，看得出经过高人指点，不落附庸风雅的俗套。服务员类型相仿，都是二十出头的年龄，面目清爽，手脚轻捷而不多言，眼睛里看得见活儿，比之一般餐馆高出水准。我们被引领着进入包间，包间的命名也有意思，是个词牌：念奴娇。

把酒言欢，席间宾主的气氛很是热烈。推杯换盏间，有人微醺，有人薄醉，到最后，大家的注意力纷纷转移到谈话的机锋上，餐桌上的菜肴倒被忽略了。一顿晚饭，持续了四个小时，我们才依依不舍地离去。

刚下电梯，我就想起把一位朋友的赠书落在包间里了。我挥别众人，沿着管弦丝琴的音乐背景走回去……不过几分钟，包间里是黑的。

吃饭之前，我试过变换包间里的光源，所以知道开关在哪儿，就没招呼服务员，径直打开门侧的插板。随着瞬间到来的明亮，我被吓了一跳，凳子上幻觉般的两个人影突然慌张地站起来，并伴着一声“当啷”的清脆响动。

那是叉子落入餐盘的声音。半块血红的西瓜无声地掉在地板上，汁水正流过一个服务员的嘴角。一男一女，两个正在偷吃客人剩下果盘的服务员羞愧难当地躲出去。

我发现，在长达四个小时的晚餐阶段里，我从未注意他们的长相。在灯亮起的数秒钟之后他们就彻底消失在服务员的队伍里，就像为我们服务时完全消失在制服里一样……我丝毫记不起他们的脸。

墓衣

1　江蓝

此后我再也没有购买过“玄色衣裳”的品牌。最早走进东方新天地的这家专卖店，当时改良中装还没有大行其道，我瞬间就被它的独特吸引。无论窄肩阔裤的性感剪裁，还是茜素红的大胆挑色，包括珠花绣片的手工缝制，总有细节让我怦然心动。九十年代，几百元钱一双的绣花鞋算价格不菲了，可我还是忍不住收纳囊中——尽管由于夸张和浮靡，我缺少穿着场合，它终会沦为遗憾中的展示品。还有“玄色衣裳”的手袋和钱包，优雅低调，令我心动。然而，这个牌子突然有一天成为我的禁忌。因为江蓝。因为那是她唯一的华丽。

还有谁记得她的面容？那个渐渐隐入云端的天使。

脸上线条明朗，颧骨偏高，嘴唇薄薄的。江蓝眼睛很大，活泼的时候显得格外灵动，消沉的时候也显得格外失神。她高挑清瘦，身材骨感，没什么胸部曲线，像正在青春期却因受到惊吓而停止发育的女孩儿。有审美原因，也有经济原因，她的服装坚持极简主义，排斥任何缀饰，毕竟毕业不久，单纯应付生活压力已属不易——我为此嘲笑她穿得类似女厕门口的标识。但不得不承认，即使江蓝穿简洁的无袖小坎，肩膀露出鱼脊那样顺滑的线条，也让人舒服。她看起来的硬骨架，偶尔艳装其实妩媚。那是家人去上海出差带回来的裙子，并不能博我欢心，我和江蓝一个尺码，就转赠了。怪事，我穿起来奇俗入骨，在她身上，却别致清新，加上她从未尝试这种风格，同事们集体惊艳。我从未萌生过对她的妒意，她那么美好，值得得到一切。

江蓝极有灵气。她在相对偏僻的边疆小城长大，高三开始还因懒散和懵懂成绩不堪。有一天躺在床席上跷腿吃冰棍，听到外屋父母议论自己“不学无术”，她震惊于这个成语会与自己建立联系。那一刻，她的耻辱心轰然苏醒。其后，江蓝的学习精进到奇迹程度，高考上了武汉大学中文系。本科毕业，接着顺利考取北京大学的研究生。当年来少年儿童出版社应聘的时候，她毫无工作经验，但我们读了她的审读报告，漂亮得令人叹服，是那种难以模仿的飞扬文采。所以，江蓝没有借助任何人际上的外力因素，单枪匹马地来，编辑部抢宝似的留下她。

我记得江蓝的动作协调性不好，经常从门框、桌沿和凳子腿那里，传来“咚咚咚”闷硬的响声，她容易笨笨地撞上，但没有随后的呻吟和抱怨，顶多“嘿嘿”自嘲地笑两声。很少听到江蓝的娇嗔之语，对撒娇的技术化她似乎是轻视的。她慷慨、爽朗，有男孩子的洒脱帅气，我习惯了她带点鲁莽的直率——那种冒犯岂止可容忍，甚至会被秘密地欣赏，像看到雪地上一双童靴走过的脚印。

她太年轻了，只来得及爱过一次。主任面试时曾问江蓝：“你有男朋友吗？”一般的毕业生怕用人单位担心感情牵扯不利于工作，即使海誓山盟过，私订终身过，也出于现实利益而故作清纯，努力睁大似乎不解情事的眼睛连连否认，暗示校园时光都在秉烛夜读中苦度且不会产生速婚生子或星汉之隔的麻烦。江蓝坦率回答：“算是有。”“什么叫算是有呢？”“现在有个男朋友，我是很喜欢他的，他非常帅，迷人极了。但我有种预感，他以后不一定要我。”江蓝不为自尊心乃至虚荣心做一点必要遮掩，是为勇气。后来她的预感应验了。半年之后，江蓝显著憔悴，瘦得轻微脱形。她绝口不提两人分手的具体原因，我们都明白，她没有越过那个障碍。自始至终，江蓝没对那个男孩讲过半个贬义词……她说，那是她终生理想式的爱人啊。江蓝努力独自承受挫折，不让他人分担任何她不经意中带出的阴影。她蓄意谈笑风生，神采奕奕，时刻镇压着内心的痛。她让人心疼。她深爱的那个单眼皮男生，我们见过照片：身材修拔，气质舒朗，站在一棵剪影般的大树下。江蓝原来把照片压在办公桌的玻璃板下，她有时移开校对中的稿件，对照片里的他泛起笑意。后来，照片始终保留在原来位置，只不过，中间被整齐剪开，那个脱尘出俗的男孩不见了，只留上方窄窄一条青白的天空，裸枝在冬天的空气里，干净，又凄凉，没有一片树叶保留下来。

如果江蓝的死能够被预知，她或他的情感会因此改变轨迹吗？那个死，唐突得失真，似乎却成了她一生最隆重的内容。

星期二她还在热烈打牌。星期三她感到不舒服，请病假时还约好过几天一起去看电影。星期四她感到呼吸困难，入院检查。短暂的一天过后，星期六，她的心脏已停止跳动。开具的种种化验单还没来得及进行，医生在死亡诊断书上也没有做出什么令人信服的解释，只是模糊地说，她的肺叶拒绝再吸收氧气。江蓝父母和兄弟姐妹从偏远之地赶来告别他们的至亲。他们拒绝了院方的解剖建议，悲伤，使他们不可能具有和医生一样的科学好奇心。童话中的死才不需要过程，孩子气的江蓝啊，离开得太干脆，让爱她的人们几乎难以原谅那种任性。

先去中国照相馆放大遗像。江蓝没有照过大尺寸相片，经过放大和调校的技术处理，还是能看出影像发虚。失恋后的消瘦延续到死，她穿简朴的布裙子，头微微低垂，笑容隐约能感觉出她的淘气……这个傻孩子，她才二十几岁。江蓝说过喜欢的数字是“三”，因为“三生万物”，她再也看不到生日蛋糕上燃起三根结实的蜡烛。

主任执意要送套礼服给江蓝，她叹息：孩子活这一辈子都没奢侈过一回。选的是“玄色衣裳”里的昂贵款：拷莨绸质地，颜色典雅蕴藉，袖口裤角都有一抹玫瑰红。但我们不太能确定江蓝穿起来是否合身。想起自己和她一个尺码，我决定帮她试试。据说，寿衣不能代试，不吉利，我为此有点不安。看着镜子中的我，衣服的确剪裁得生动，使我增添了几分原本并不具备的韵致。我渐渐克服微妙的心理阻力，变得坦然，我深信作为天使的江蓝会保佑我。

追悼会那天，来的人很多，一是因为她人缘好，二是因为，不相识的同事也怜惜她的年轻前来告别。江蓝乖巧地躺着，套装高级的咖色在她身上并不出彩，且精巧细部都在不引人注目之处装饰着，而人们只盯着她的脸。我们煞费的苦心适得其反，她没有被烘托，反而稍显黯淡。我们忽略了，为活人和亡灵准备的装扮重点是不一致的。但江蓝的嘴唇还红，头发还柔软，她的诀别还不能让人信赖。我趴在她身边说了一句秘密耳语，还有，我在她的口袋里秘密塞入一封我并不了解内容的信。凭直觉，我想江蓝愿意接受这秘而不宣的交流和安慰。

信没有封套和外露的字迹，被折成一个特别样式。它来自照片上那个消失的初恋男友。见到他的时候，我立即理解了他何以成为江蓝终生的眷恋。卓尔不群，无论形象还是谈吐，性格低调而不事张扬，加之知识底蕴带来的教养，他有种毫不造作的书卷和贵族气。江蓝的死，对他来说，意味着命运的某种恶意。他无法对抗连续的失眠，想找我了解详细过程。他的话很少，克制着，尽量少地流露悲痛，但我能感受到那种撕裂和摧毁，尽管江蓝的死距离他们分手已经有四年之久。和江蓝的习惯一致，男孩没有讲述他们之间的过去。没有解释，没有申辩，没有抱怨，也宿命一样没有期待。临走前，他对我说："谢谢你，谢谢你信任我。以前我总认为，和江蓝之间还会有什么继续，有其他什么结果，好像我们的再见不过是个省略号。我没想过，她会以这种我无法参与意见的方式解决一切。”看着他的背影，我猜他会以不为人知的代价来消化江蓝的死。

追悼会正式开始之前，男孩一直待在角落，低调得像个局外人。他面向祭奠的花圈，似乎专心观看着上面的每条挽联，每朵纸花，每片假的叶片和上面的脉络。倘若他过多参与，是否适得其反，会被江蓝的家人视为某种迟来的追悔、敷衍的客套而加以抵触？因为一方的彻底离场，无论他们的爱情结束纯属误会抑或正常凋谢，都会使旁观者的舆论倾向不利于剩下的一方——他会因为难以言明的理由而被众人宣判。何况，现在有个仿佛与江蓝关系更为亲近的人以近于男朋友的位置正和她的家人们在一起。

“仿佛关系更为亲近”，我说“仿佛”，是因为，它仅仅是“仿佛”而并非“是”。我从骨子里认定这个初恋才是与江蓝更般配，更能呼应，更在同一高度翱翔又在同一深渊里受苦的，精神和肉体上都最为亲近的爱人。江蓝的第二个男友我也认识，是出版社同事小尹。小尹没什么不好，只是规矩本分，对社会秩序和标准怀有天性上的认同。他与江蓝，还不曾共同经历灵魂的寂静和风暴，不过在互生好感的短暂时期江蓝就意外离世。即使相处漫长，他又能否洞察江蓝那么通透的灵犀呢？我偏心于冰雪聪明的江蓝，而小尹太普通、太安稳、太社会化，他或许确是居家好男人，江蓝是否愿意因此敛息翅膀？从初恋到小尹，江蓝对男友的选择让我隐隐难过：亲爱的江蓝，你太寂寞了也太疲倦了吧？放弃闪电的明亮而选择烛火的暖意，是你对生活的省悟还是对生活的妥协？尽管由小尹来充当江蓝的男友身份有些勉强和临危受命之感，但对小尹来说，办理后事期间成为江蓝的模拟家人，其实也体现了他的善意和责任承担吧。我曾偏执地想，小尹是否也在自愿担纲的悲剧角色里体验着自我牺牲的道德满足？江蓝，但愿你能原谅我胡乱且恶意的猜测，我无意臧否你的感情归宿，我只是不能适应你的死，不知道把这股怨气发泄给谁。假如我一厢情愿地误解了什么，你那么磊落大气，一定不会计较我吧？当你曾至爱的男人难以通过正常途径和你最后沟通，我同意作为传递者，把那封信悄悄送至你交叠的双手下。他竭力控制中的泪水让我无法拒绝。江蓝，当你成为火焰中的玫瑰，我愿你得到更多祈祷和祝福。

清晰地记得一个四月的午后，江蓝叉着小蛮腰，站在窗口晒太阳，然后回过头，得意扬扬地对我宣布："小时候我多骄傲呀，我以为上帝是用一只眼睛照看众人，用另一只眼睛专门是来照看我的。"想起这句话，我就酸楚。是不是，上帝想念他尘世颠簸中的孩子，把她提早召唤到自己身边？是不是真正的天使，永远会受到爱的羁绊？然后她被放逐，即使我们再汹涌的爱也无法抵达到她的内心。她独自在不为所知的沉寂与落寞之中，不再需要任何潦草的慰藉。

无奈的是，江蓝再优秀可爱，也会在众人的记忆中变得模糊。她的生活没有来得及留下足够的擦痕，所以不会给他人造成长久的锐痛。她的道路未知因果，她活得简单到不够总结。她的初恋，她的家人，小尹，还有我这样勉强算作朋友的人……谁在历久之后还能痛楚，而不把怀念变成轻巧的惋惜？往事中我试穿寿衣那一刻的坚定，和今天我对“玄色衣裳”品牌的回避，有多少是出于对江蓝的尊重，有多少是出于对自我的维护？我不安，因为试过他人的寿衣，担心自己在死神婚礼上充当伴娘而受到可怕的牵连。所以，每个人出于自利原则，都会小心地移开他人的死，无论，这个死，对他曾经构成多么严重的打击。

江蓝过世后不久，同事的小女儿来办公室玩儿。才上幼儿园的她颇为灵慧，会背诵诗词，被称为“小神童”。她淘气地脱鞋站在椅子上，主动要求表演自己得意的节目。“江南好，风景旧曾谙。日出江花红胜火，春来江水绿如蓝。能不忆江南？”她的南方口音“L”“N”不分，听起来，“江南”的发音很像她的名字，巧合的是，小神童就站在江蓝原来的那把椅子上。我们不由得愣住。小女孩没有得到及时鼓励的掌声和糖果，委屈地哭了起来。

她的眼泪惊醒了陷在短暂回忆里的人们，于是，夸奖的夸奖，抚慰的抚慰，以孩子为轴心的世界继续旋转。

2 病榻

血、尿等被长长短短的试管所盛纳的体液。偶染渍迹的化验单。切片和病理报告。辨识不出器官和部位的图像。不断叠加的病历页。天书般的符号和字迹。他看到了惨白色的一页——微斜地，那行宣判结果的黑字。他体会到一种慢慢掉下去的感觉。像眼泪，像适合老年人乘坐的电梯，或者，像即将的死别。其实他只是膝盖处发软，这使他的身高被降低了几公分，更切近他日渐的老年体态。恶意渗透的未来，正从远处发出恐吓。或者，也算不得远处，已能看清涌动而来的一团黑影。

穿着无声软底鞋的护士步履轻快，推动满是金属支架的平车，运送即将或正在陷入昏迷的患者——手术室里，斯文儒雅的医生手持利器，准备就绪。她想，那已经是福分了吧，他们还有兴趣打开胸腹去修理产生故障的肌体。而她毁灭的引线已经在体内点燃，没有谁还有信心去扑救……开始数吧，她生命的倒计时。

婚纱照是刚刚得知绝症后补照的。尽管小溪般的皱纹已经凝固在彼此开始干涸的脸上，但脂粉和高调光进行了强有力的弥补，她看起来，还是一个风姿绰约的新娘。然而，每个人到最后都终将接受一场残酷的婚礼，被死神所迎娶的，才是永不背叛的忠诚新娘。死神将吮吸她们冰凉的舌尖，引领她们，躺上漆黑的床榻。

他想起新婚时候那个小新娘。她耳后的发丝在他手指间发出沙沙细响，她的肌肤闪动矿物般柔腻的美质。她漂亮，害羞，以一种感恩的神情看着她的英雄。是的，他救了她的命。她游泳时发生意外，抽搐到不能自救，体能耗尽后已放弃挣扎……她的头发散开，逐渐枕向水草。是他，冒死把她带离深渊。经过抢救，当她慢慢苏醒过来，身体和眼神都有水果那样沁人的凉意，水珠使她拥有一张镶钻的脸。如此俏人儿，怎能去死？他们的感情是从一次拯救开始的。她不仅没有美人通常的自以为是的傲慢，反倒有着与她容貌不相匹配的紧张与严肃，穿得永远像个正在接受面试的家庭教师。但正是这些矛盾之处，深深打动他。她有时出神，像个寂寞的远游者，思维停在没有丧失坐标系的某个地方……每当这时，她就像个深海之下沉默的小人鱼；每当这时，他就想，自己要做她终生的锚链。像故事开始所说的，那是在很久很久以前。

诗经曰："死生契阔，与子成说；执子之手，与子偕老。"年少激情里谁都热衷轻许诺言，但时空碾磨，多少放弃，多少憾恨，多少负情与寡恩的故事，要经过多少死而复生的考验，两个人才能握住对方渐生老人斑的手走到终点……其间沧桑，非初日浓烈的情欢所能匹敌。他们不怎么说情话，相互之间满溢润物无声的珍惜与眷护。静水深流，处变不惊，他们都不喜欢那种一阵风来就叮当乱响的风铃之爱。克制中的情感传递，比之过分炫耀的煽情，更具备感染力。他越来越体会到，盐的滋味，远胜于糖——这些普普通通的颗粒，才是最应珍视的从生活中结晶而来的东西。

风雨几十年，肯定产生过细小的磨蚀，那又何妨？如同海滩，沙砾间夹杂着耀动微光的石英铺陈脚下，带来碎时光里的点滴安慰。坦率地说，她并不具备优秀妻子的基础本领，当应对诸种具体细节，她甚至经常无措。除了美，她并不实用，似乎唯一技能，就是操作千篇一律的早餐，把鸡蛋煎成黄疸色。但触动爱的，常常是些古怪的理由。比如宠物受到袒护，并非由于美德，决定因素可能反而出于某种弱点：贪吃、懒惰、

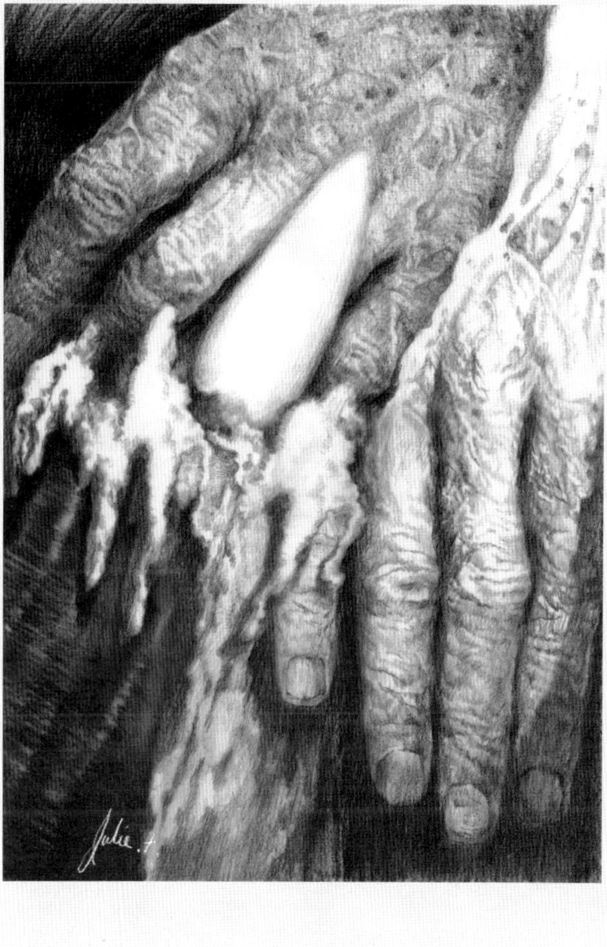

要经过多少死而复生的考验，两个人才能握住对方渐生老人斑的手走到终点……

好妒等。缺陷仿佛面颊上的酒窝，比之平展无瑕，更容易让人沉迷。也许正是她的柔弱无助，让他愿意终生保护以使她远离忧扰。

婚后第三年，他们有了个可爱的女儿。他心理上觉得妻子依然是他的大女儿，真正的女儿仿佛成了小女儿。孩子之所以叫明黎，因为她是早晨降生的。当天地之际透出薄膜似的一层亮光，湿漉漉的仿佛被涂抹过油脂的女儿带给他奇迹般的惊喜。

他们几乎没有遇到过重大考验。他们的婚姻像是从一个幸福模具里倒出来的。于是他们放松了警觉，对变化毫无戒备，以为一切都会按照既定航道平稳向前，如同运行着某种精确的公式。残酷在于，人永远鲁钝，他无法预知，哪个位置小数点的轻微移动，就会致命修改原本应有的完美答案。有一天，他突然得知，她即将的死。

他们曾尝试各种治疗方案。一开始，她身体肿胀，脸上反倒光亮起来，月亮般圆而皎洁，又像刚刚从面包炉里烘烤出来，带着蒸腾的令人喜悦的热气。她不好意思见人，似乎患病意味着某种耻辱，仿佛她的胖美已构成部分罪恶。他不断安慰爱妻，满怀坚定的耐心，他想自己必将忠诚，甚至会贪恋她因年老而塌陷的肉体。多么具备反讽意味啊，被死神戏弄之前，我们的一生曾一直显得庄严。

可惜，他低估了潜藏在她体内的对手。它使她发生不可逆转的角色转换。她的五官。她的嗓音。她的体形。她的脾气。好像有什么撕破了囚禁它的皮囊，露出狞厉之色。每当她疼痛或药物反应剧烈时翻着可怖的眼白，流出含血沫的口水；每当她嘶吼并诅咒，享受着唯有恶意破坏才能带来的短暂快感……他无法确认这具熟悉了数十年的肉身。理性和旧情并不能说服自己，他讨厌这个有着口腔溃疡、皮肤疱疹、内脏腐蚀加之骨质疏松的疯女人渐渐习惯使用由疾病和死亡赋予的施虐特权。他曾承诺过护佑她一生，但现在，“她”还是她吗？她更像一个闯进他幸福晚年的邪恶的陌生人。他独自怀有已经不能被她所体会的椎心之痛。

他曾以为自己能完美地执子之手，听完告慰的临终曲，但疾病改变了死亡原本缓和得不易察觉的节奏。是的，他发现疾病使生命运转的带子被卡住了，而她本应更顺利地过渡到她的死亡。她应该像奥菲利亚，垂下百合花般的眼睑，安静得一如漂浮水面的睡莲，重新实现他们相遇时那次迟来而完美的溺亡。但她，无比顽强地维护自己已经变形的衰弱生命，抗拒那个本来可以使她获得尊敬和想念的告别，由于胆怯，她在顺流而下的时候急于抓住什么殉葬品。而他也是胆怯的，他不知如何拥抱一个陌生到令他恐惧的老妇，如何继续热爱她废墟一样的肉身？藏匿其中衰竭的脏器，使她的呼吸带了一股越来越浊重的臭气。

数月之久，他每天必须及时去医院陪护，承受她的疑心下的拷问、刁钻要求和蓄意折磨。她只有从他越来越强烈的困扰和痛苦中才能确认自己的地位和残留的支配权。她从温顺新娘变成刻毒巫婆，他觉得自己的生活被诅咒了。唯有当她因疲乏而入睡的片刻，他才重归心旷神怡的安宁。

他望着病床窗外的晚云，疙里疙瘩的，红肿着，让人想起金鱼那仿佛轻度溃烂的皮。他有一条头冠生有肉瘤的金鱼，品种不凡，游姿雍容。前几天早上，它左腹膨胀，左眼珠塌陷，左侧身体密布针状的出血点，患病的左侧对称着完好无损的右侧，更显出可怖。他怕这条病鱼传染了其他健康的鱼，于是把它单独捞起，放在一只洗脚盆里，撒上一点点用于消毒的盐。这只鱼降落在盆底，尾巴平铺，只剩右鳍依稀微弱地划动，看不出鳃部的开合。他无法猜测，在它的意识里，是否只剩下受刑般的左侧。偶尔，这条鱼回光返照般大幅度翻转，连续转动几圈之后，接着沉落，延续奄奄一息的残生。即使预感它必死无疑，他也不忍心把它直接冲进下水道里，让还在闪动鳞光的身体混淆于屎尿之间。他希望它尽快屈服，上翻起冷白色的腹部，这样，任何的葬身之地对它都不意味着羞辱。但是，它不。它就那样顽强得让人生厌地、生不如死地熬了三天三夜。等它真正变成一条死鱼，他隐约嗅到水盆里散发出一股不好形容的呕吐物的气息。后来，他翻资料才明白这条鱼患上了腐皮症。它从活着的时候就忍不住它的腐烂。

他望着她还在睡眠之中的脸，短暂的此刻，她拥有亡灵的高贵沉默。亡灵拥有绝对的权力，她闭上眼睛，就把整个世界关在外面。如何生，决定着生命的健康方式；如何死，决定着生命的尊严方式。生死之间并非清晰的横截面。它们扭缠如昼夜。人之躯体，不过是一块小小的殖民地，不断变换着它的领主。每当一个人进入睡眠，他不知道，死神会趁着夜幕前来清点终归贡纳的礼物。

最近，他经常感觉右下肋像被什么钝器击打的疼痛。他害怕，害怕被一双即将没入沼泽的手抓牢而成为殉葬品。曾经许诺过分享生死，仿佛誓言就是人生最隆重的给予，但考验让他明白，自己的誓言是如此脆质之物，承受不住一个态度稍微严厉的威胁。老者之所以容易膝部弯曲，不过是在死神的脸色下表示臣服而已。《圣经》说女人经由男人肋骨所造，他触摸着自己猜测自己肋骨位置的疼痛。她将永诀于他，有如果实给承托它的梗以震颤；而一枚过于沉重并不舍坠地的果实，是否会导致枝条受伤折断呢？寒意上升到他支着腮的肘部。

他站在她的头顶上方，仔细观察她黄昏中的睡容。这最后的光，这垂败之花。尽管年轻时曾以长睫毛自傲，但久卧病榻后，她合拢的眼皮之间光秃秃的。他惊讶地发现，她的睫毛比头发掉得还干净。也许她会上天堂吧，在那里睫毛没什么用处，她甚至不需要眨动双眼，因为真空般纯净的天堂里没有什么东西能让人哭泣或惊讶。她的左脸略略异样，模拟了那条患腐皮症的鱼，看起来有点歪，仿佛被什么吹动……波涛倾斜，会让她这条木板有了裂缝的旧船告别被狂风篡改的航线，没入深不可测的海沟。

有一首高加索民谣唱道："风把多余的东西都吹散……"他设想，她死后，回忆会带着发酵后的微甜降临，偿还岁月所剥夺的一切。他会在寂静中重温她的美貌和美德，重温她虚拟中的手臂和怀抱一样的宽恕。那该多幸福啊，作为年迈者，他还有余力吮吸生活残剩的浆汁。要知道，激情如同老年的分泌物，非常艰难地才能贡献出可怜的一点，可以说他现在就在有限的激情里，他希望这个沉睡的老公主感应得到，并且睁开因宿命而顺从的眼睛深情看着他……谢幕眼神之后，灵魂和她的口臭一起，飘散开浊重的气味。环绕她的时间被抽离轴心，死之前的鬼，死后都会被晋升为仙。这就动身吧，他在心里小声劝慰：送行的门已打开，泪水已酝酿。他告诫自己要满怀最后一点耐心，毕竟，积雪即将融化。不由自主地，他深情凝视她变形的五官，眼神如同暴风雪之前的夜晚，有种惊心动魄的别样温柔。与此同时，预感即将到来的自由又让他抱有一丝惶恐，如同孩子目睹病入膏肓的父亲正在消逝的权威……他，是否，将因此享受到天堂传说中那瞬间的极昼般的欢乐？半梦半醒间她呻吟了一声——他被这呻吟和自己酣畅的恶意惊呆了，迅速移开自己覆盖在她上方的阴影。

寂如死灰，赎期将至。两个星期后，监视仪显示，她的心跳停止了，但愿这条笔直之线象征生死过渡的平坦。他的心情复杂，难与人言，重新怀恋她废墟般的肉体和完全隐形的笑容。她是他的过期日历，夹藏着整年的喜悦和除夕夜突然变调的黑寒。

焚化炉里恋尸的火焰，将把纸薄的命运揉皱，吹散。面对火，他却再次感到一阵不可抵抗的彻寒。也许，成为燃料就不会被冻僵，愿温暖在火里，就像拯救也许藏在欺骗里，幸福就在天堂般辽阔的死亡。也许，她铺好天堂里的双人床，在左侧躺好，右侧床单上她留下整齐的空白。他又感到了那种畏惧，不由自主把眼光投向旁边失神的女儿，寻找援助。如果死后人能洞穿世事，他希望妻子原谅自己意识里曾经的小小背叛，并且理解，由于牵挂女儿他才滞留尘世——如此向死魂解释的时候，他明白，这依然是借口，是推卸，是阴影般的胆怯。

她的骨灰，比她出生时的重量还轻……通过活着，她似乎欠下人间更多的东西。

3　骨灰

我是姥姥姥爷养大的。姥姥做的鸡蛋羹嫩滑可口。因为挑食，在北京缺少蔬菜供给的冬天，我拒食千篇一律的大白菜，姥爷靠专门买来的鲜蘑菇帮我度过单调的冬天。当时肉也凭票购买，数量有限，但我的小碟子里总能保证盛着五六块红烧肉，他们却舍不得吃。下饭桌前，我把最后一块酱红多汁的肉块含在嘴里，回香浓郁，整个口腔里弥漫幸福的滋味。我的胃和感情长期习惯了姥爷和姥姥的喂养。

一九八二年，姥姥在院子里和邻居聊天，脚下踩着的一根滚木突然移动，她被摔成股骨胫骨折。由于她患有比较严重的糖尿病和心脏病，以当时的医疗水平，医院不敢接收这样的病人手术更换股骨头。姥姥再也没有站起来，其后几年始终在家卧床。

一九八五年十月十八日，姥姥由于肠穿孔的急腹症住院。经过手术抢救，姥姥熬了十八天后过世了。其实在姥姥手术的当晚，我正因开水造成的大面积烫伤住进另外的专科医院，毁容后的颜面可怖，院方难以安排和我同住的病友。利用玻璃窗的反观，我意识到自己成了现实化的噩梦。伴随发生的高烧、鼓膜穿孔、皮肤感染和血管性偏头痛等，使我不可能离院去和姥姥告别。脸如满月、口厉心慈的姥姥，当她被担架抬走那天，我毫无预感，并不知道我将从此再也无法感受她的温度。

然后是姥爷。一九九七年我们搬家，从一层到了十层。身板本来灵活的姥爷突然有如植物丧失地气般疲倦下来。原来他天天照看院子里的葡萄和香椿树，每周都喜欢独自走走：公园、小吃店和商场。搬家后他话少了，嗜睡。我仍旧尝试每星期带他外出一次，以维持他的运动量和心境，但他兴致锐减。一九九八年，八十九岁的姥爷从年初就开始住院，先由于腹泻，数月后又发现贫血，他表现出肾衰症状但又达不到血透标准。折腾到夏天，姥爷的情况才趋于稳定。他自称是过了鬼门关，精神和情绪反而活跃了许多，并自我激励要活到九十大寿。同年八月，他臀后生了脓肿，在家里换药很不便利，为了得到全面监护，我们决定让他留院观察。那年洪灾，我被紧急安排去武汉电视台的抗洪直播晚会写串场词。去机场前，我去医院跟姥爷告别，他的笑容疲倦而温和：“好好去吧，早点回来。”我抱着姥爷窄窄的肩，下巴抵到他脖子上，我多么喜欢和留恋这个安静、消瘦又干净的老头儿，他让我觉得年老是一件有非常尊严的事情。在武汉经历了严重失眠，我首次连续三天三夜无法入睡分秒。返回北京，我从机场打电话告诉爸爸自己直接去医院的时候，才得知就是自己备受失眠折磨的时候，姥爷走了。据说姥爷当时并无痛苦，只是深睡眠，怎么叫也叫不醒，后来就在睡眠中过去了。

无论是姥姥还是姥爷，我都没能陪伴他们的最后时刻。他们的死对我来说，有种失真感。

我用小刷子轻轻扫拢姥爷的骨灰，这些微黄的小骨块，这些气孔和粉末，就是他全部的情绪、记忆、美德和荣誉。

买了一对汉白玉骨灰盒。听妈妈说，姥姥下葬时用的是红木盒子，具体样式记不清楚，无法和姥爷的凑成双，干脆趁着姥爷与姥姥合葬，给她也换个新居。打开墓碑下的穴坑，没想到，姥姥的骨灰盒木质结构已经朽裂，以致更换时骨粉都撒出来一些。我心里一惊，为了不让妈妈太难过，我故作平静地继续。

合葬之后，似乎安心许多。每隔一段，就和家人一起扫墓，这儿也是我秘密的祈祷之地。我执拗地相信，他们安详的老灵魂就居住在那里，从来不曾远离。他们凋谢，这里才繁荣。我喜欢午后独自坐在墓碑对面和姥爷姥姥交流，直到膝头的夕阳像趴着的小小软皮兽。我总感觉存在着某种来自未知的感召，感到隐形的手搁在我额头。有年深秋，我无意间看了一眼竖起的碑和下面连接的石台之间有一线缝隙，我发现许多在里面避寒的蜗牛。蜗牛的品种似乎是长不大的，顶多，像个孩子的指甲盖。仅凭半透明的脆质壳和薄薄一层分泌物组成的蜡封无法躲过漫长寒冬，它们必须寻找到安全的避难所。公墓是个理想的选址，蜗牛会得到像姥爷姥姥一样的亡灵护佑。脸慢慢贴在墓碑上，石质切线抵着我的颧骨……当大神的铁器挥动在头顶，我们一如幼兽，无法自控，拱动着寻找其实已经不再供暖的怀抱。

我去公墓的时候偶尔会约上明黎。她母亲的碑陵在辛金区，和姥爷姥姥距离不远。

两年前母亲去世，明黎觉得自己的源头也神秘地慢慢干涸。其实母亲的生活能力并不强，有些时候，明黎会错觉她始终停留在爱撒娇的姐姐身份上。包括患病期间，她都没有把握住最后的成熟机会变得笃定而独立。大概是恐慌吧，那段时间母亲突然……坦率地说，是令人生厌。多亏父亲，一直对母亲耐心和专宠，陪了她一生，陪她从少女变成骨灰。但母亲故去，似乎结束了明黎某种持恒的幸福。明黎和父母之间原本由三点构成的平面因为缺乏母亲的支撑塌陷下去，甚至她与父亲的沟通都出现障碍而不再顺畅了。其实，她和父亲存在着一个辛酸的共同点，他们都是母亲留在世界上的遗物。她想，也许所有的生者不过都是死者的遗产，如同死者也是生者的遗产一样。

是啊，我们得承认，世界有时由死者说了算，所谓传统，不过是死者们留下的口头或书面遗言。死，是活着唯一的常规和定数，它甚至构不成事件。当胎儿成功穿越母亲产道，等在前面的，是生命辽阔的开始和必然终点。每个人最远的未来，不过死亡，没有什么比这更确凿——死应该是我们最为熟悉的事物。同时，死又是最为陌生的事物，因为我们谁都不曾亲历。死亡是我们必备的公共知识又是永远不曾拥有的经验。生老病死，普天之下的寻常事；只有和我们自身利益相关，死亡才构成令人意外的灾难。

明黎拜访墓地不仅因为母亲，更是因为她自己的母亲身份。一年前，明黎怀孕，双胞胎。他们在她幽深的体内漂浮，渐渐长出混沌的五官、芽苞状的手指、绳结般的生殖器……明黎觉得自己生命之树因为两个奇异的胎儿而分出枝杈。然而，她根本不知道哪个程序上错了。浸泡在依旧温暖的羊水里，某天某刻，她所怀揣的，成了一对死掉的胎心。雨后的深秋，破床单一样的落叶，纷纷铺在即将睡眠的大地……她让广口瓶里浸泡的孩子移居到土里，葬在母亲墓碑之下，深信不擅长家务的母亲将成为最慈祥的外婆，呵护她与世永诀的孩子。那是双胞胎啊，明黎成了一死再死的母亲，幻想虚拟中的团圆才能让她有所安慰。

那天很冷，我陪着她，并且知趣地躲开，让明黎单独埋葬。我看见，雨水积存的半只深色瓦瓿边缘，沾了片枯叶。一只昆虫谨小慎微地爬行，试探着，躲进了枯叶背面。它好像被一只老年的手藏进掌心。被掩埋的胎儿，雏形的脸会在泥土中很快模糊——最小的孤儿，哪里才是他们终极的归宿？向下？沿着错综的根系下潜，直到拉动最深的须脉如同地狱的门环；或者，向上？沿着秘密的逆时针返回，重新占据明黎充盈的子宫，甚至增加她记忆的污垢。雨水还在稀稀落落地下着，深色的雨水终于溢出瓦瓿。枯叶落下来，那只落水的昆虫挣扎着翻回叶面，唯有树叶飘到瓦瓿边上，它才可能再获逃生之路。整个秋天翻飞着，它最终是否能找到藏匿它的一叶方舟？

一只昆虫谨小慎微地爬行，试探着，躲进了枯叶背面。它好像被一只老年的手藏进掌心

我钦佩散文作家秋子，她近四十岁“高龄”的时候才开始学习舞蹈，并跟从现代舞团各地巡演。在我看来不啻奇迹，她的生命享有不断的生长期。秋子喜欢摄影，有一段时期热衷的拍摄题材是手。她利用朋友聚会时抓拍，镜头里唯有手的特写，并不选取相关五官。当我观看回放效果时，才发现，被凝固的瞬间，独立的手更具表情：自然率性的，做作扭结的，阴谋的，克制的，颓废的，害羞的，因渴望而喜悦或不安的……那么多的手，在数量和丰富性上都倍于人的脸。秋子还有另外一组主题照片震撼我。赴欧洲演出期间，秋子把大量自由支配的时间用于参观公墓。整天一个人，她说在那里待不够似的。我曾欣赏过秋子电脑里的储藏，成百上千的照片，从视野辽阔的远景到某个雕像精微的局部——数小时过去我却毫无倦意。墓碑所具有超越尘世的美感令人无法不尊重。我想死者被免除了最基础的劳役，不再奔波，不再为占据生存空间而反复挪动，他们沉积下来，成为这个世界无须位移的基座，成为历史和传统中积累下来的重量……他们的手，一定，全部松弛下来。

夕阳残照，如同接受着老年人的抚摸……暧昧之中维持着某种必要的安全感。我也曾因在黄昏流连而迟归，不得不穿行傍晚的公墓。晚上的墓地氛围完全不一样，好像，世界被翻出了深暗的底衬。我默不作声，加快脚步，拼命对抗着由黑暗、沉寂和未知之物带来的强大恐惧，总觉得有谁在暗处追剿着我。墓碑下，那些幽禁中的黑眼睛，空无一物的手……我边走边在心里乞求，生怕自己的不慎之举被误解为侵犯。

我们唯独不怕见到的死者是自己亲人。我们执拗地相信，他们依然带有可以亲近的天然体温以及与人间保持联系的可能，我们甚至相信，死亡能够赐予他们更多的理解智慧和宽恕能量。除此之外，与自身无关的亡灵很容易被想象成从死亡那里获赠某种邪恶力量和豁免权，对生者来说意味着无时无刻的威胁。死者身份的变化，决定我们永远无法公正地判断死亡。它可以被赞美，也可以被诋毁。

生与死，维护着自然界完美的对称。从秩序意义来说，死亡，是食物链终端神圣的解决方式，它如同狮虎这样作为终极杀手的肉食动物，拥有令人凛然的美感、力量和残忍到无动于衷的绝对权力。人类必须服从这样的法则，唯有神和死神能不受约束。神不灭，永远没有嬗递和新陈代谢，永远收纳而不流失——假设敢于冒着渎神之罪，我们可把神的功能总结接近于中国神话中的动物——貔貅，只是更文雅和被圣化。但神的此种永生，难道不符合死的所有特征吗？符合它的持恒稳定，它的安静，它不受任何手段胁迫的超然物外？那么死神呢？最令人震撼之处，就是死神享有死亡的豁免权。永不沉寂到死里，不死的死神才在永生里，并且，虽然在样貌上被描述为老者，但亿万斯年，他活力不朽，没放过一个逃亡性命——死神无须坐骑，他步伐轻快敏捷，走起来比所有跑起来的命都要快。或许生死之间，神鬼之间，存在着某种内在交易不能被人类的智商所理解。我常常觉得死亡有若一枚有毒的果核，是的，它既致命又是种粒，因为象征消亡的同时也象征神秘的孕育。西方的死神形象直接比拟着这双重性：他所背负的锄镰，可用于割刈，或种植。

我们可以把月亮看作金色的乳房，月光如水，哺喂众生；也可以把月亮看作锈迹斑斑的斧刃，悬而未决，有命旦夕。我凝望墓地上方的夜空……月亮高悬，究竟谁能从这只有着坑斑的水晶球里，占卜出我们的命运？沉睡魂灵能否听到遥远的号声与感召？也许每块墓碑，都是一座私人的最后教堂。

归来吧，宗教般的命运……置身其中，亡灵的心坚如磐石。

我在青春期沦为一名悲观主义者，觉得成长艰难，每个明天都危险，伴随着不可预知的灾变。我认定自己再小心面对这个世界，也会有刺客突然闯入我的未来。唯有少女的短暂时光里，我曾把死神作为最可亲近的神明，他万能的大怀抱能拯救我远离所有的尘世苦难。只要转动匙孔，我就可以轻易进入无人打扰的密室将自己禁锢——敢于赴死，我为这种勇敢暗暗自豪。其实想想，那时的敏感，不如说是娇气和矫情；所谓勇气，也不过急躁和怯懦，些微受挫就力欲寻求终极的逃避。

时间忙乱的蜈蚣脚，一天天翻过我的额头。什么时候，我变得如此畏惧，如此贪生怕死？什么时候，我已不再是在枕头下默默积攒安眠药、随时准备和这世界自由告别的那个女孩？什么时候，我也将不再是飞机颠簸中始终保持镇静、慢慢享用果汁的窗边乘客？我希望距自己的葬礼无限之远，远得连想象都无法轻易丈量——这不就是奢望永生？是啊，我承认那么那么地怕，包括写下这篇文章的题目，我都在害怕……因为想起了罗马女诗人尼娜·凯瑟，她在《其他的生命》这首揭示“谶语”力量的诗作中这样开篇：“我随意写下的几乎全都来威胁我。”

江蓝骄傲的名言说：“我一直觉得上帝用一只眼睛来照看芸芸众生，用另外的一只眼睛专门来照顾我。”后来她和宠爱她的上帝在一起了，我愿把她遗像上的表情看作来自天堂的微笑。那么，神是用哪只眼睛来照看我呢？我希望睁一只眼闭一只眼的神就此放过我，我宁愿被忽视也不愿丧失活着的苟安。小时的我因感觉缺失母亲的偏宠而向往夭折，我以为，那样就会让忽略我的母亲在悔意和回忆中浓烈地爱我。但人到中年，我看待死后的怀念与赞誉如同看待通货膨胀后的钱币；而且逐渐体会母爱源远流长的滋养，它保佑着我这条小鱼能一直流到海里。我知道，我们对生的态度决定了我们对死的态度——我也知道自己现在有了太多留恋，所以才感恩，所以才恐惧于被剥夺。

我做过一个噩梦。照镜子，我看见镜中人已是巫婆般的衰老样貌——眼睛凹陷在放射形的褶痕里，嘴角像受到教训的孩子那样下撇着——我震惊于自己分外陌生的皱纹，我甚至不知道，多少个夜晚之前，自己的脸就是这副样子被月光照耀。为什么别人会每天渐入老境，对我，却是突然到来的惩罚？我还有好奇、不甘和情欲，我还有许多尚未被自己了解的角落需要呈现，我还有微弱电量，能让我像个坏掉的收音机那样咝咝低唱……巨大的委屈感席卷了我，枕边人正是因为听到含混的啜泣才推醒我。我从深渊里获救，有些诧异，因为自认并不算是怕老的女人，何至于在梦里泣不成声呢？我忽然省悟，人们之所以怕衰老，也许，不过是怕自己打扮成了死神中意的样貌。

因为必然的死作底，我们的生，才弥足珍贵。

噩梦惊醒之后，我起身去厕所洗了把脸，洗去沁出的冷汗。我在浴前灯的光亮里像刚才梦中那样照着镜子，慢慢地，我体验到被惊吓之后一种奇异的自由。

浴前灯照射区域有限，我身后的空间依然是黑的，如同，我还有死后庞大无边的黑暗未被触及，或许那黑暗里藏着阿里巴巴石门后的财宝，只不过赐予秘咒的时刻尚未到来。我盯着自己眼角嘴角渐生的皱纹，没错，我正在老去的路上，但我近于21克的灵魂还安全地隐匿于肉体的保护之中。

我轻声安慰这羽毛样轻盈的灵魂：嘘，你似乎天生有罪，才能被我终身囚禁；你也是我的珠宝，个人终身的小收藏。某天，某人会附身死神耳边，将我出卖；而谁窃取你，谁就是你的新主人。但那又何妨，至少，在我死亡的那一刻，也是释放你的瞬间。那时候我愿你飞，像羽毛也像种粒，像蒲公英梦幻般的出发。

我知道终其一生，我们都在与时间拔河——而在灵魂起飞前的漫长等待里，为什么，不让时间成为我们胯下的魔帚，带我们开始不可思议的旅行？没有爱能在途中遗失，所有故地失散的兄弟，终将在墓地相聚，醉饮。

仙履

灰姑娘的12点

浪漫的情节，使我们倾向于把《灰姑娘》理解为一个爱情故事，而不是更靠近它本质的复仇故事。被埋没的落难者，如何抓住机遇自救，并彰显最后到来的荣耀。对继母和两个姐姐来说，这种荣耀等同心理摧残，伴随着她们流血的脚跟、被啄瞎的眼睛等显见的肉体摧残……灰姑娘终于释放了积聚已久的仇恨，体尝到获胜者甜蜜的平衡。

灰姑娘本是富人家的孩子，因为丧母突然沦入孤儿命运。担水、生火、烧饭、洗衣，她本应火焰燃烧般的未来熄灭在炉灰里。尘垢是她的磨难，也象征对她高贵出身的遮蔽。从蒙灰到洗尘，从仆妇到公主，是被剥夺的身份重获归还的过程。因为不公正的受难，灰姑娘索要的补偿大于失去的。她要求由贵而显，进入王室绝对的权力。这则童话展现了低贱者的篡夺能力和智慧。不言而喻，水晶鞋一定是双高跟鞋，适合足底的优雅弓形并不是它最显著的特征。高跟鞋意味着基座上的抬升，穿着者必须挺胸抬头、刻意向后才能维持平衡，如同灰姑娘装扮公主时貌似高傲里所掩藏的心机——必须伪装姿态，否则，踩在高跟鞋上自然状态的身体前倾，就会流露内心深处的渴慕——靠近更高等级和权势时的渴慕。

南瓜变为金光闪闪的马车，老鼠成了神气活现的车夫，陪衬物都得到身份提升，烘托翩跹而来的伪造公主。灰姑娘衣着明艳，还有一双极尽奢华的水晶鞋——这些本不属于自己的贵族象征物，使灰姑娘如同一个印玺的窃取者，她将凭此与王权相认。她的自拯、野心和复仇，必须依靠巅峰上的权力。舞会上灰姑娘隐瞒自己，一开口就会破坏华服带来的自信；她要让所有人都认不出自己，就像密谋行进中的不露声色。

从不堪现实到华丽梦境，灰姑娘连续性的厄运被打破了，身边的一切瞬间成宝藏。现实是詈骂，梦境是舞曲；现实是炉灰，梦境是美酒；现实是继母凶蛮的脸，梦境是王子深情的眼神。这是童话的特性，善恶、美丑、真假之间，总是呈现清晰的对折关系。没有比咒语更快的给予，也没有比咒语更快的剥夺。12点，点石成金的魔杖有时限，它会重新把灰姑娘推回深渊。这个埋伏下来的危险时刻，预示某种失控的政治——灰姑娘灵活闪跳，防止自己被困顿的真相揭露。她是现实与梦境的双重逃亡者。

魔法的钟即将敲响，导致灰姑娘匆匆逃离时不慎遗落了水晶鞋。她可以归还借来的礼服，但她无法归还落在王子手中的水晶鞋，它像从梦境中偷来的宝物呈现于现实。掉了一只鞋，一定是跑不快的，即使12点就要到来，即使王子紧紧追逐。一只穿了高跟鞋的脚和一只光脚配合起来奔跑，一定是速度最慢的。再怎样情急，灰姑娘也应该体会出一扭一拐的笨拙和艰难。有两个办法可以解决问题：捡起这只鞋穿上，或者把另一只鞋也脱下来，如此行动才更快捷。仔细比较就会明白，捡起水晶鞋一定不会比瘸脚奔跑所需时间更多。那么灰姑娘为什么呢？除非，这只水晶鞋是她预谋留下的。

是的，在此之前，灰姑娘和王子跳了一曲又一曲，而一双跳了整个晚上的鞋必定是合脚的，那些复杂的快步、跟从、旋转、踢踏，鞋的尺寸不合适根本不可能完成。灰姑娘与王子舞步曼妙，众人艳羡的一对璧人……她必有一双如影随形的鞋！舞鞋尺寸的精确，天然地要求大于走路的鞋，但跳舞的水晶鞋为什么会在走路时掉下来呢？再次证实，灰姑娘蓄意留下独特徽记。没有比鞋子更能鲜明的隐喻了，召唤着出发和寻找。

如同小说中必须要为善者的杀戮找到确凿的、合理得趋于正义的解释，童话中的公主也一定被塑造成无辜无瑕。为了掩盖灰姑娘的心机，情节被设计成：王子在台阶上铺了沥青，所以灰姑娘掉了水晶鞋。与水晶鞋互为烘托的，是珠宝、绸缎、枝形吊灯和支撑在背后的阶层优越感，它是被灰姑娘穿来跳舞的——舞步说白了，就是赋予行走以格外的技巧。12点，12点，她是延续起舞的灿烂，还是灶台边的肮脏？灰姑娘要抓住闪跳的机会，她遗落水晶鞋的目的，恰恰是再也不遗落它，将它永远地牢牢地套在脚上。

阅读童话多年以后，我才醒悟灰姑娘的伎俩。获得的手段有许多，其中比较玄妙的一种，是靠遗失，靠给予，靠提供，而成为更大财富的主人。她遗失了一只鞋，通过遗失一只鞋得到一个豪华世界。当我看到沿街分发小广告的人，匿名信的写手，耳语着的告密者，教父，还有美人——那一笑千金的最后赢家，就看到这种“给”之后的“得”。

一无所有的灰姑娘，除了一只借来的昂贵的鞋，还有什么是她本身能够给予的呢？她有，那是埋藏在身体里的秘密财富。

再看焦点道具——水晶鞋。如果没有这只改变命运的鞋，王子和公主也许就不会幸福快乐地生活在一起，可能在怨恨中彼此想念一生。最早的灰姑娘故事，包括《格林童话》初版里所记录的，舞会第一天，从树上掉下来的是银色洋装和银制舞鞋，第二天晚上落下来的是金色洋装和金色舞鞋……但后来广泛流传的却是水晶鞋，除了形式上的美感，是否还蕴含其他深意？

作为魔法之物的水晶鞋，创造一条穿在脚上的捷径。灰姑娘之所以穿的不再是金鞋、银鞋，一是出于审美需要，不引起笨拙的重量猜测，与世俗的物质衡量划开界限；另一方面，出于隐喻的需要。是它，使灰姑娘的脚得以合理地裸露：性——这几乎是低微者唯一可以提供的财富。一双漂亮裸足所引发的性欲，不输于饱满乳房。12点之后，仙女一样飞离……如同蝉留下金黄的衣蜕，灰姑娘脱掉的水晶鞋，是贵族化了的蝉蜕，王子只能用幻想来填充那消失了的肉体。

那个赐她华服的女人，种种版本说法不统一，有说是教母，有说是仙女，还有说是灰姑娘的母亲因成为亡灵而获得了神秘力量。无论什么身份，她都要强调一件事，要求灰姑娘必须12点之前归来，并以魔力失效相威胁。因为她真正的目的是：约束灰姑娘不在王子那里过夜。

性的给予，意味着女人身体和身份双重神秘感的消失——这种贬值，近于从公主变仆妇，如同灰姑娘12点之后的命运。男人都是比目鱼，一旦跑到他身体下面，他的眼睛就看不到你了。灰姑娘的妈妈不仅曾经垫到男人的身体底下，现在，她的位置陷落得更深，跑到了地下。所以那个曾经肌肤相亲的男人娶了新妇，岂止看不到她，连女儿灰姑娘的悲惨身影都看不见了。

对生殖秘密的了解，是每个人成长的重要时刻。从初潮到初夜，灰姑娘拨动体内秘密的钟。这个富有心机的姑娘，比告诫中的母亲更聪明，她仅仅遗落一只鞋以后消失，象征的是有限的给予。她绽放了，像一朵散出甜味的花，然后让蜜蜂在风中仔细嗅别那暗香浮动的气息，千里百里地追随，带着它兴奋的刺针前来赴约。

在德国威斯特法伦地区的节庆中，有一个让女孩跳过火堆的仪式；如果跳的时候鞋子脱落，就证明她已经不是处女了。法国南部和西班牙的教堂里，有些中世纪保留下来的浮雕，其中女性光着一只脚，是表示在性方面堕落、违反了教规的意思。就是《格林童话》的其他篇章中，也有类似的情节，比如《跳破了的鞋》。夜间入睡的十二个公主，总是在第二天早晨被发现破洞的鞋。国王派了盯梢的士兵，才得知，她们夜间与王子们幽会，通宵跳舞。如此不经磨损，仅仅一夜之间就会破掉，如此不结实的鞋实在不符合王室身份——那么薄，为故事所描述的鞋底不像皮子，更像一层膜。

如同复仇故事被转折成爱情故事，灰姑娘被描述得无知。其实水晶鞋的纯净、紧致和缺乏延展性，象征着不容侵犯的处女膜和阴道。我们知道，子夜时分，它被王子的沥青弄脏了。

咫尺之后是天涯

童话追求美学上的晴朗，好人与坏人分居于两个国度，他们之间的交集地带，似乎只是一座供人弃恶从善时通过的吊桥。童话不尊重现实法则，它的想象之花一路开得狂野，让我想起那句喜欢的话："我们拥有艺术，因此我们不把真理当基础。"多年来，我尤为迷恋童话中的器物，魔力的碗、银灰色的万能咒语、会说话的苹果树……它们那神秘之美，在于永远不会被人目睹。《宝葫芦的秘密》是我看过无数遍的电影，没牢记其中的教育意义，但是惦念着那件消失的宝物。宝葫芦，圆润曲线有如母亲的腰腹和乳房——只要有所要求，它给予一切，就像婴儿在母乳灌溉的世界得到万能的应允。

童话中的魔法道具，大致可以分为两种。第一类，力量不能随时随地显现，有幸掌握咒语、密码或符记者，才能令它焕发奇彩；缺乏辨察力的人往往认不出它是宝物，甚至当作废物弃置。还有一类宝物，无须任何附加条件，它不对年龄、性别、身份和立场存有任何挑剔，一个傻孩子也可以轻易将它运用；正因为后者的公开性，才使它的珍贵程度和受劫掠的危险程度更重。一双恶魔和天使穿上都同样舒适的鞋，所有的脚都希望践踏，必然遭受的厄运是它本身的纯洁所决定的——如同钱本身的纯洁、情欲本身的纯洁一样。

假设只能拣选一件宝物，我才不要什么会下金蛋的鹅或无所不知的镜子，童年时最令自己渴慕的，是一双七里靴。它真正能为我所用，得到之后依然身无长物，不成为额外的精神负担，我把它套在脚上，追得上雨后的彩虹拱桥。作为乖顺得近于闭塞的孩子，这大约体现了内心无声息的反抗吧。

记得有一年，和家人去海边度假。白天受了冷落和委屈，觉得父母不爱我，我决定偷偷出走，以伤害自己的方式完成对他们的报复——我忘了，只有在他们爱我的前提下，这种报复才是有效的。晚上蹑手蹑脚地爬起来，世界黑得吓人，那种无边的威严使我不得不放弃计划。听到潮声，我趴在窗边，向外张望。夜色中的大海，有着巨兽幽暗而褶皱的皮，礁岩仿佛是它换气的鼻孔。我深怀恐惧，唯一的安慰在海平线那端，月亮天使有张镀金的脸。那个晚上，我默默祈祷一双七里靴，送我到任意的彼岸。

是的，为我向往的总在彼岸，可我难以跨越眼前的危险。七里靴，七里靴，刀山火海一跃而过。斗火龙、战水怪的勇士，总是不能缺一双七里靴借以逃生。如果套上七里靴，我就可以从容跨越重重障碍，跨越挫折和险境，甚至跨越令人不耐烦的成长和生死……然后，让叶芝的诗在墓碑上将我安慰："现在我可以枯萎而进入真理。"

像多数敏感早慧的孩子一样，在似乎最明媚的时光里，我对死抱有的好感远大于生。对七里靴的渴望，相当于成长中的揠苗助长，我借此躲避或巨或微的创痛。童话里，中途打开篮子里的礼物会变成蛇蝎，只有坚持到终点才能获得闪耀的珠宝。我曾想，如果有了一双七里靴，人转瞬就到达终点，不必与自己的好奇心交战，最后作为失败者被惩罚。七里靴把万重山水变成地图旅行，其实是一种急功近利的交通工具和行动道具。说到底，七里靴是没有耐心的产物。

往大里说，只有最伟大的行者"时间"穿着七里靴，它的脚步轻易从恐龙迈过太空人；往小里说，只有最卑贱者穿上了七里靴，它就是在杂草和土壤里轻易可以找到的虎甲虫。世界上跑得最快的动物并非猎豹，恰恰是这种不起眼的小昆虫，假设它有人的形体，可以瞬间跑得百米。速度快到什么程度呢？它本来非常好的视力根本无法在疾速中看清物体，奔跑过程中必须不时停下来观察，然后重新跑，然后再停下来，它的速度快到没有判断。我曾坐在高空咫尺天涯，想象飞机就是一双工业七里靴——峰峦、河流和穿插其间的小小村落，但我永远看不见一张真正的脸和上面的表情，即使拥有俯瞰众生天堂般的视角，我看云卷云舒，依然是形而上中必然的单调。

随着年长，我对七里靴的速成神话，抱有了怀疑。“听君一席话，胜读十年书”之类的至理名言，它除了是恭维之词，还是典型的偷懒技巧，希望以一席话的速效省却十年书的苦功，这一席话就是语言上的七里靴。如果对倾听者有所点醒，只应是十年书之后的一席话，面对空空白白的痴脑，当头棒喝也没用。一个转瞬生死的人被称为夭折，他无权谈论或盛或衰的沿途风景。一个由激越转而宁静的爱，我更倾向于理解为移情。我越来越崇尚慢的技艺。慢是比常规动作更优雅的一种节奏，就像电影中的慢镜头，会使平凡场景突显诗意。慢是对时间的漠视，所谓永远，就是慢到极处。七里靴还是我梦寐以求的宝吗？或许像蚯蚓一样缓慢地把土吃进去，才能开辟一条真正为自己所消化的路。

或许我这样探讨，有偷换概念之嫌，因为童话人物穿上七里靴的目的，主要为了逃亡。相对这种目的，速度是第一要义，走马同时想观花，当然是奢侈得危险的妄念。但我当年阅读里保留的怀疑一直延续，为什么扔下梳子变成森林，为什么扔下镜子变成河流，却总是阻挡不了追随而至的魔鬼？既然我们已经穿上了窃取来的七里靴，为什么魔鬼转眼就能离我们如此之近？魔鬼光脚不穿鞋，他凭什么跑得那么快又不流血？七里靴让我隐约怀疑法器的失效，不幸的主人公仿佛是在梦里无望地逃生，精疲力竭地刚刚赶到一个安全地点，不容喘息，追杀的人又来了。

七里靴原来的主人是魔鬼。如果魔鬼能一步千里，他不会视七里靴为宝物，那是一个如影随形的本领，他自身的内容，不需一个外在于他的物。如同孙悟空不会把一个能把自己送上天际的东西当宝物，因为他一个筋斗云就抵达了。如果穿上七里靴逃走时还是被光脚的魔鬼一再追上，那只能说明这是一个失效的宝物，实际功用远非传说中那么神乎其神。如果这是一个失效的宝物，那魔鬼根本不会珍藏，更别提跋山涉水地去追讨。那么为什么，我们已经穿上七里靴，却如此轻易地一再地被魔鬼紧跟呢？

我后来才领悟，童话中难以自圆其说的地方，恰恰埋藏更深的隐喻。在漫长的灵魂自我建设中，当我一次次试图摆脱内心的种种邪念，朝着更美好和澄明的方向行进……每每过程如此困难，结果却如此失败，我仿佛能感到魔鬼的体重和窃笑。猜对了，穿着七里靴跑得再快、跑到天涯也没用，因为我们身上一直背负着魔鬼，他一伸手，就轻易拍上我们的肩。

死神的舞娘

她只有一寸多高，穿紧身胸衣，裙子撑开像一朵倒置的花——等我从玩具箱里找到这个八音盒，镜面上的芭蕾小人已经停转。裙子颜色变成了僵硬混沌的石膏白，但她依然保持优美的舞姿和自尊——身体重心落在左脚的足尖，高高抬升从不歇止的右腿。

童年每当我拧动那个蝶翼形的钥匙旋，她就开始缓慢而孤独地旋转。出于好奇，我曾像修表匠那样撬开后盖，发现犬牙交错的小零件。八音盒的心脏是一只不锈钢轮鼓，上面布满精密的小颗粒，当轮鼓徐徐转动，凸起的小颗粒轮流挑起钢齿，钢齿被挑到不能承受的高度就猝然掉下，发出弹拨之声——这是由坠落产生的音乐。原来，控制芭蕾小人的，是那么硬质的核。现在，时间积聚的泥垢和锈迹，卡住了她。她穿着袖珍红舞鞋，永远地，在蒙尘的镜面上伫立——我看到一个世俗版的隐藏下来的耶稣，区别仅仅在于：她的手不是钉死在十字架上，是她的脚，钉死在红舞鞋里，钉死在舞台，钉死在她的信仰之上。

琴声响起，练功房的镜子里，映照少女们随节奏起伏的身体。她们默默弯折凄美无依的手臂，自愿成为美的囚徒。作为典型的青春事业，舞蹈只索取正在盛开期的女孩，一旦她们褪去脸上光泽，就会遭到无情厌弃。舞鞋和其他鞋子不一样：像皮鞋、草鞋、木头鞋，离开主人的脚以后依然具有独立完整的造型；如果舞鞋不被穿上，没有一只进入的脚足作为内在支撑，它就扁塌塌的，软底软面上垂着松懈的缎带……像衰弱无力的蝙蝠。其实，舞鞋就是喝青春血的动物，它从脚，偷偷啃食到面颊。那双传说中永不停下的红舞鞋，之所以跳过小路，跳过沼泽，跳过漆黑的丛林，还是那么色泽鲜丽、艳冶夺目，好像从未溅上泥浆和污迹，因为它被随时灌溉，是一件盛血的器皿。舞鞋运送着美丽的献祭品。

鞋子本来承受的被动命运，就这样被童话中艳异的红舞鞋改写了。一双柔软的缎带鞋，不受舞者头脑操控，能够负载一个人的体重腾挪跃动，具有不可思议的惊人力量……这力量，来自邪恶。如此频繁地弹跳，以至于一双鞋看起来就像是无数。即使不会跳舞的人，只要穿上这双魔力的红鞋，也被瞬间变成高超的舞者。被奴役的命运，并非必然像劳工一样艰辛，也可能美得令人惊恐。无休无止的红舞鞋，使舞者的身体始终悬置空中。芭蕾舞的主要特点就是踮起足尖，模仿神的轻盈，使舞者像仙女般在空中飘移。但是，最像神的，是鬼而不是人；最像完美的，是残酷而不是优雅。

它让人跳舞，跳舞，跳舞，一直跳到死。聚敛、盛纳和运送亡灵——红舞鞋的恐怖，因为它的美得以削弱还是加强呢？是的，在死之前，舞鞋送来的礼物是美，如同响尾蛇在致命的响板打起之前，先送来了寂静。

这是死神的邀约啊。舞鞋红得如此燎烈，女孩的踝骨像被秘密烧灼的火焰亲吻。它招募一个死人。即使知道自己将成为死神的新娘，她也无法抑制尝试的激情。或许这是死神的傲慢，他的威严有权要求一个少女为他终生起舞，如同上帝要求修女们生生世世的贞洁。死神要求对称的祭献，让舞鞋上的她死于至美，正如十字架后的她们死于圣洁或孤寂。两者趣味上的区别在于：死神乐于欣赏独舞，而排场的上帝，享受阵容无比辉煌的唱诗班。月亮，寂静的发光体，影斑闪烁……那是谁的黄金雕鞍？那唯一的淡漠的蒙面观舞者，从高处俯视——黑森林中，红舞鞋上，直到，是一个骷髅在跳舞，骨殖闪动磷火；舞鞋历经生死，以不变的悦目的燃烧般的红色，诱惑下个目标从死神那里继承礼物。

黑森林中，红舞鞋上，直到，是一个骷髅在跳舞，骨殖闪动磷火；舞鞋历经生死，以不变的悦目的燃烧般的红色，诱惑下个目标从死神那里继承礼物

对许多人来说，红舞鞋是极具魅惑的喻象。它用来象征艺术以及一切至美之物索要的高昂代价，乃至牺牲。一个真正的艺术家在创造中忘我，是不能自控的，而忘我有可能导致葬送自身的命运——我看到因为追逐光亮，蜡烛在灼烧自己的泪滴中低矮下去，最后被它的信仰消灭。

这种摧毁，使艺术家需要面对悲剧性的承担，同时又涌动殉情般的伟大激情。由此形成了一种创造上的迷信和神话：对自己的伤害，有助于换取作品升拔的想象和力量——接近于宗教情感，信徒认定：苦行和忏悔易于赢得上帝的垂青，至少是微乎其微的好感。自伤、自虐甚至以死相搏，他们踏山渡水，百舍重茧，为了寻找那双受到诅咒的舞鞋。通往巅峰的道路如此艰险，阻断了态度游移的艺术爱好者，剩下最忠诚的攀缘者，脚下是一条流血的路，心中爱如死般坚强。荆棘鸟传说是这种心理基础的翻版故事，说它生来就是为了寻找一棵荆棘树，为了把喉咙抵在荆棘最长的刺上歌唱——歌喉如此动听，全世界都停下来谛听……一生只歌唱这唯一的一次，然后，荆棘鸟就会死去，带着被刺穿的心脏和滴血喉咙。为了抵达高度，为了令时钟停摆的绝唱，疼痛和死亡都是可以被忍受甚至被享受的。

最早得知红舞鞋，是从一九四八年拍摄的那部名为《红菱艳》的老电影。当团长莱蒙托夫问为什么要跳芭蕾时，女主角佩姬回答：“就像你为什么活着。”她把爱和激情注入了红舞鞋，但还不是全部，因为她后来与作曲家坠入情网。莱蒙托夫认为，“没有一位伟大的舞蹈演员可以去享受常人的爱情”，冲突中佩姬选择离开舞蹈团去结婚。红色的魔鞋并未终止它的诱引，佩姬向往重返舞台，但这意味着必须在事业和爱情中割舍一方。当佩姬追赶远走的爱人，火车呼啸而来，她几乎必然地死去了。“帮我脱下红舞鞋”，这是她的遗言，此时，交响乐回荡在剧场高大的穹顶之下，没有女主角参与的舞剧正在上演。电影中的团长莱蒙托夫，令人想到芭蕾史上最特殊的杰出人物，使濒于衰亡的芭蕾艺术起死回生的奇迹创造者——俄罗斯舞蹈活动家佳吉列夫。而嗜舞的佩姬，也像那个天才的舞蹈家尼金斯基，他曾因闪电婚礼而被佳吉列夫从剧团除名。享有芭蕾史上“最伟大的男演员”之誉的尼金斯基，一次腾空，能完成前后交叉多达十二次的双腿击打。这位舞神的个人命运，正好印合红舞鞋和荆棘鸟所暗示的悲怆——精神分裂症使三十岁的尼金斯基开始被监禁于疗养院，永别舞台。

艺术家需要红舞鞋的自欺幻觉，来安慰自己的牺牲——它是一个圣化的象征物。然而安徒生所创造的原版《红舞鞋》故事，功用并非如此。它讲述一个成为孤儿的女孩，在母亲葬礼上把自己的双脚漆成红色，并由此感到快慰；当她被收留后得到了一双真正的红鞋，她不顾常理地穿着它出席教堂的坚信仪式。死神和上帝都不能约束她，她成为一个胆大妄为的僭越者。是双重冒犯，使女孩受到严厉处罚，展示虚荣者和渎神者的下场。不知疲倦的红舞鞋，带领她致命的旋转——她被蛮横地拖着，去敲每个傲慢虚荣的孩子的门。

童话里经常提到坏皇后脱不下烙红的鞋，事实上，如同最早的红舞鞋，鞋是一种著名的刑具，比如“二战”中的法西斯刑靴等。《巴黎圣母院》中的爱斯梅拉达，一想到要对她跳舞的脚用刑，一想到脚要被夹断，她就招认了所有强加于身的罪名。以鞋子为刑具有着显著的象征意义：因为惩罚了一双脚，就是惩罚了未来所有的路。

哑言之爱

一个著名谚语说：“当真理穿鞋的时候，谎言已跑出很远。”依我看，真理输就输在太需要形式感，不够赤裸。不穿鞋的真理是不是拥有更快的速度，更锋利的杀伤力，更无往不至的胜利呢?

海的女儿不需要穿鞋。当她全身赤裸着醒来，只能用乌黑的长发裹住自己……她始终是光脚的，正像鱼尾不能够塞进任何一双鞋里，裸足是对她身世的纪念——任何习惯都是往日往事的残留物。她一定是光脚的，卖火柴的小女孩也是赤足，唯此，冰雪和刀尖才能使她们的疼更加显著，更加尖锐化。

鱼尾和人腿的一个区别，就是不用穿鞋。当小人鱼步履曼妙地进入王子宫殿，她有一双处女的脚，从未穿过一双哪怕是更能烘托它们洁净无辜的鞋子。她裸足，意味着对宫廷规则的拒绝，也暗藏着返回人鱼状态的可能伏笔。所以我们在后面的情节中读到，浮升海面的众姐姐，把美丽的头发送给巫女，以赢得挽救的机会，让她变回人鱼。可是，小人鱼最终没有这么做——退潮后，海，这只巨兽低哮着走远，驮走她伤心的姐妹们。

我认为，海的世界太非凡，几乎有着想象也难以企及的完美。仅仅是水族馆里的缩影已经让我迷惑了：乌贼拖着教皇的尾裾；海马石质的身体，仿若简约的罗马柱样式；热带鱼非洲族裔般噘起的外唇……水下摄影，使人类得以目睹不可比喻的斑斓，生物的形式华丽到了非理智的程度，并且，它们的移动如游飞，仪态异常优美。是海底世界让我确认，朴素并非自然的唯一形式，华丽也是，并且是自然更具诱惑的一种。更多时候，我认为大海具有非人间的魔力。

小人鱼为什么会放弃一个艳异天堂，来到矛盾重重的人间？月亮……如同深蓝的海面，鲸浮升它的脊背。整个世界，被埋在海底般的秘密黑暗之中，让人难以猜测。

成年以后重读，发现童话不仅是孩子的阅读专利。故事中有那么多的爱、恨、愤怒、撕裂感，有那么多的死和阴谋，有那么多的复杂暗示。童话中理所当然要避除儿童不宜的内容，性就是以隐喻手法表现的。睡美人的原版故事，并非讲述一个女孩做了植物人以后呈现的医学奇迹——她被强奸了，然后以沉睡来躲避内心的羞耻。

那么，小人鱼呢？她从十五岁开始，向往人的双腿，即使鱼尾更具形式主义美感，她依然愿意迎接分开双腿的剧痛。她的目的，不是一双镶嵌珠宝的水晶鞋或冶艳夺目的红舞鞋。最重要的原因：鱼尾封闭，是拒绝侵入的，就像鱼的生殖几乎不借助肉体交会，只有分岔的双腿使真正而深入的性交成为可能。安徒生以隐喻方式来表现：人鱼的十五岁，那是她们的成年礼。只有到了成年礼这天，她们才有权利浮出水面，从沉睡的、蒙昧的、对肉体不自知的深处中，睁开观察变化的眼睛，结实的陆地一样不晃动的真相正在呈现。在此之前，她们仅仅作为儿童被宠爱。

是的，由于失去语言表达能力，人鱼与王子复杂的灵魂交流变得不可企及，通往爱情的方式只剩下肉体一途。小人鱼曾被烈药烧灼的肢体，将被婚礼上教堂响起的钟声彻底击碎——她死于王子对恩情的背叛。王子只有爱她，才不负恩情，才不在道德上获罪，而他报恩的办法很简单，就是像享受新娘一样享受人鱼柔软的身体。为了投向王子的怀抱，人鱼曾饱受割舌裂尾之痛，以受虐般的狂热对待爱情。但她失败了，王子选择了另一个灵巧的可以言说的肉体——她最终不过是一个失宠的舞姬。

是的，失去动人歌喉之后，除了静默中的美貌，小人鱼还剩下唯一的技能：舞蹈。舞蹈者所付出的日常性肉体折磨远远超过其他艺术门类。观看舞蹈训练，就是观看一种放缓节奏的刑罚。舞者在疼痛之上追求更深重一层的疼痛，他们每天为自己制造一个新的疼痛峰值，然后持续停留在极限的刀尖上，艰难适应。这种日复一日的必要的残酷训练，使舞者在表演时，优雅，自如……仿佛有万能而无痛的腰肢和手臂，看起来，似乎能把舞者折叠，折叠，直到灵魂似的薄软、轻盈，让它自在飞升。失去言述能力的人鱼，只剩下肢体语言：她婀娜起舞。舞蹈本身，是一门哑语的艺术。

我喜欢小人鱼，是因为和她一致地习惯于哑巴爱情。我愿意原谅自己静态之中的微量残疾。设想表白爱情，会让我觉得是在说着蹩脚外语，我从来结巴、羞耻，永远没有在行动中逐渐树立起来的自信。渐渐，我把自己放逐到他不可触及的边缘，因为我预感，爱意味着惩罚，关系的不平衡，以及动荡中的幻灭感。我甚至没有小人鱼的勇气，她在被忽视和歧视中无言坚持，默认这是爱情古典优雅的方式。作为一个爱的天才，她隐秘绽放……那寂静中难以消化的激情。

记得那个阅读人鱼童话的暴雨之夜，我从泪水中看到闪电，天堂的玻璃树枝都被震碎了——我猜不出，哪个天使会出现在明晚的星空，在那些刀刃上行走。我知道古老的大海汹涌着，明天早晨锥螺密布的海滩，也会像一条铺满钉子的路。

无论面对脚底的刀刃，还是王子的离弃，疼痛中的小人鱼永不开口。只有人才会抱怨和呻吟，他们祈祷，他们哀告，以求神能解除身上的苦痛。而神，对自己的疼痛失去了申诉能力——因为神已是最高境界的解决方式。喜悦，疼痛，告别，死亡，以及爱……在神那里，都是无声的。

人与神的爱存在差别。人对神的爱是专注的，紧张的，乞求状态的，唯恐失去神的恩宠；而神对人的爱，是散漫的，从容的，可收可放的，好恶随时都在掌握之中，不会失控。尽管如此，人的爱并不卑贱——他的爱更像爱。人习惯于爱，倾向于唯一的对象；神习惯于被爱，他的感情普施众生。小人鱼是神，但她颠倒了秩序——以人爱神的方式，去爱一个尘世的人。当王子吩咐：她要永远和他在一起，并允诺她睡在他门外的丝绒垫上——小人鱼，一个海神的公主，历尽苦难，得到了她的奴仆身份。

当王子选择了邻国公主，等于从性魅力上判断：一个完美的人优越于残疾的神。通过他的挑选，人践踏了至高的神。神无法承受这种羞辱。即使最高的神也不能做到无限牺牲，也要有所保留——比如上帝捍卫伊甸园里的智慧果和长生树。对小人鱼来说，死，或许是她最后捍卫的自身尊严。她不能从一个熟睡的新娘那里偷回一点爱情的垃圾。

或许，小人鱼无法在命和爱之间权衡。爱仅仅是爱，仅仅因为不能不爱，它什么高尚的理由也不是，爱是无能为力。真正的天使真正的神，永远会受到爱的羁绊，然后她被放逐，到再汹涌的情感也不能触及的深渊。她独自，没入不为所知、不能被分享的聋哑般的静寂之中。魔鬼能作恶并享乐，只有天使，才受难。

……她正死去，在死者那越来越透明的嘴唇，渐弱的祝福也散去。

翅膀

1　焰舞

在公共花园，或者荒凉的峡谷，标本爱好者张开捕蝶网。蝴蝶，爱与美的宠儿，香艳的天使，浮华的享乐主义者，迷惑过多少唯美主义信徒。我曾在灌木丛中见过一只无比绚丽的蝴蝶，悬在蛛网上。穿黑铠甲的蜘蛛顺着一根私人绳索下降，正准备离开。尽管这是蜘蛛自己的猎场，我依然觉得它的举止接近窃贼。仔细观察，才发现蝴蝶的躯干已然枯干，只剩下脆薄的壳——它的肉体在毒汁作用下分解成了液体被贪婪的蜘蛛吸食。翅膀铺开葡萄灰的底调，品红的眼斑，孔雀蓝的月牙绲边……这位盛装的新娘，被突如其来的死亡劫掠。它停在空气中，停在光线和蛛丝共同的捆绑中。为了修补破损的网面，蜘蛛把这只蝴蝶做成一块补丁。

翅膀铺开葡萄灰的底调，品红的眼斑，孔雀蓝的月牙绲边……这位盛装的新娘，被突如其来的死亡劫掠

其实我想讲述的悲剧关于另一种精灵——蛾子。尴尬地与蝴蝶相似，蛾子就像拙劣的伪造品。阳光下，花朵如同小巧饱满的乳房，哺喂着蝴蝶——那些蜜露为食的仙女。蛾子吃什么？白天它吃影子，阴凉在它体内积聚；傍晚之后，因为光线的追逐使蛾子终夜饥饿。蛾子出身黑暗，像地狱的产物，但它却疯狂寻找光亮——蛾子选取了一条怪异、凶险、带有自虐倾向的道路。

操场是孩子们的乐园。男孩子半真半假地摔跤，以力量建立某种秩序。体育没有达标的女孩抓紧练习，反复挥动双臂，脚尖从树干映下的斜长阴影后面起跳。我喜欢玩砍包，不到十岁我已经明白人生规则，有些时候你必须站在火力交会的中心，不许逃出限定的包围，一次又一次，闪躲来自同伴的袭击。我们玩到很晚才回家。蛾子麇集，环绕着操场破旧的照明灯翻飞。它们笨头笨脑，上升，盘旋，身体一次次撞击在灯罩上，发出“噗噗”的声响，可以想见撞击对柔嫩内脏造成的重创。灯柱下，跌落着一些气力衰竭的蛾子，挣扎着，似乎因为受损再也不能起飞。这种大头蛾子又短又胖，一般淡黄色，毛茸茸的，像磨得半旧的米色丝绒；还有一类颜色白得吓人，像上了年纪的艺妓扑粉的脸，或显灵的鬼。它们看起来结实的头部其实承受不了一个幼童稍稍失控的指端压力。

我们家的陈粮生了米蛾，它们在天花板和墙角产下卵粒。过一段时间，淡黄色生有环节的肉虫就孵化出来并开始蠕动。我踩在凳子上，克服着巨大的心理厌恶，小心翼翼用手纸捏起肉虫，它们在手纸的皱褶间继续扭动。为了够着一只躬背逃离的肉虫我尽力伸长胳膊……突然失去平衡，我几乎从摇摇欲坠的高处摔下来。等剧烈的心跳平息下来，我感到指尖被令人恶心的体液沾湿。米蛾真讨厌啊，飞来飞去，繁殖着丑恶的孩子，想消灭它们并非易事。一个偶然的机会我发明了一种简易办法。把脸盆盛上水，过了一天就会发现水面漂浮着数只飞蛾的尸体。白昼明亮的光线下，它们溺毙；黑暗里，它们扑火——没见过比飞蛾更热衷于自杀的。

只要点燃蜡烛，飞蛾必然赴约。重重被绑缚，蛾子纺锤形的身体就像束胸少女，坚持某种苛刻的贞洁。蛾子的身体里面储存着金黄的体液，只有被火焰映照着，才能被观察，才能被赞叹。纺锤形里的那种金黄多么像蜡烛上坐落的光苗啊，所以，蛾子的肉体像用纸包拢的火，迟早会在燃烧中。停电的夜晚，我就着烛光读一本小说，不时听到蛾子触碰到火焰发出的吱吱声，那是飞蛾扑火的声音。火苗边缘，轻微一跳，蛾子就带着一朵小小的疼痛的礼花闪躲开来；过了一会儿，受伤的蛾子再次前来，因为来自爱情、光明和死亡的召唤难以抗拒。

价值是需要衡量的，越珍贵的东西越具有颠覆的力量，越对应残酷的砝码。绝代佳人如果愿意，她的美随时摧毁平静，倾城，然后倾国；信仰如果愿意，会有立即供奉的血如乳汁一样喂养它。再来看看扑火之蛾，它在牺牲里呈现美德。蜡烛在基督教仪式中的地位非常重要，代表着无知黑暗中的精神之光，是耶稣、教徒、欢乐、忠实和证言的象征。蛾子抵押性命接近光亮，接近苦难和死亡。当空气中散发翅膀被炽烤的气息，蛾子陶醉在自己肉体的芬芳里……如果蛾子愿意，它便拥有中世纪柴堆上的圣徒那被火苗映照的受难的脸和头顶不朽的宗教光环。

一只被烛光烧灼的蛾子掉在我正在阅读的书页上——在那一行，女主人公开始陷入爱情的阴谋。这只蛾子翅膀残缺，它向右上角慢慢地前进了几个字，就不再挣扎。一动不动，它回忆起自己丑陋的童年时光：那时候的理想是飞，只有在飞里，有轻盈无比的美丽自由。“后来我便爱了”，我听到这只蛾子临终的甜蜜耳语，“我知道，我没有在黑暗中理智地停住翅膀”。

2 吸血鬼

黄昏时分蝙蝠出现，像白昼与黑夜之间的摆渡者。我仰面躺在水泥乒乓球台面上，逐渐上升的微凉，渗透衬衫抵达背部。白天我是学校的懒学生，夜晚我是父母的乖孩子，只有这个时刻，我迷离，躺在荒草丛生的后院。这里好像一个秘密的榫孔，连接了光线与黑暗。百无聊赖，我咬着一根草梗，看天。时常同时看到蝙蝠、燕子和乌鸦，都是黑色，辨不清和夜晚谁是谁非。不过，蝙蝠翅膀的振动频率很快，它们似乎都患有情绪焦虑症。据说，如果抛出鞋子，偶尔会擒获误入歧途被扣在鞋窠里的蝙蝠。我参与过这种传奇性质的捕捉行动，鞋子飞舞，力欲抓住这些古怪的动物，但从未奏效。不仅如此，光脚站在地面，还使一个年龄尚小的热情效仿者第二天发了高烧。我也几次被自己或别人的鞋子击中，仿佛一只来自高空的报复的脚狠狠践踏在肩膀上。最后，我们套上摔烂的鞋子，悻悻而去。

作为丑陋的瞎子，蝙蝠在飞行中展现了不可思议的灵巧。耳郭上，一道道花纹规则排列，蝙蝠以精确的听觉代替视觉，随身携带的雷达系统为它铺开安全的盲道。既然眼盲，昼夜对它就毫无区别可言，那么，为什么，蝙蝠执意回避白日的光线？选择夜晚是否出于另外的理由？

一个少年清晨偷袭成功，他找到了蝙蝠诡秘的栖息处。它们倒悬在废弃仓库的屋檐下，仿佛正在腐烂的树叶。戴着手套，慢慢接近睡眠中的蝙蝠……这个胆大的少年对它们的肉体抱有抵触，也许出于厌恶，也许出于畏惧。少年随后向我们展示了他的猎物，我第一次如此近距离地观察蝙蝠。外翻的鼻孔，龇着的碎小黄牙，它覆毛的躯干鼓动着，像一只盛着液体的兽皮水囊。少年两只手拽着摊开蝙蝠的膜翅，比想象中的要大，伞架般的细长指骨支撑其中。

蝙蝠的罪恶来自它对天使形象恶毒抄袭——把纯洁的羽毛抄成油腻的皮膜，把柔情的纤手抄成蜷紧的指爪，把美貌光洁的面庞抄成阴险邪恶的五官。就像天使是上帝的仆从，蝙蝠，是魔鬼的亲信。我们从来没有见过天使，自爱式的洁癖和娇气使她们拒绝来到肮脏喧嚣的尘世，在天堂，她们呼吸纯氧，云朵中的道路没有硌脚的石子。但魔鬼，乐于与人间保持暧昧的来往，他的仆从蝙蝠们甚至乐于尝尝人间最直接的味道——血——甜的，有点微腥有点咸，只有红色能保持死亡中的华丽。

星光下的夜宴就要开始了。扇动皮膜，吸血蝙蝠穿过洞穴中迷宫式的通道，潮水般涌出。蝙蝠，黑王国的继承人，这位尖下颏的忧郁王子，他的薄嘴唇需要血滴的浸润。蝙蝠先轻舔它的受害者，然后用特殊的牙齿撕破一块表皮，然后用舌头吸取血液。由于吸血蝠的唾液中含有抗凝血成分，所以，只要它还在舔吸，血液就源源不断。吸血蝠的叮咬能够传播狂犬病……它把它的仇恨和疯狂，通过血液循环的方式扩散到世界的肌体当中。

《伊索寓言》里对蝙蝠有著名的讽刺。在鸟类与兽类的战争中，为了投靠胜利者，蝙蝠出尔反尔，最终遭到双方排摈。既禽且兽，蝙蝠在体貌上为叛徒生涯做好准备。总有一些奇怪的迁居者，乐于从自身所隶属的领域里脱逃，比如，飞鱼模仿鸟翱翔，而哺乳动物中的巨鲸，却按照鱼的生活方式潜游海底。哺乳动物中，蝙蝠的数量位居于第二，却是唯一会飞的。它们在暗影里躲避光亮，这些弄不清出身的怪胎选择夹缝中的生存。是的，活在夹缝中，就像混血儿的脸，流亡者的护照，吸血鬼的命。

人们习惯用蝙蝠形象来代言吸血鬼，吸血鬼的命处于生死之间，难以说清他到底是死的还是活的。我怀疑既不在生也不在死之间的人，是对上帝和死神的双重冒犯。在血中复活，吸血鬼不再虚弱，他的爱情玫瑰甚至看见了春天。吸血鬼的恐怖还在于被他吮吸过的人不久也会变成吸血鬼。我一直怀有偏见，善的传输比较艰难，并且递减，巨大而漫长的牺牲往往收效甚微；恶，只要一个小伤口，它腐蚀性的气味就会充溢——在恶面前，一个略略挣扎后就失效的抵抗甚至为征服者增添乐趣。

文学的力量加重了吸血鬼迷信。一八九七年出版的《德库拉》，为这则现代神话的普及带来重要推动。德库拉伯爵的形象病态而诡异，他具备贵族血统和传统吸血鬼的共同弱点——害怕大蒜和十字架。月色和烛光映照，吸血鬼没有影子，但他的牙开始变长。燠热的夏天，我读着一本副题为“暗夜里寻找生命”的有关吸血鬼的画册时渐生寒意，逼真地想象出德库拉僵硬的肢体，冰冷抽干的皮肤，黑着的眼圈，靠近伤口时乌紫的焦渴的嘴唇……这时胳膊上一阵痒痛，一看，蚊子已叮咬出几个大包。

我这才想到，蚊子也是最小的吸血鬼，把我们紧密追随，传播着可怕的疟疾、乙型脑炎、丝虫病等疾病。八月的子夜，屋子里是小手小脚的蚊子，它幸福鼓起的肚子里怀揣自己的孩子和他人的血；窗户外面，是算命瞎子般深谙命运的翻飞蝙蝠……

这一切加重了我的悲观偏见：门槛内外，命运在哪里都一样，有谁在窥伺着我们流淌在身体里的血，始终需要我们做出牺牲。

3 异端

鲁迅的《故事新编》里讲到没有环保观念的后羿，日日张弓，又箭无虚发，以致方圆百里鸟兽稀绝。后羿被迫长途跋涉，勉强寻得些果腹之物。这天狩猎而归，面黄肌瘦的嫦娥看到后羿的收获不禁抱怨：“炸酱面，炸酱面！又是乌鸦肉做的炸酱面！”当年嫦娥奔月，除了对理想的形而上追求，伙食不好也是重要原因。乌鸦，的确是一种让人分外倒胃的鸟。

腺体分泌的油脂把羽毛浸得发亮，乌鸦收拢翅膀，像折骨的破伞，天生具有旧与灭亡的气息，还有一种已被先验认定的沥青般的体臭。乌鸦身上能寄附我年少因无所事事而富余的部分能量——对邪恶夸张的设想。

爸爸的一个同学英年早逝，下午遗体告别后，那些叔叔阿姨聚在一起聊天，等爸爸带我回家的时候天色已晚。我坐在自行车后座上，惊骇地看到铺天盖地的乌鸦。它们先是盘旋，然后，僵硬而滞重地降落，裹紧黑蓑笠，如同雨滴打进池塘，乌鸦隐蔽进夜幕深处。沿西长安街数公里的杨树枝头，密密麻麻，结满了这种不祥的黑果实。最可怕的，我像失聪一样听不到来自它们的声音。想到头顶的沉寂中，高悬数万似乎稍加挤压就会滴下油污的身体，数万尖瘦的指爪，数万凿子般下弯却一言不发的喙，让人心生寒意。

想起过年前，去往大院礼堂的水泥路上有只死乌鸦，因为担心牵扯上不吉利的事情，这只乌鸦一连数天无人碰触——碾烂的头部已辨识不清，羽毛很脏，被风吹着，露出冻硬的腹部。

后来，我得以在更近的距离观察鸦群。

那是北方的一个渔业加工作坊，弥漫着鱼腥。一个左撇子手脚麻利地剖开鱼腹，掏出湿淋淋的内脏……砧板上那把刀在经年累月的使用中翻卷了刃。鱼真冷血，即使面对发生在自己身上开膛破腹的酷刑，它的血流量也极为有限，三两瓢水就可以把血迹和黏液冲洗干净。有人把粗盐搓进处理好的鱼体。有的鱼在伤口上撒满盐的剧痛中依然不死，隔一会儿，就缓慢张一下嘴，令人生厌地活着。一个年轻的搓盐工出于莫名的烦躁拎过鱼尾用力一甩，鱼脆质的头骨突然在某处凹下去。作坊通常会留下几条鱼做晚饭，它们的眼珠晶亮，但扔进汤锅里不久就成了硬邦邦、又小又白的球体——不像那些腌制后风干的鱼，眼眶塌陷，最后，被蚀空。晾在阴凉处，鱼柔软的身体将变硬，同时又变薄，变轻，甚至不可思议地变得透明——穿过鱼鳃的绳子不再吃重，逐渐恢复弹性。晾成干儿的鱼比它们活着时候挨得更近，离不朽也更近。

每天，砧板上响起剁鱼声之前，乌鸦就开始在周围树枝上聚集。它们赴宴而来，将把鱼肠鱼肚瓜分干净。鸦群啄食乱七八糟的脏器，那个场景易于引起对灾难的联想。饱餐过后它们离去，每只乌鸦肠胃里都装着另外的肠胃：生冷，味腥，残留最后一滴水。

乌鸦、秃鹫以及蝙蝠这类动物会飞让人有所不适。飞，是人永远不能掌握的动作，你可以像豹子一样奔跑，像鱼一样潜泳，但你无法振臂高飞。提到鸟，我们眼前浮现它们的形象：悦目的翎毛、曼妙的歌喉和自由的姿影……它们似乎怀有与天使相近的血缘。美丽的生灵会飞可以被接受，还会受到赞颂。但乌鸦夹杂进鸟群，有若童话中的阴险侏儒混进孩子们中间。乌鸦面目可憎，怪谲冷漠，这群乌合之众不祥飞过，似乎要前往阴森的古堡，从一个佩戴骷髅戒指的蒙面人那里接受某项用新鲜血迹写就的密令。上帝为何将飞翔赋予丑陋之物？其用意不是疏忽，就是嘲讽——相当于让罪人得到完美的爱情，凶手获赠丰厚的遗产。当我们发现，对鸟类的颂歌必须要绕过乌鸦，上帝头顶的王冠是否因此突然脱落光泽？

也许上帝的公正观念已经扩大到只有善恶之分、没有美丑之别，在他眼里，乌鸦和凤凰的容貌平分秋色，人类势利的等级制度他蔑视到不屑一顾。也许上帝无能为力，他的脸光洁无

提到鸟，我们眼前浮现它们的形象：悦目的翎毛、曼妙的歌喉和自由的姿影……它们似乎怀有与天使相近的血缘。美丽的生灵会飞可以被接受，还会受到赞颂。但乌鸦夹杂进鸟群，有若童话中的阴险侏儒混进孩子们中间瑕，但他看不到自己背部的痣便无从改进。也许上帝留下错误是保持进步的可能，完美的世界只会让他无所事事。也许，正是上帝对邪恶的一点点爱好，使他的孩子们不会抱怨他创建的世界过分单调。也许上帝根本不是完美主义者，他不仅拒绝创造完美之物，还在几近完美的作品上进行破坏性的修改。也许呀也许，这是上帝让人类意识到他存在的一个最好办法，因为完美不会诱引猜测，只有破绽，才能引发想象。也许对于上帝万能的手来说，创造残品比优质品更具有难度。也许上帝的神圣之处，恰恰在于他厌恶世人对他的神圣化，他千辛万苦地努力，以使自己像他不争气的孩子们一样具有难以克服的缺点，以及对缺点的羞耻感。

乌鸦的剪影穿过斑驳的圆月。它飞得分外悠闲，从容。乌鸦有时会恶毒地把粪便准确排泄到站在地面仰望它并困惑不解的脸上——算作来自天堂的某种羞辱。也许，上帝正看着我们为乌鸦苦恼……与此同时，邻居正监督弱智的小儿子用手指掰算简单的加法。

二十六个字母

A

我总是习惯性地设想豹子的饥饿。即使它的嘴边沾着野兔毛和未干的血迹，看到它扁塌的腹部微微起伏，还是让人心慌。

我喜欢豹子奔跑，身姿矫健，逝如闪电。在最激烈的捕猎过程里，最紧张的肌肉抻拉中，豹子却保持了一种奇怪的飘浮感……好像有些瞬间，它失去了体重，被空气托举。这不仅仅是从电影慢动作中得出的错觉，事实上，除了豹子，没有其他猎食者给我这种印象。动作的优美性似乎从它的追逐目的中解放出来，具有某种独立意义。也许，正是与猎物的这种游离，对自身体重的这种克服，反而奇异地加快了它的速度。豹子成为大地上最迅捷的动物。

我迷恋哲学中的感性表达，智慧中的任性成分，基于相似

我喜欢豹子奔跑，身姿矫健，逝如闪电。在最激烈的捕猎过程里，最紧张的肌肉抻拉中，豹子却保持了一种奇怪的飘浮感……好像有些瞬间，它失去了体重，被空气托举

原因。

B

慢下来，更为缓慢地慢下来。速度在蜗牛与乌龟之间——慢，因为背负着重壳。只有与任何背负无关的慢，才与优雅有关。

快是青春的浮漂，最微小的涟漪也让它波动；而慢，比衰老更从容不迫。只有慢保持在轴心不位移，快才能使轮子飞转，无畏向前。能否更快受到能力的限制，而慢除此之外，还关乎智力。

慢，使热烈的颂词中肯，使死也变成可以期待和感恩的事。慢到孤立无援的静止，危险地贴近死亡的窄门，然后才能进入永生。

囚禁在马蹄表里的小脚——快有一种神经质。而慢，有暗蓝的心，生铁的味道。尽管解放通常由暴力带来……但暴力，指的是速效的强大。“慢”的确不像“快”那样善于许诺，践约或失信，都完成于瞬息之间。然而只有慢，才能盛得住信仰；所谓背叛，就是对慢失去的那部分耐心。

液体流动得慢了，因为开始黏稠。固体之所以存在，秘密在于内部的慢。人慢下来，因为智慧进入他的身体。只有掌握足够的慢，一个人才能成为广场上被景仰与怀念的塑像。

C

情人节，花童满街追逐着结伴而行的青年男女。玫瑰，作为一个烂俗的比喻，它的表达单调，也因其平庸而应用广泛。买一束玫瑰献给女友，如同在电台点唱一曲情歌，破费不多，大大节省自己的力气和心思。

爱情天生与浪漫、激越、悲伤等戏剧因素相配，而我更喜欢观察它对现实的适应。两个人渐渐培养出生活在一起的习惯和耐心，当然也有演变成艰难决心的时候——太艰难了，最终就难以进行。清晨的镜子前面，对方每天都在发生向死亡靠拢的点滴变化，赘肉堆积，动作僵硬，曾经耳畔诱人的喘息成了腰酸背痛的呻吟……或许最动人的，是相伴一世的伴侣能在晚年对于对方依然怀有发现，怀有熟悉中的陌生，如同盲人抚触自己的身体。

必须承认，婚姻中存在某些惰性和习常，让人倦于折返，像旅游中已然开始的征途——执手到老的夫妻看待那些勇于离异的人，大概以为，他们对其他路径抱有了不妥当的好奇和猜测。

即使婚姻失败，我也不再像年少时那么激进，以为无爱的婚姻接近罪恶。我愿意想象，爱情是以抽身离去的方式保持了完美……脱颖而出，它像花中的微蓝。

D

县招待所，房间弥漫着霉气，茶杯磕了盖儿，枕巾上有层可疑的黄色。我在水管漏水的厕所里遇见一只潮虫，它快速挪动数目繁多的脚，溜进砖缝，及时躲过同屋女孩的尖叫和踩踏的脚。

潮虫油腻腻的，驮着它的灰盖子和卑贱出身——在臭烘烘的下水道里成长，即使作为昆虫，住的也是贫民区，不像蝴蝶、蜻蜓有着精灵长相和浪漫主义花园。它脏，下贱，让人讨厌。

与之相反，最圣洁的形象是仙女。她们张开翅膀飞，羽毛上的那种白经得起千万次水洗。天堂里当然没有空气污染，神仙吞吐纯氧，云朵做成的道路无限柔软，不会伤到仙女精致的足踝。

我因此怀疑神并不关心我们……他们有洁癖，嫌我们脏。我无法想象一个清洁工样子的仙女，挥汗如雨，擦洗我们比马桶还脏的灵魂。

或者这样安全了，我们避免像潮虫一样，遭遇那只横空踩下来的脚。

E

花掉下来。我抬头，正看见它落在窗台的瞬间，声音很轻，如同少女临死前的气息。

花瓣没有残损，不像自然凋谢，像场意外。我用胶水把花重新固定到枝头，现在，它看起来欣欣向荣，似乎从未受到什么威胁。

如果花朵注定枯萎，为什么我还要花费心力制造它依然开放的假象？我想让它呈现勃勃生机的初衷正好彰显了业已发生的死亡事实。

这朵人工延续的花，用死向生致敬——它和用生向死致敬的祭献羔羊路途相反，终点接近。

F

理想是一个简称。对于常人来说，理想经常与职业选择重叠、混合，其间乐趣，主要来自于它所产生的利益和荣誉。某人立志，理想是要当“企业家”，理想的真正内容是：财富、地位、荣耀、支配权。

一个小孩，幼年理想是每天喝上一杯奶，后来他实现了；他后来的理想是养一头良种牛，随时可以拧开流溢乳汁的水龙，后来他实现了；他后来的理想是开牧场，后来他实现了；他后来的理想是……理想只有被抵达才能成为被替换的物质，才能鉴别出它是不是真的为我们向往，值得一生追随。

我们尴尬发现：理想就像一个安全套，与欲望紧密衔接，没有特殊情况，一般派不上用场；一旦用上了，它的使命马上结束，需要更换一只新的。

G

黑罐子里盛着白牛奶。丑八怪怀里躺着俏新娘。

清水里游着病鱼。早班车上坐着退休的老者。

战争埋藏好机会。幸福将引爆罪恶的炸弹。

色情书封面烫了金字。小学教材里一再申明铁的纪律。

……荒谬，真是荒谬。可如果缺少这些荒谬的组合，我们活得该有多么乏味。如果这个世界纯净得有若幼女，还没有变坏，美好虽美好，但是，它尚未构成对成人的吸引。

H

世界辽阔，每个人只能触及到极为有限的局部。

不能“窥一斑而见全豹”地推理出尚未亲见的剩余部分，那样，我们就无视真实世界的丰富和变化。对“一斑”几何倍数地放大，对个人经验自以为是地复制，显而易见，形成谬识。

相对上帝创造的无限奇迹，不能了解的我们何尝不是一种“盲人”？也许，“盲人摸象”是人类认识世界的唯一途径。各自触摸和体会，然后相互传达，互为补益，集体智慧拼贴出“大象”的全貌。

其实，“全貌”也不过是一个想象中的值。狂妄者以为仅凭自己的几双眼睛、几双手，就足够认清和把握，他不知道，当大象的腰围远远超出多人的围合臂弯，当世界宽广得远非他们目力所及，所谓“覆盖”，只是一个展示想象力和愿望的动词。

I

他们不在公共场合通电话，不在可疑的时间会面，绝不写信，即使电子邮件来往，开头也先问“您好”。

他们只在心情好的时候相互造访。少许浪漫，少许激情，少许想念，都是在心里称量过的，安全，无毒。因为警惕，他们喝酒顶多微醺，不会醉。是的，杯子只用来装美酒，他们不要求对方提供器皿来盛纳自己的眼泪。

礼貌的消失一般有两种原因——亲近或者仇恨。这不适用于他们之间，一些私密时刻，他们之间的确不讲求礼貌，仅仅，为了简捷和方便，像“计划生育委员会”缩写为“计生委”，不暗含感情的说明。

他们不交换梦境、家人和存折，只偶尔交换体液，隔着质量可靠的避孕工具。

尽管熟悉彼此的身体，他们仍对对方的脸感到陌生和疑惑，尤其是在翌日的酒会，或者多年后一次意外相逢。

J

她的灵魂如此安静，好像一幅装饰画，可供长久凝视、观赏。

据说她曾是个格外精明的人，一张应用的脸，会解谜题——她流露出的种种表情一定符合对结果的不同预算。但后来，她演变了自己。

她酿造果实一样的晚年，熟透了，才分泌出内部的品德的甜。带有难度的技巧，她深知，这甜，怀揣腐烂的配方。在险峰，她有圣母般的微弱光环，以及不经交合而孕育的新生……只有她能如此，她是始终单身的、知识背景的、态度低调的、以拒绝维持独立、以冷淡彰显自尊的女性。直到老年，她的体型纤细、柔软，她干燥而凉。无人知晓，她像一条隐蔽的蛇，终生准备自卫武器，带毒而行，静寂无声……只是利齿未及刺入他人的血管。

无人知晓那个男人曾经的闪现。他鸟爪子一样的人生，很少接触到地面。他短暂的一次停落，为了给她造成终生难消的污点。

K

我迷恋剧场的提词员。

提词员没有脸，没有声音——他的嗓音溶解在演员的台词和歌喉里。享有预知能力，一切尽在眼前按照他的预期进行下去。如果提词员不开口、不提示，舞台上的主角有时会茫然失措，不知下一步该做些什么。即使是主角，知晓的也是戏剧的局部，而提词员对全剧了如指掌，细致到龙套演员的一个语气助词。提词员成功缩身，进入一个极其窄小的盒子里，这样，岂止面孔，观众连提词员的背影都看不到，所以他们意识不到他的在场。人生如戏，灯光辉映……只有极少数人知道提词员重要到必要的存在，接受他秘而不宣的指令。

我无法不迷恋提词员。我在人间没有发现比这更像天使的角色。

L

站在六楼阳台，我欣赏小区花园的美景。园丁拿着粗皮管子，浇灌苗木，在人工降雨的过程中，他顺便制造了一道隐约的彩虹。姹紫嫣红，绿参差，草地里摔倒个胖孩子，也是不哭的，举着两手泥，鼓舞自己般的傻笑。春天一屁股坐在这里，坐得真结实。

但我不能连续享用春色，因为两个硕大的光斑，晃眼得厉害。为了强调小区的异国风情，开发商在花园中对称地修建了一对波斯风格的亭子，半圆的拱顶，闪耀银亮的光辉——此前，我以为那种着色只能刷暖气片。遇上响晴的天，亭子盖恨不得能把人晃瞎了。

闪亮的目的，在于不可被直视。我悻悻地联想到太阳和信仰。它们都太亮，禁止凡人站在更高位置上俯望并且详察。但如果你躲进它们的内部就不一样了。盛夏我经常在亭子里乘凉，藏身亭子制造的阴影——那些被灿烂威吓的人，也发现不了我黑着的脸，和脸上密布的痣。被大概念保障的人，当然多些安全，多些受益。

M

完美主义者以一把游标卡尺来精量世界，每每发现，一切都在巨大的偏差中危险运行。上帝竟然是如此潦草的计算者，他建造时空的宏伟工程，万物众生被远远地搁置在小数点后面，他任意遗忘、删除或者颠倒秩序——这就是他的自由语法、政治公式和无法仿制的强悍科学。难道，上帝是以他的不负责任来彰显他的态度和权力?

可怜的完美主义者，个子那么小，被扔得离整数太远。但完美主义者最负责任，不会错过的，每个完美主义者都有狗的精敏嗅觉——围绕生活凹陷处，兴奋排尿，做出隶属于自己的领地标志，然后，把自己的头脸埋进去。

N

他准备自杀，做了漫长而精心的安排。他讨厌一天又一天，消耗在早晨的牙膏和夜晚的床单上，消耗在对死的向往中而不让它成为立即的享受。活着令人疼痛，不如一劳永逸。有人总以为等待就有希望：于是他们躺在那里，等着迟到的医生带来不洁的手术刀。但他，对一切厌烦透顶，他可不愿意像他们那样呻吟着，剩的那点力气，正好用来排队，加入死神的唱诗班。

闭上眼睛就能把世界关在外面，多美妙啊——他不易察觉地微笑。他现在精通各种自杀手段，详细分析过利弊，最终选择了相对安全又体面的了结方式……他熟悉得像已经死过上百回了。

唯一暂时阻止行动的，是他想不通，为何自己早就去意已决，却从年轻的时候就开始建设值得歌颂的晚年？

O

星斗满天，燃起千万只烛火——可以把夜晚当作一座高大的教堂，你和隐形的神父分别坐在忏悔室的两侧，感觉彼此呼吸，看不见对方的面孔。

鹦鹉螺的壳体内部，被隔成许多小小的房间。鹦鹉螺只住在最外面的螺层中，每个向外的新螺层筑成之后，它便将原来藏身的螺层封闭起来。它一个气室，接着一个气室地封闭。

我想这是一种有宗教倾向的生物，随着生长，它修筑一间又一间的忏悔室，它需要隔墙的神父随时跟从。

P

一部分用来提供热量，一部分用来增厚脂肪。这后一部分，是减肥需要攻克的部分。

一部分用来苏醒神经，一部分用来降低智力。这后一部分，是酒精魔鬼开腔的部分。

一部分用来产生光明，一部分用来烹煮天鹅。这后一部分，是真正血肉交融的部分。

一部分用来等待，一部分用来消磨……在这后一部分，死神就像同性恋情人相伴，无论接受不接受，名誉不名誉，他对我们的身体有更多的熟知。

Q

对我来说，人生幸福如何，也许在于，是否拥有一只望远镜。如果有了这只望远镜，我会改写秩序，我比剧场里那些座次好的人更像享用着包厢。如果有了这只望远镜，当我爱的人负气而去，我会便于寻找和跟踪，节约体力和在错误方向上延误的时间。

望远镜帮助我们偷窥。电视是望远镜的另一存在方式，电视里的生活，是以合理合法的方式对他物他人的观察和显微。所谓名声和名誉的确立，有一个证明，看是否有人拿着望远镜从远处窥察你的生活。

作家必须有经过变态改良的望远镜视线，才能洞察，才能了解历史、现在和未来。很多年我都为此急躁，如此热爱写作，我却没有良好的广角、焦距和镜片，我没有一只向往中的望远镜。也许因为，我总是没有摆脱万花筒吧，总是迷恋于纸屑变成的美景——这几乎停留于孩子的爱好！

R

当我坐在灯光汇聚的主席台，面前的听众坐在半明半暗之中，他们的脸像沙滩上的鹅卵石，微微显露。发言前的紧张有时令我突然忘了讲话内容，或者，我像个电影中的人站在银幕里向外看，我开始不自觉地设计着自己的语气、表情和手势。我明显感到自己的做作，却无力矫正表演的成分。视线掠过，他们的脸还明显地镶嵌在暗下来的光线里。

为了保护即使是收音机这类的小电器，厂家也格外用了心思，机器外面包裹着一层塑料膜，上面是均匀分布的泡泡——按下去，空气挤爆薄膜，指端发出啪啪啪的破裂声。轮到我发言之前的这段余暇，正好够我完成一项心理任务。我双手握起，送到唇边，掩盖着我拇指的小动作。只有从意识里彻底消灭观众的存在，我的表演才能自如。所以，那些面孔被我的大拇指一一按下去，像气泡一样破灭……按到黑暗里，按到寂静里，按到黑暗与寂静的泥土里，按到不可测知的死亡里。

世界上其实只有一位真正意义的电影巨星，他的名字闪耀光环，他的形象在光线的编织中却不能被我们触摸和拥抱。他是黑暗中的父，有理由无视我们，有理由让我们生生死死地仰望和谛听。他轻轻的大拇指动作，就让坐在底下的人类不再干扰他的创作——上帝，原谅我对你的模仿。作为一个小配角，我向主角致敬，牢牢而拙劣地，追随他的风格。

S

夜晚是一座黑暗的大教堂，尽管拱形穹顶，挂着星空巨大的枝形吊灯。

来忏悔吧，用罪恶和上帝做上几笔走私交易，就不必经过法庭审判。

来祈祷吧，一再祈祷，希望上帝如回音般响应我们的要求……但是，把上帝当作跟屁虫来差役，是不是一种渎神行为?

必信才能跟从。让我们信赖，如同信赖温暖在火里一样，相信拯救在欺骗里，天堂般辽阔的死亡里有幸福所在。

T

让我们和人民一起祈祷，祝福坏人拥有美好的睡眠，保佑他没有噩梦就无从惊醒——我们的祝福发自内心，甚至不发出声音。被他迫害的人就在无助中受难吧，被他害死的人可以白白死去，我们不再计较，只要，自己不成为下一个目标。如果可以，让我们在星光下蹑足，连夜出逃，如果孩子和财产不太重的话，我们愿意带上亲人的骨灰。

制裁恶，我们另有办法，不必用枪。望着伶俐的羔羊，轻信的眼睛……不再祝福天下的羊健康快乐，我们诅咒它们有脓肿的腿，生虱的皮毛，病变的内脏……以此败坏掉狼的胃口。

U

童话是以行善的名义要挟强者，以可怕的报应结局对后者做出虚张声势的恐吓。好像羊是在说：如果你不同意我的主张，我就要采取行动，像你消灭我一样地消灭你。羊的长相平平，又衣着寒酸，它的样子和口气，不过是个素食动物里的家庭教师！低智商的羊啊，你以为婴儿时期的狼和你一样是喝奶的，你们就能在未来拥有同样的构造和权力吗？羊的头脑里压根掌握不了复杂公式，使它无法完成邪恶世界里的基础运算。

那么大的羊群，搭配一只狼就够了。一只狼，足够令整个羊群惊恐，奔跑，并在奔跑中赴死。所以，狼的力量似乎是一种更被尊重的力量。

V

秘密的珍贵常常不仅在于它本身的内容和价值，而是它的难以被分享。它如此隐蔽，是果实的核，是一个人不为所知的核心。

在别人不准备让你了解秘密的时候先知先觉，已经构成对秘密的侵犯。事实上，秘密是一个人最难处理的内心财产，将我们安慰，也令我们危险。或许，秘密是一个人最后捍卫的自由的伊甸园。

我们有必要舍本逐末地探入他人的迷宫吗？看到地上晃动的斑影，就应该明白，既有花朵又有阳光，才能投射下来这种微妙而明媚的浅灰色。

W

天堂里全是好人。这句话的意思是说：神生活在最单调的社会环境之中——因为周围，全是谨慎乏味的修女和圣徒。他们太习惯退让，为了他人方便，自己缩进最小的角落之中；他们太习惯牺牲，而在至福之中，美德却再也派不上用场。

一种解决方法是，在好人之中划分等级，寻找下限，使他们成为相对的“坏人”，以使剩下的更好的人有施展个人价值的可能——要知道，天堂里连劳动的机会都没有了！好人如何塑造自己形象？劳动是唯一不需要对比就得到歌颂的举止。

另一种解决方法，能够解释劣迹斑斑的坏人仅凭一个弃恶从善的念头就能坐着直升电梯进入天堂的好运。他们，才是神秘密的娱乐和宠物。神甚至等不及，让他们在人间就享受到作恶的奖赏。

X

即使是情人呢喃，他也充耳不闻，像荷叶上无声滚动的水珠，无声地落入池塘，它的存在被浩大的寂静吸收。

这是一种非凡的本领，保证内心不被打扰。耳道如同幽深的锁孔，聋——他的生理缺陷，使他等于销毁了所有的钥匙，所有的齿模。

或许这是对世界和自身的安全性建设。所罗门的瓶盖塞紧，一个被诅咒的魔鬼，就会遭到终生的囚禁。

Y

相对人的品德缺陷，衰老已经是一项最轻的惩罚。我们犯下太多的罪，准备犯的和来不及犯的罪行更是几何倍数地增长。多亏光阴流逝，让我们及时失去美貌和体能，恶棍才变成轮椅上皈依的教徒——匕首夹进《圣经》，像别致的书签，我们学到哪里，就把刀尖指到哪里。

因为进入天堂的机会，如同骆驼穿过针孔，所以我们一生，致力于把自己变得渺小。

Z

童年我不止一次仔细地观察蜻蜓：身体的金属光泽，翅膀上的叶脉形态……我贴近它膨胀的硬塑料质地的眼睛，发现里面藏着惊人的复数。那些黑点，密集，繁复，难以计数，透过半透明的凸透镜外膜，它们弥散虚玄的光亮。

后来我在夜晚的大海边倾听潮声。躺在温度凉下来的沙子上，繁星满天，将我惊扰。我发现无数星空，就是一只神的复眼，突然临近上方。

是的，如果神没有生着复眼，他如何照管万千众生？

蜻蜓纵然生着复眼也难逃厄运，能被孩子捕获和杀害——我轻轻拧动，就旋下它的头颅。它不像它的创造者。岂止无法狩猎到皮毛，我们甚至不能目睹神的身影。他只是在夜夜黑暗中，流露出复眼中令人眩晕的光亮。

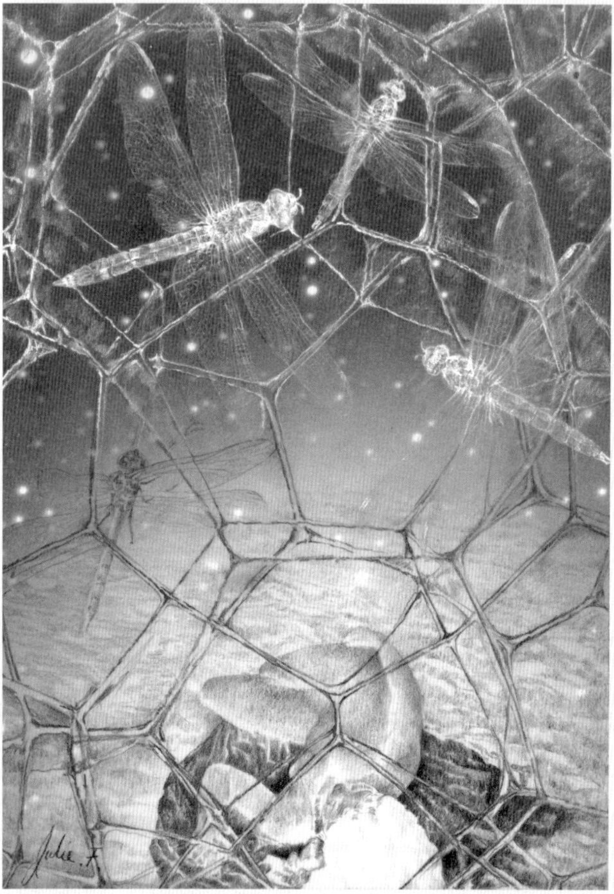

仔细地观察蜻蜓：身体的金属光泽，翅膀上的叶脉形态……我贴近它膨胀的硬塑料质地的眼睛，发现里面藏着惊人的复数

骗子的星期天

1

是不是所有的热爱都会因熟识而遭到修改？当神圣之物渐渐脱落诗意的哑光，我们将如何继承它的斑驳？办公桌稿件堆积如山，让我由衷厌弃。假想某个被埋没的天才需要被拯救，我消耗体力，磨损对艺术的敏感，浪费着可以酝酿奇迹的时光，忍受日复一日的挫败感……然而，他在哪儿？那个能以神秘舞蹈来传递信息的蜜源发现者，我甚至愿意等待他恶意讥讽的毒针！可十余年编辑生涯，我已消沉。打开写着陌生人字迹的信封，又将是陈词滥调。廉价抒情，夸饰中的悲伤，贫瘠想象，少许标点符号的运用技术，这就是每天面对的一切？

我想起那位古稀之年的编辑前辈，他伏案躬身，用衰毁的视力和变形的脊柱，最终赢得职业尊严和荣耀——这是否值得向往？做一个纯粹意义的读者多么享乐：深怀儿童般的信赖，接受阅读时光里允诺的礼物。我有时偏爱幽远之书，因为亡灵最优雅，在书籍的默片世界里，最剧烈的起伏都是宁静的。可编辑，虽然听起来像个职业化的读者，却无权在珍馐美味之间选择，他被动接受每一个投稿者的白日梦。许多人不知道哪儿来的美好错觉，无论写得多么不具雏形，也坚信自己是怀才不遇的潜在大师……而我是一个悲哀的寻宝人，被迫在泔水桶里找点心。

我当然不是一个好编辑，无论对方水准如何，也满怀无穷耐心，去解释、修正和安慰，这我做不到。即使，自己偶尔的写作也给同行们添过麻烦，但我也忍不住疲劳阅稿后对投稿者萌生敌意。台灯下，咖啡馆里，返乡列车的旅途，甚至是病床上——幻想动人的写作地址并不能增加我的好感，我无法感受当初同道之间那种暧昧的亲切。

所以我势利，对有才华的作家几近感恩，是他们让我在长久的倦意中能偶获惊喜；对并无潜能的人，我不盲目鼓励。把写作作为个人的情感寄托当然无可厚非，但作为孜孜以求的事业，恐怕也要考虑一下是否在误人误己。

2

老 K 语气婉转、态度强硬的约请方式，让我没及时想出借口，糊里糊涂地答应下来。那天挂了电话，我就有些后悔。老K的鸿门宴算是领教过，不知道他又要给我介绍什么不靠谱的作者。

餐馆新开张，城堡样的巨门上镶着锻铁纹饰。玻璃通透，内挂各式各样的广式烧腊：红木色的叉烧，海绵状的金钱肚，顺着烧鹅糖色诱人的脆皮悬下被拉长的油滴。服务小姐全部绾发髻，斜插两根红筷子为簪，旗袍下轻移莲步。我心里暗笑，这是典型的老K选址风格，他喜欢古典和伪古典的形式感。

曲径通幽后进了包间。老K在帘子后面挥手致意，他旁边的陌生人，立即起身并用力地笑起来。是那种可以千百次复制的笑。老K向笑脸介绍我，使用的重磅褒义词让我难堪，虽然他对谁都一视同仁：“不要看她年纪不大，著作等身啊。”我立刻反击：“别那么低估人啊，什么叫著作等身？我有那么矮吗？”老K面前，我免不了一逞口舌之利。

假设不担心老K的功利目的，其实我喜欢听他贫嘴。作为著名文学评论家，他圈子里人际关系良好，总能闪避帮派之争，进而坐享渔翁之利。在京的各种研讨会，老K必然是受邀嘉宾，麦克风往眼前一摆，他也像通了电，上知天文地理，下知饮食男女。说雅的，他能用外语表达哲学观念；说俗的，他贫嘴要赖，擅长形而下乐趣。上次在歌厅，老K故意把《花房姑娘》念成《乳房姑娘》，而且给《心中的太阳》改词：“下雪了，天晴了，下雪别忘穿棉袄；下雪了，天晴了，天晴别忘戴绿帽。”并且把“戴绿帽”一句唱得高亢有力，余声绕梁。能把学术娱乐化，老K是典型的聪明人，世事洞明，人情练达，但依我之见，问题也许就出在太聪明。深悟平衡之道，他在妥协中维护的立场难免可疑。

有幸参观过老K早年的读书笔记，那时他尚未成为得势者，还是出发时的纯洁青年。几乎带有盲目感的迷恋，支撑着他每天每夜地阅读和书写。翻看老K的眉批，必须有微雕艺人的眼神和考古学家的耐心，那些细密的字迹倾注着某种难以言说的忠诚。我猜他少年时期一定格外敏感，有颗怕疼又怕痒的心，但如今我们从容蜕皮，把最初的诚恳当笑话。目睹老K从内向害羞的青年，变成论坛纵横的麦霸，多少能让人感慨。这是一个众生喧哗的时代，人们懒得思考但急于表态，口腔兴奋掩盖着大脑瘫痪。作为指点江山的评论家，曝光频率似乎象征身份和影响力，即便大脑一片空白，他们也得迅速开口——情势逼人，能把哑巴逼成结巴，把结巴逼成说快板的。谁还怀有滴水穿石的从容？我们现在连倾听的从容都没有。文学的魅力又何在？当它甚至不能说服一个评论家的良心。

在获取现实利益上，老K完全是个驴打滚式的人物。他运用于公共场合的慈善，也不过是止于修辞的悲怜。一个不折不扣的巧言者，靠言辞修建或摧毁他人世界，然后建筑起他的个人圣殿。评论家的诚恳，这基础的职业要求，在今天频频被利益驱动的文学环境下，甚至象征着基础的勇气。

3

说起来跟老K半年没见。上次还是跑到京郊去吃开河鱼。“七九河开，八九燕来”，冬天鱼躲在冻层下面不食不动，当冰封刚被春风吹化，打捞起的鱼极肥美。招待方是一个商界纵横的曾经诗人，老K是组织者。我还记得他当时带来一个叫小蜜蜂的业余作者，两人正值暧昧期。

大家推杯换盏，大快朵颐，吃得眉开眼笑不亦乐乎。小蜜蜂不动筷子，食量小得不忍目睹，冒充鸟类或演艺人士。据说为了维持身材，她平时也是象征性吃饭，闻闻味儿就算饱了——我猜如果菜炒咸了，她多闻两下就算吃撑了。小蜜蜂说话蓄意歪一点脖子，翘一点下巴，拿捏的姿态让人遐想，好像她闭上眼睛就能随时配合亲吻。其实她算不得特别有诱惑力的女人，只有点儿小海鲜的腥气，乐于展示处于交际状态的风情，不过在爱情领域，我看她倒是个理性消费者。小蜜蜂嘴很甜，也算初出茅庐的马屁高手，功夫掌啊功夫掌，拍上去只是轻轻地响，哪个好汉还逞强？她常备一腔上好的赞美，文火慢慢炖着，肉烂骨酥，适合老K们松动的牙床……媚眼一飞，郎心一黑。难怪老K总说女编辑大多没有女人味儿，我看看自己，红酥手变得跟酱焖猪蹄似的，还打出九阴白骨掌。我总觉得，小蜜蜂相当于底子上传统却非要扮SM来夸张性前卫——除了正宗的施受虐狂，她不知道SM也是拼音“傻帽”的简写吗？

对老K，小蜜蜂的类型正好合适。他喜欢具有表面形式感的女人。即使只是一晃而过的艳遇，老K选择调情对象也有标准——他青睐在花瓶与花痴之间的女人。花瓶缺乏反应，领略不了男女进退之间的妙趣；花痴反应过激，老K承受不了突然扑过来的体重。事实上，人到中年，已经难以承受不计成本的感情了。年轻时候，我对爱的理解非常偏执，以为爱，就必须爱成骨中骨、肉中肉，而今我才没那么可耻的纯情。骨中骨就是骨刺，肉中肉就是赘肉，这些都是留着没用、给人徒增疼痛和烦恼的东西。我怀疑生活已经把我们教训得没有承载爱恨的能力，只肯付出一点点在天平上称过的代价。而老K，太多的感情属于非法出版物，根本没打算用条形码给予终生标记。他和小蜜蜂，各取所需吧。

那些只配充当句读的感情小插曲，到底有何建设意义？周围到处都是止于技术操作层面的恩怨。别院看花事外心，看人家的热闹，总有隔着玻璃的哑剧效果。我倒不认为婚姻或者其他什么制度就有权实施感情垄断，我对自己的要求很简单：尊重自己的感情，并且在自己的感情里获得尊重。我不喜欢在缺乏内心确定的状态下，草率地升华感情，只为把它变得可以倾诉和表演。在日常生活里处处煽情是件令人疲惫的乏味事。诸如老K，演戏久了，生活中也会身不由己地失真吧——无论是他的绯闻，还是他的学术。

老K的私人交往当然与我无涉，但他向我推荐小蜜蜂的诗歌难免招致贬损。充满“啊啦吧”的感叹词，让人觉得作者不是患了生理性结巴就是心理浮夸症，老K简直无视我的职业水准。老K解释，他只是要对小蜜蜂的承诺有所行动，并不期待我真发表她的作品。

据说早先的门巴族男子出入丛林，会在阳具上挂一个竹筒，以免家伙碍事——我建议老K出入文坛也弄这么个玩意儿，以免碍事而降低自己品质。

老K坏笑：“我不是门巴族，我是门把族。”

“哦，我说呢，原来打开你的世界只需要握住这样一个机关。”

“你就麻烦，油盐不进，不容易想出对付办法。”

“我又不是威虎山，还需要智取？”

“你不觉得，作为女人，只有经历我这种男人，才能把你变成床上的尤物吗？”

听见这种培养性奴的口气我就反感：“你有本事把我变成尤物，我有本事把你变成鱿鱼……炒了你！”

正是基于以往经验，我对老K这次推介的作者并不看好。但又想，老K已经遭到过我抨击了，不会再重蹈覆辙吧？所以我边和点菜的老K贫嘴，边用余光打量郝望角。郝望角是笔名，他真名叫李军。唉，每个人的一生都会有机会认识一个叫李军或者叫赵建国的，但愿他不会文如其人地平庸。

“听说你最近冒充先进，吃素了？”老K翻着菜谱征求我意见。

“不完全，海鲜我也吃，而且我可以从红烧排骨土豆里挑土豆吃，所以不算挑剔。”

“那是荷花式食素法啦？”

“什么意思？”

“出淤泥而不染。”

我被逗乐了，并借机暗示老K和郝望角：“我做编辑也是这样。”

4

接过几篇打印稿，果不其然，郝望角才智平平。凉菜还没吃完，我已从他的乏味谈吐中得出粗略判断：不能说郝望角单纯，他单而不纯——而从事艺术的人需要纯而不单，他是块相反的料儿。我厌烦于他既无充足的智商，又不肯花切实的气力，光在这儿寻求投机取巧的捷径了。“功夫在诗外”，这句话他倒理解得透彻。

因为在预料之内，我对郝望角倒没有过多怨言。他显然对自己缺乏判断力，不能从别人牵强的客气话里分辨出礼貌，他会一厢情愿地放大到表彰的程度。或者，也可以把这理解为他仅有的饱满想象力——当别人只在地上划根火柴，他已经坐着神六升上了太空。

老K的短评附在后面，为郝望角的庸常之作佐以热烈注释。我说不出这么揠苗助长的话。评论家可以走画龙点睛的路线，但他们现在反过来了，不过一个污点，他们非说是闪亮的瞳仁，然后把它当作点睛之笔再去画龙，然后把这条虚拟的作品之龙夸得飞上了天。

这种泛化的表扬有什么价值含量可言？有个领导去任何地方题字，从来都是一句：“哪儿哪儿美”，只要置换当地名就行了——相当于文学评论家以不变应万变的小红花。在感情领域频繁使用最高级表达的人，总是让我不信赖，甚至会为此萌生抵触。我不把夸饰之辈当绅士，只当浪子。轻易赞美亦能轻易诋毁。文学边缘至此，评论附庸至此？为什么老K们会沦为一按键就说好话的电子玩具？他们已经养成褒奖习惯，日复一日地巩固技能，如同在树林里吊嗓子，一次又一次不厌其烦地上升到高音……赖以为生的声带啊，他们在锻炼，而我们，没腿儿跑不了的树，只好被迫听他们比试高调。

参加研讨会我每每都有诧异之感，如果不参照眼皮底下人手一册的读物，光听评论家说，我会以为每天都在诞生世界名著，甚至来不及在出租车上翻翻作品，他们的评价常常是不及物的。无须新的观察材料，无须启动思考程序，他们只是在庞杂褊狭的术语之间吃力地寻找新的组合方式，用以编织一个看起来自给自足的自洽体系。他们在自闭中很容易获得自圆其说的满足，似乎高屋建瓴，旁人无从置喙，而明眼人会同情那种因陈旧而尴尬的炫技方式。虽然他们没有抵达过美在艺术里为人渴望的应许之地，但并未影响在行当里站住脚跟，毕竟经过了职业训练，毕竟写作者难免孤单脆弱，毕竟，噪声也会因为低柔亲昵，而显得近于动听。评论家们忙于背着黑包领红包，从他人智慧里摘取只言片语，然后欺世盗名，拾人牙慧而增人耳垢。丧失对他们的信赖对文学来说致命，相当于坏律师有能力对法律釜底抽薪。

铺开被煞有介事地摆成王冠形状的餐巾，我们耐心挖取甲壳里的肉——螃蟹全是母的，我讨厌公蟹的膏味。看老K聚精会神地享用丰盈母蟹，嘴边沾着蟹籽，我联想起他十三不靠的表扬信，不禁讥讽：“老K你知道吗？你现在的形象特别适合作谜面打一句成语：信口雌黄。”

老K斜了眼睛，说我的牙齿长得里出外进，用不着钳子或其他工具就能收拾螃蟹，可直接用作攻击性武器。他也为我难看的口腔设计了谜语。“你的牙齿，打一条钻石广告语，”老K以德报怨，公布答案，“每一颗都与众不同。”

5

趁郝望角去洗手间的机会，老K匆忙嘱咐我，当面至少要说几句动听的。我撇嘴冷笑，一贯如此，他把蛤蟆夸成青蛙，再把青蛙夸成王子，然后离题万里地大赞王子英俊。

“老K，找个心理医生看看，你是不是得了赞扬癖了？不光是你，现在的批评家都改弄臣了，说点真话吧。”那些恶意的话就像一口痰不吐不快。

“这就跟小孩子必须学会听懂好赖话才能长成大人；我不过加大了一点难度，让他们从真好话和假好话里加以区别，听明白了，就能成为智者。那些缺乏分辨力的人，注定成不了我们期待中的作家，所以耽误他们的进程何罪之有？还不如用表扬下绊，让他们心花怒放一下，然后该凋谢就凋谢吧。”

也许我过虑，真相不会被永远埋困，一口气的吹拂，就能露出尘埃下的破绽——是不是因为我们就不必为谎言负责？“照你这么说，正是由于犹大成就十字架上流血的耶稣，正是他的出卖才让耶稣得以伟大？”

“当然，你低估了恶的重要性和必要性。对于社会肌体来说，它就像微量元素，多了不行，少了也不行。不说好话，用上鞭子就见效吗？你以为不给他草吃，他就变成狼了？”

“别找托词。你用好话骗人，对下是愚民，对上是欺君。我对你必须提防，你的骗术是随时随地的，”我喝了一口玻璃杯中的酸奶，顺便联想，“好比奶牛吧，是种终生穿着制服工作的动物，无论睡觉还是排泄，都不脱掉它的黑白花——你也一样，睁开眼睛胡说八道、指鹿为马，不过你意识不到自己的骗子职业吧？”

老K为自己辩解：“你不觉得这出自善良？毛姆有句话，‘为了不伤害他们的感情，我经常表现出我并没有感受到的激情。’写作的人孤单寂寞，我雪中送炭，让他们感受到来自前方的照耀，有什么不好？为他人心情愉快而行骗，相当于精神慈善家、情感按摩师，和物质骗子不可同日而语。”

我还不了解老K？别把自己夸得像雷锋。平白无故的，他肯为别人吐血吗？要吐，也是牙龈出血的那点血，不吐也是浪费，不如做出用力的样子，买个秋后算账的高利贷人情。因为提前吃了果子，他煞有介事地拿死苗当优良品种来培养。

什么是关系？以前老K告诉我，关系从本质上就是拿来用的，只不过用的方式不同而已。要勇于并善于利用各种关系；良好的关系是越用越 HAPPY 的——连男女关系都是用来相互取乐的。也许，如果不把关系用来做羞耻的事情，就毫无羞耻可言，但，一个习于利用关系的人是难以把握界限的。老K会因为暗藏的利益来往而轻易放弃原则，我想不明白，他又不缺钱花。也许男性成年以后的处事原则都会受到配偶的严重干扰？我想起了他老婆，苦日子里长大的，出身于草皮族，梦想是皮草族。据说当年山高人为峰，她的漂亮乳房曾经拥有令人望而生畏的海拔高度，现在成了扁塌的馄饨，草草一包就行了，只剩两个眼仁，黑成了算盘珠，谁也算计不过她。尽管老K 情场上风来雨往，但对老婆的指示言听计从。

我揭露老K：“别打着为人民服务的招牌，骗谁呀？你是曲线救国，他人获益还不是为了自己获益？”

“有时候我们也做好事，纯粹的好事。比如周末，我们不骗人，或者只是义务性地骗人，不收取报酬。”老K指指表盘上的日历，“今儿不就是星期天吗？”

郝望角正远远走回我们的餐桌。我建议：“你要想对他负责任，还不如认真指出他的毛病，甚至当头棒喝，这样对郝望角以后发展有好处。”的确，没有经过批评的文字，从某种意义上说等同没有经过血祭，不会拥有开刃之后的锋利。

“你犯了左倾幼稚病了吧？你打落人家的牙齿，还想让人家拿你当牙医来报恩？”老K慢条斯理地喝啤酒，“你以为你是编辑，就有权给别人的梦想宣判死刑？别忘了，对有的人来说，梦想是他们的人生唯一值点钱的东西。”

6

梦想——每个人终生的奢侈品。它又是如此必要，如刀头之蜜，给所有的牺牲一个动人理由。梦想是点睛之笔，可以让世界亮起来，抑或，永远地黑下去……怀揣梦想的人点着灯笼穿行夜晚，提防着突然的风。

我明白，受到激励的写作者有时会爆发惊人能量，得到脱胎换骨的拯救；而潦草的否决，能把脆弱的信念推向末路。以前我也心怀恻隐，怕给别人带来一点哪怕是倒刺式的伤害，可结果不堪，反而是自己被活活钓到鱼钩上。执着的孩子，遭到背叛的弃妇，前途无着的梦游者，被挫折感打击一生的老人，肢体残疾的，卧病在床的，沉浸在生离死别之痛中迟迟不能苏醒的……当他们把文学当作唯一的寄托手段，总让我不能畅所欲言，我把文学之外的原因加进结果判断，再千疮百孔的作品，我也在指明伤口之后迅速为它们裹上安慰的绷带。其实，当机立断才最有效率，我妇人之仁的婉约只会使问题复杂化，没有方向的写作者还在延续错误，我也在循环而又无效的告诫里丧失了好脾气。尤其是有人甚至把不幸当作手段，他们夸张自身的悲剧，增加发稿的非法筹码。当弱势成为一种微妙的要挟，真理只会因同情而变形。我们是否应该坚持操守？既不因财富也不因贫困而修改内心的标准，才是编辑的职业道德吧？

我记得一个沿海地区的文学爱好者，他有一双肉食动物结合着慵懒与凶狠的眼睛。他多年不工作，因为热爱写作——他迫使年迈体弱的双亲拿出全部养老金和药费来继续养育已近不惑之年的自己，无论他们将面对怎样惊恐中的晚年。他四处留情，更准确地说是滥情，因为热爱写作——他要求妻女带欣赏性的容忍，因为作家必须体验丰富到无边的情感经历。梦想本身无辜，但悲剧在于一个人的梦想常常需要别人尤其是亲人的梦想及时去死……当他人的梦想变成死尸，似乎更适合成为肥料来养育我们自己的梦想。何谓亲人？不只是最有资格享受我们的梦想带来的利益，他们首先，似乎最有义务替我们的梦想买单。写作虽然是他个人的正义，但鼓励这样毫无责任的所谓创作者，就是在酝酿更大的灾难。

的确，鼓励不总是慈善者的道德。北京立交桥的路口，常遇到乞丐在车流中穿行，利用汽车受到红灯阻挡的间隙，隔着车窗，用手势和眼神，或者连续鞠躬，要钱。司机给钱是出于软弱，这种乐善好施不仅给自己和其他司机增加危险，也给乞讨者自身增加危险——他们把守在本来不应该出现的路上。评论家和编辑随口夸奖，不就相当于司机掏出的几枚零钱吗？

在我看来，怂恿没有天赋的人去从事某个行当，迹近于苛刻的逼迫。不考虑实现的可能，一味怂恿不现实的梦想，其实就是不尊重现实，就是在阻断另外的路。

何况梦想本身是名词，并非褒义的形容词，无须必然讴歌。如同从事写作，目的迥异，怎么辨别他是出于谨慎的快感还是蛰伏的野心？裱上甜腻浮华的奶油花，我们不易判断里面藏着的是蛋糕还是砖头。

刻薄地说，即使是在今天热闹的评论圈里，也有许多隐藏着的伪专家，一辈子也没有与文学发生过真正的肉体关系，他们缺乏亲近活体的能力，只习惯于标本意义上被前人反复拆解的“文学”。而这种评论家，同时也在扰乱视听，帮助不能真正进入文学的人手淫，使他们获得封闭状态的虽高亢而犹在虚拟之中的性交快感。

我尊重幽暗之中的探索者，他们仿佛身陷孤岛，虽然感受不到未来，但自由到无边。当众生喧哗的世界被推到彼岸，一个人才能听见自己的心跳。也许被评论忽略的写作很难获得声誉，也许，经过寂寞考验的人，他的热爱才纯粹。

老K们热衷指点迷津，并暗示着"顺我者昌"——可惜，急功近利的顺从，写作者的结局不是"昌"，而是逼良为娼的"娼"。投机者追求捷径，屈从于利益，可惜，他们获取得再热闹，不过是过场中一阵热闹的响锣。

7

透过餐馆落地玻璃，我看着窗外庭园，灰喜鹊落在草坪，它们低头啄食，尾翼与地平线形成优雅的锐角。四月里盛大的季节之神，他极尽温柔，赐予每只鸟翅膀下托举的力量。这是一个和谐到柔软的世界。

唯一的破坏气息来自啄木鸟——笃笃笃，笃笃笃。一只红腹啄木鸟正沿螺旋路线向上攀缘，搜寻着蛀洞中的昆虫。勺形头颅变成高频之下虚幻的图像，它怎么不得脑震荡呢？啄木鸟日复一日承受着剧烈冲击带来的反作用力，包裹着角质皮鞘的喙却毫发无损。硬嘴啄木鸟应该成为文学批评家的偶像。

如果不及时找出蛀孔，啄木鸟会被饿死。而今天享用足够粮食配给的批评家们忙着掩人耳目，或者为害虫搬家，或者干脆把害虫说成是大树有生命力的象征。

不全因财色，有时美德也会给评论职业带来干扰。我认识一个廉洁的评论者，热忱而知恩图报，愧受别人一点点的好。投之以桃，他先还桃，生怕表皮上的桃绒被自己不小心蹭掉了，接着以李相报。谁曾在早餐给他煎过一个鸡蛋，他就给对方母鸡般的终生呵护。这种仁厚和平等我认为并非欠善，这是缺乏甄别，缺乏对判决的承担。他不是与害虫讨价还价的啄木鸟，是一只因心肠软而不忍杀生的啄木鸟，所以他是失职的。长了一副啄木鸟的样子，扮演的却是夜莺角色，他在枯朽的枝头上施展歌喉……可惜，旋律越美妙，越使他沦为有罪的同谋。

为了维护批评的独立性，做一个敬业守责的批评家意味着某种自觉的隔离——舆论，情谊，传统带来的惰性和自信，对自己审美的惯性依赖——并且，隔离有时候会近于决绝。好像不断经过分蘖，植物的茎节才能结实，叶片才会茂盛，评论者必须经受内心的告别，进入被孤独所捍卫的沉思。最后，他甚至远离评论的状态。如本雅明认为的，评论(commentary)和批评

(critique)存在界定上的区别，他比喻："我们把不断生长着的作品比作火葬时的柴堆，它的评论者就像化学家，而它的批评家则是炼金术士。留给前者的是木头和灰烬，作为他分析的唯一对象；后者则一心想着火焰自身的谜——生命之谜。因为，批评家所要探寻的是这样一种真理：它生动的火焰还在过去沉重的木头和已逝生命的青灰上继续燃烧。"

8

"不要以为你就比谁更无辜。看不见自己背后的痣，你就以为自己白璧无瑕？我看你跟根雪糕似的，单位里方方正正，出了门，一拿出来就开始浑身冒凉气。你之所以在这儿仗义执言，不过因为郝望角的态度不会影响到你的生计。"老K事后的无情揭露让我愣住了，"出淤泥而不染的大编辑，请问你有没有做过妥协？对名家你怎么不口无遮拦，写得再臭，你们要么修辞含混，要么把明摆着的毛病当风格？别把自己打扮得脱尘出俗，我看，你也入世，只不过操作方式上貌似出世。"

我无法迅速回击，老K的话打中七寸。

某位声名远播的中年作家，以深切的社会关怀著称，他宣称自己永远只为弱势群体吁呼。他的情怀当然值得歌颂，耶利内克有力的话语如在耳际："当我写作，我试图站在弱势的立场。强势的立场不是文学的立场。”但我不能忍受中年作家肤浅的仇富原则。当一部分人响应号召“先富起来”，他把这部分人不再当作人民而当作人民的敌人。对待这样的名家，我承认自己是人格分裂的，一边对他们的赐稿大力致谢，一边深陷怀疑，甚至对作家开始想象性的诘责：“你以为朴素就是赤贫，以为现实主义就是以贫困底层作为唯一的描述对象？好像唯有低于你生活基准线的才是人民，活得富裕点的阶层成了可以被忽视的，他们的痛苦变成了饱食者的无病呻吟？按有钱和没钱来划分人群，你不过采用粗俗、粗暴和粗鄙的概念来进行简单的阶级论。我不觉得你这样轻蔑地对待小资阶层，和小资阶层轻蔑地对待底层民众有何本质区别。无论处于什么样的生存状态下，人人可能都会面对困境，而且可能被瞬间击溃，尽管在此之前他看似拥有坚强的壁垒。”

老K说得对。既然认定名家在高尚之下掩盖的是狭隘和势利，我为什么不直抒胸臆？为什么本能地斟酌用词，以维持名家对我的良好印象和未来友谊，为什么不忠言逆耳，如同对郝望角们当头棒喝？每个人都隐藏着秘密的阿喀琉斯之踵，只不过，穿上铁靴践踏别人时，并不自知，最能爆发力量的部位，同时也是我们自己的致命之处。

绝对理想主义者容易孕育浪漫之下的残忍，他们自以为占据道德优势，只要不符合期待中的标准，他们早晚会显露暴力，并且，这种暴力因为秉持某种正义而逃过自省。是不是，我的暴力只是初步的不易被察觉的？是不是，表面上我依然无畏地追求莽撞的真理，但内心，已难以贯彻曾经真挚的几乎信仰般的热爱？如果说，那位中年作家的悲悯并非在承担伟大的责任，那么，责问他和老 K 的我呢？黑暗辽阔，站在微微拱起的地平线上，我将如何执着守护神谕般不位移的星空？

9

一个月后，我在不知情的情况下和老 K 成了对垒双方。网上文学论坛转帖郝望角的散文，并附大篇幅的编者按，称他的创作风格引起评论界尖锐冲突，肯定的一方以老 K 为代表，抗拒接受的另一方包括我的名字。郝望角有充分的被怀疑理由，我觉得正是他自己炒作，以期引起更大关注，但那篇编者题记，颇具评论功力和制造噱头的媒体敏感，绝非郝望角才华所及，不知何人捉刀。

难道是老K？他不会舍得这么大的成本。老K在电话里的语气也是气愤的。他追问过郝望角，郝望角表现得特别无辜，他说是对一些朋友说过老K和我对他作品的看法存在争议，但并未直接操纵此事，不知是哪个朋友好心办坏事，据说注册网名是新鲜登录的，估计还是从网吧里发出，连这位无名英雄的过往痕迹都查不到。老K对我道歉，说没想到一次简单介绍把彼此变成了炒作里的作料，他也有冤没处申，有苦没处诉；而且，还不能说郝望角的“隐形经纪人”捏造，因为，他说的都是看似的事实。老 K 还劝：“还算幸运，文章并没有歪曲你的观点，你还是否定派嘛。你又没有损失什么，自己不动笔，别人转述你的批评观点，怎么样，把你塑造得跟圣女贞德似的。”

我该相信老 K 吗？他到底什么身份，是我的同盟难友还是事件的秘密同谋？郝望角的作品本身并不值得评论关注，太多太重的表态其实就是滑稽，就是在可笑地烘托，如同我们不能被随便推到麦克风前就得表态某明星涂蓝眼影好看还是紫眼影好看一样。被利用的受挫感让人别扭，迹近智力羞辱，我明白自己多少是被算计了，和老K一黑一白，正好烘托渔翁得利的郝望角。我悲哀，以为自己强悍，以为自己在不屈地对抗，却不知，我的防卫措施看起来如此可笑，成了海参的刺，都是可以被食用的，为敌手带来预谋中的享受。

记忆里的郝望角一片模糊，我想不起他的五官，这个曾被确认的庸人反戈一击，令我无措。老 K 和郝望角，谁是傻子，谁是骗子？我该相信谁呢？我对自己的判断力深感失望，它骗过了我，以为自己对人性的透析洞若观火。

骗子是上帝在梦游状态生产的人类。骗别人的，骗自己的。骗名的，骗利的，骗色的，骗天下的。骗子让这个世界充满混乱的逻辑和兴奋剂式的非常活力。老K说过，骗子也有星期天。劳动者星期天休息，这天，世界享受不到来自他们的贡献。而骗子，只要他工作，别人会遭受损失和伤害；他休息，别人才能体会到安慰和安全——骗子的星期天，就是对世界的最大贡献。

许多评论家也不必那么勤奋，为他们祈祷漫长的第七日吧。当周围不再鼓噪，让人潜心静气，或许我们就能听见花瓣旋转，听见昆虫低语，听见雨滴落在远处的墓碑上……像孩子的嘴唇短暂地吻触亡灵。

10

最后讲个数年前的旧事。

我们杂志社有位资深编辑，年轻时舞文弄墨出名，后来志趣转移，迷上收藏。从鸡血石到老家具，吕编在圈子里算是一号。他平日不修边幅，大雪天还穿着带窟窿眼的凉鞋，骑浑身颤抖的残疾自行车来上班，脸上一片朦胧，不像经过洗漱的。可他胸前裤腰，挂满值钱物件，多为玉制。这些都是吕编花了大时间和心思收来的。他出入古玩市场，探偏访狭，甚至九死一生地历险。吕编家里，处处古董，阳台有件老泥已经洗不出来的琴案，据说和王世襄曾以为的孤品是一对。

无数次以不可思议的低价淘到奇货，吕编的长相、装扮和经验，特别有助欺骗。在成为真正的主人之前，他从不流露兴奋和欣喜。吕编眼小唇厚，看起来朴实，甚至有点笨笨的，一点不巧于言辞，但这些都只是迷惑对方的表象，卖主容易上当，拿笔洗当盐罐地给了他。

房地产大热，到处掘地建基，吕编的机会也来了。他佯装患病，请了漫长的假，等于每每都是星期天——他巡查工地，生怕地下的好东西见了天日却被自己错过。也收了几件，但不足以给吕编带来刺激性的惊喜。

一天突降尘暴，黄沙飞舞，偏偏吕编感觉这天会有不一样的收获。工地虽然人影稀落，但不久便听说似乎有货。吕编眼睛不断进沙流泪，但死死盯住掘地现场。渐渐，果然土里挖出几枚古钱……压轴之作，是一枚四系罐子。罐子形制古朴，吕编忙着看釉色、开片和土沁，只是上端残相，隐约两字只剩零星笔画。吕编仔细辨察，脑子灵光一闪，认出“京”和“府”的残留片断，不禁怦然心动，猜测此物出处不凡。可挖出罐子的两个农工是哥儿俩，出奇倔强，连钱带罐，绝不出手。他们说刚来北京不久，数次辗转，发现讨生活太难，已决定拿了这两天的工钱就返乡。但这样回去多少脸上无光，正好老天赐宝，兄弟俩宁可自己拿回家镇宅。过程略去不表。反正回合较量，情急之下，吕编出高价请回宝物。

当晚，邀各路神仙前来断代。此物一出，众人噤声，陷入诧异和迷惑。最后，终于有一位醒悟，点破天机。指着“京府”残迹，他感慨不已：“北京腐乳！”

吕编打了眼又丢了脸，这段历史佳话被传为笑柄。尤其，当吕编确认，那对第二天就杳如黄鹤的兄弟其实是专门埋伏设套，钓的就是自己这条鱼，他更加羞愤难当。什么样的技术，能保障骗子不被骗呢?

化妆品维护我们的脸，技术维护我们的安全。利益时代，谈不上什么专职和业余——你过你骗子的星期天，我做我星期天的骗子。

“我”

1

如果不经父母介绍，我不认识照片上的人：看不出男女，头发四面八方奓开呈板寸式，因为鼻梁塌扁，两只肉泡眼显得比常人的隔距大，眼神里充满无缘无故的惊讶。小孩儿都这样吧，无知使他们对一切抱有不加选择的好奇。身上穿的彩条毛衣，镶着半透明的有机玻璃扣儿——我见到实物的时候，原配的第二粒纽扣脱落了，替换上阵的是枚颜色近似的塑料扣。父母说，这是一岁的我。

对于一岁的“我”来说，今天的“我”是个谎言。因为她还没有后者的轮廓和体重，没有烫伤和手术在皮肤上留下的疤痕，没有体会过阅读带来的美妙失重，没有被童话和悲剧双重诱使后的服从感，没有躲避灾难的经验，没有自我恐吓的积习，没有巧辩之舌，没有禁忌中的名字，没有被弃置的回忆，没有对未来的遥感。她就是一只热衷喝奶和吐口水泡沫的幼仔儿。她无从预知，如果不是父母的确凿旁证，她将不被未来的自己所认领。

下个月，我三十八岁生日，也就是说，我经历过接近一万多个不同的“自己”。被镜子叠映的影像，每个都在微妙变化。只是因为一天临近另一天，我才能确认自己的角色和身份；如果相隔遥远，“我”对于“我”来说，无异陌生人。不存在一座魔幻主义的回音壁，能让“我”与“我”之间没有障碍地呼应。童年的“我”渐渐被驱赶到边缘，老年的“我”将成为忠实的守墓者，而中间的“我”……仿佛置身叛军，试图达成某种结盟。

2

如每个平凡的孩子，我也曾把流浪当作最非凡的梦想，其实那是对自由所表达的最初敬意。孩子没有脱离父母的独立生存能力，通过向往童话中的流浪英雄，他们完成秘而不宣的叛逆。流浪者穿越地理障碍和个人经验的局限，使怀念和背叛抵达更深入的程度，并在变化中遭遇奇迹。

遗憾的是，多数人在成年以后更看重安全感。我也从幻想不羁未来的孩子，变成庸常生活的仆臣。我曾经向往疏离，反秩序，甚至向往堕落中由速降带来的快感；现在跟随大众，我在一条社会好人的道路随波逐流，同时暗怀对自己的鄙夷和不屑。一个沦落到彻底屈服的人，把到家乐福买趟菜都当作远足，把出差当作象征性流浪。我厌恶自己，厌恶到有时懒得拆读写给自己的信，我抗拒信封上的名字。想到美国作家朱莉亚·格拉丝小说里的一句话：“你过的是什么样的生活？吃饭，散步，做梦都在四分之一英里的范围内，就像绑在木桩上的一条狗。”

吃饭，散步，做梦——唯有做梦时，我偶尔流浪。我梦见被追杀，被临时开走的火车遗落，被爱人出卖，或者看到自己的屋室严重漏雨……这使我意识到，自己存在潜在的不安全感。但我在现实中并未遭受频繁考验，为什么，在意志力薄弱的梦里会经常受到惊吓？

或者来自小事件的磨损既可以让我保持敏感，又不致付出太沉重的现实成本？我有时蓄意不在歪曲和误解面前澄清自己，在这种妥协性的沉默里，暗藏了利益谋算。我愿意这些不足挂齿的代价，能维护着某种宿命式的对称，让我的生活能在小幅震荡中继续平稳向前，哪怕，速度是缓慢而略带乏味的。

我的勇气仅仅寄存在写作领域，它带来谨慎的，同时也是冒险中的快感。在散文中，我愿意创造更多可能的“我”，而不再被粗暴地归纳到一张薄薄的履历表上。真实的我变成一颗深埋文字的种粒，它生出枝杈……在同一株根系上辐射出多方位的走向，“我”是树形的。

“我”有时进入万花筒，从纸屑中旋出迷幻的图案；“我”有时在载玻片上，进入显微镜下的视野。“我”有多少副秘密的嘴脸，生活就暗藏多少种潜在的可能。

是啊，我能要求生活偿还什么呢？抱怨它给了我床榻上的睡眠，而不是帐篷里的？我写作，不过是拒绝把现实作为唯一的存在来认领，所以，写作不仅是我倾诉的方式，更是反抗的方式。如果说生活为写作服务，那么我不过是深入现实的间谍；如果说写作为生活服务，书面语里的“我”，不过是从事危险动作的众多替身。

我热爱散文，因为它宝贵的自由精神。我繁育无数散文中的“我”，像披光的树叶不断翻动着它们的侧影和虫斑。

3

但在散文传统中，似乎，现实中的我必须等同，至少约等于写作中的“我”，它们之间不允许被拆解——如实汇报的写作者才是负责而有诚意的，虚构是被禁用的巫术。

中学语文课留给我印象最深的一幕：争论鲁迅先生的《一件小事》。老师坚持把它划归为小说，因为里面的主人公“我”涉及品德缺憾。语文老师和他的学生们一样，都是保守教育怀抱里的天真读者，他们自觉捍卫绝对意义的鲁迅形象——他是不沾尘埃的战士、先知、圣徒、孤胆英雄和巨人，他永远疾恶如仇，抚老恤贫，他怎么可能对车夫冷漠，暴露出皮袍下的“小”？只要《一件小事》是小说，所谓的“我”，不过鲁迅笔下的他人，我们也就不必为鲁迅自身的道德形象而焦虑，先生的光芒没有折损，他的头像和签名持续在书籍封面上烫金地闪耀。

即使鲁迅无所畏惧，并不遮掩，但他的坦率超出了我们的承受力——我们何等脆弱，岂止承受不了不义的行为，连不妥的闪念都超乎限度。

如果作者不是鲁迅，《一件小事》还能否成为课本上的范文？它比一篇规矩的中学生作文到底高明在何处？这篇明显以散文笔法完成的小品文，被一部分同学执拗地拒绝放入小说单元，老师最后勉强说：如果《一件小事》是散文，那么鲁迅先生在这里进行了部分虚构。

我们对作品的判断到底针对的是人还是文章本身？为什么，虚构，仅仅是鲁迅先生的散文特权？

4

在散文写作中，我们从来没有对第三人称“他”和“她”的不适应症——这个第三人称，既可以是绝对的他者，也可以暗度陈仓地当作“你”来使用，更可以用来当作“我”来使用，只不过蓄意拉开一点点客观效果似的间距。

第二人称的“你”也是自由无比，可以在羞怯的日记中描述心目中的恋人，也可以用作自比中的“我”。这与第三人称的任意性相仿。

唯有“我”，这个第一人称，被不公正地严重钉死在它所谓的位置上。我们没有斩断它与现实的逻辑联系，作品中的“我”要与生活中的“我”隔镜相逢，两者之间要具备充分的还原性。

第二人称和第三人称行地无疆，但第一人称，没有享受到同等的互惠待遇，我们不给它僭越之权。“我”，本来是个技术问题，是表现手段问题，忽然之间，成为莫名其妙地牵扯作家的品德问题。

“我”成了祖宗灵牌，写作者得纳头便拜，得供着，不得随便挪移位置……香火不断，“我”成了源头的神话。

5

正是对散文写实主义的狭隘理解，导致写作者的想象力受限，手法局促，瞻前顾后。但那些苛求真实的前辈们，自己果然诚恳得像他们所要求别人的那样吗?

以前的散文中充满了道德完美主义者。他们热爱生命，呼吁和平，“深心托尺素，怀抱观古今”；他们倡导一切的美德，谴责所有的不义；遇到个人利益取舍，他们也不存瑕疵，无私、勇敢、坚毅，即使生死灾难就在面前，他们似乎永远是“蒸不烂、煮不熟、捶不扁、炒不爆、响当当一粒铜豌豆”。的确如此吗?我看他们创作散文，莫如说着手一部化装在散文里的个人赞美诗。他们修饰出光可鉴人其实根本无法辨识出原型的自我形象。

好吧，既然评论界和业余读者里有那么多的新闻爱好者，那么就来谈谈真实。标本水果与真水果的区别在哪里?恰恰在于前者的完美。正是那种人工的完美，暴露出它是没有生命的仿制品。即使是上帝，也有弱点，包括他没有慷慨到与人类分享来平等，何况尘世中的我们?天下美德，大同小异，不外善良、勇敢、诚实等，却是人性破绽，诸如吝啬、怯懦、自私和贪婪将众生彼此区分。每个人之所以成为他自己，因为他有一个混搭弱点的独特配方。我身怀诸多弱点，胆怯、自以为是、经不起考验等；但当我承认它们的时候，会因此增益勇气——抱着品德的小粪球滚动，我宁愿向无畏前行的屎壳郎致敬。我愿自己拥有立体之下的阴影。

既然前辈们强调真实，就应该无惧直面存在阴影的生活和自己。可是，他们并没有这样做，没有勇气真实，却有计谋利用“散文的真实”。因为读者把散文中的“我”理解为现实自己的镜中映象，他们才会那么热衷伪饰；他们都有一张描红的脸，仿写着被歌颂的楷模。字里行间，他们多么曲折地赞颂着自己：浑身都是公德，明亮得像是从没有过隐私。他们虚构了一个摄像机的镜头在对准，然后他们就开始微笑，说着经年累月准备好的台词，加入表情和动作配合，他们表演着经过美术设计的自己。

是啊，如果对虚构的理解仅仅停留于学术层面，无可厚非，不过观念不同，怕的是，语言阴谋家充当专业权威。某些言之凿凿绝不虚构的，他们在公众面前，都有一张虚构得已经虚伪的脸。没有食欲、性欲和占有欲的圣徒啊，为了做个活着的“神”，他们把自己虚构得不像人样。忙于为自己营造不可侵犯的宗教感，不要忘记，彩绘玻璃上的绚丽形象，似乎处于被教堂保护下的辉煌里，其实它们又冷又硬，经不起一颗袭击的小石子，所谓的完美就会彻底碎掉。

不是所有的经验都能拿来炫耀。正是那些过期货币所象征的财富，阻碍你们身轻如燕地前行。你们当然可以在自己的王朝里继续享受荣光，但不要幻想，有许多人会跟随着你们的方向膜拜，并且在膜拜的时候顺便也膜拜了你们。

6

有个善意的读者，诚恳提示或严肃警告我：他判断出我写的某个事件或某段经历必然是虚构的并由此感到阅读上的不适。我因此陷入怀疑，有能力进行监控的亲人都未必了解我的经历和内心生活，即使他是个非常关心我的师长，但怎么能自信地替我表态，什么是我的亲历，什么又不是？

我过去极其紧张于当众发言，后来强力扭转自己，矫枉过正后我今天在公共场合喋喋不休。即使口若悬河，我也知道，胆怯犹在，我随时会在话筒前变回突然的口吃患者。我依然不自由，依然受到来自往事的威胁。别人看我格外饶舌，再听我自述如何害怕讲话，他们不会觉得我是在和他们分享秘密，认定此乃矫情之举。同样意义上，场面上我貌似八面玲珑，并不矛盾于四面楚歌般内潜的社交恐惧症。哪一个是我，那个口若悬河的话痨，还是每次见到麦克风都像即将引爆的手榴弹的那个心悸者？我是日记里谢绝交流的自闭症病人，还是在情人耳畔盲目许诺的智障者？可能我在这人面前乖巧，那人面前放浪，我没觉得自己伪装，不过因为他们激发了我性格的不同侧面。就像我左边的脸光滑，右边的脸伤痕鲜明，它们同时出现在我的身份证上。我并不全面了解自己，每个人都有他的月亮背面……写作就是对自己的追捕、确认和拷问式的开掘。

我想到一个词：风情万种。何谓风情万种？在我看来，真正极致的，并非是在一种妩媚上重复万倍的效力，而是在不同侧面上进行不可思议的加法，每一种风情，甚至是对另一种风情的区别和背叛，而风情与风情之间，又维护着仿若天成的精湛平衡——通过这种不断间离自己的努力，有人才能魅力四射，仿佛碎钻般折射着自己小小的棱面。

当我不爱自己，是因为看到了我内在的单调；当我爱自己，是因为我试图在重复中创造关于我的变数——即使这种所谓的变数微乎其微，像小数点后无限推进的位数并不影响大局，不过是智能上的挑战。当我被那个界限似的小数点、被那个生活螺钉拴死，我还能保全利用文字进行精妙推算的乐趣……这时候，写作变成了自愿中的放逐，我把自己驱赶到尽可能的远方。

流浪和放逐，使个人边界不断得以扩大，世界，成为被逼迫中持续后退的一条底线。唯有如此，我与那个藏在“周晓枫”这个名字里的匿形者，才可能谋面。

7

西班牙电影大师布努艾尔在《我最后的叹息》中开篇就表达出他的怀疑：“在这本半自传性的书中，我也时常步入歧途，像在流浪汉小说中一样，任由一些意料之外的故事造成的难以抵制的诱惑牵着走，尽管我小心翼翼，可能仍有这样或那样的错误记忆存在。我重申，这一点是无关紧要的。我的错误和疑点同我所确信的东西一样，是我本身的构成部分。我不是历史学家，无书本笔记借以为考，不管怎样，我做的叙述是我本人的，带有我的信念、我的踌躇，重复以及空缺，带有我的实话和谎话，总之：我的记忆。”

即使在最要求真实性的自传文体中，真实可能也是一个乌托邦，你自以为的真相经过了时间和个人意愿的过滤，不再是你能够进入的同一条河。很多时候，我们自以为百分之百的记录只是唯心主义的妄念罢了。我当然不是在倡导绝对的虚无论，但我坚信，无论多么貌似真实的写作都隐藏着对现实的修改——也就是说，一旦落笔，必然伴随着虚构。

有时人们混淆了两个词：编造和虚构。我倾向于认为它们是两个范畴的词语。当一个写作者为了追求眼泪效果，杜撰孤儿或残疾身份，编造血泪斑斑的履历，其实他还处在非常业余的创作状态。这种所谓纪实性质的散文，应该以小型报告文学的标准来评判，它利用的是游离于文字之外的东西。而读者对此类行径的愤怒，源于感情和智力没有受到尊重，他们被愚弄了。而文学意义的虚构不同，它并不关涉道德，而是与想象力密切相关——它从文字和作者的内心深处汲取力量，这力量足以摧毁或重建一个现实。在我看来，即使对于散文来说，虚构也不仅不是作家品德败坏的表现，相反，是对写作能力的确认、提升和褒扬。我甚至认为虚构是必需的才华，是成为作家的基础准备。

虚构是文学最令人迷恋的品质，因为它展现可能性。我热衷文体探索，热衷虚构，正是因为这个对我至关重要的词："可能性"。否定虚构，只承认写实，有点像因赞美劳动而鄙夷魔术。现实主义的劳动当然值得歌颂，质朴、粗糙，生生不息，但我同样喜欢魔术。它不建设生产，它不创造，但魔术是奇迹。所以当遭遇到虚构的叙述圈套，我从不愤慨，我愿意跟从并体会……不可思议的极境。

当然我也能理解，有人习惯把作家当疑犯并让他们如实交代的渴望，他们以为自己有权利坐上审判官的席位。啊，法官先生，不能因为有人梦里行凶而把他关入牢狱吧？做梦就是一场短暂的虚构，很美妙，至少在那个领域，我们拥有犯罪般的无边自由。

我是不是必须向你们提供单调乏味的缺乏戏剧变化的日子才是诚恳？我是不是必须背诵你们的眼睛所看的，而不是呈现我心中所创造的？我不喜欢向毫不相关的读者交代个人生活，他们既不珍视也不关心我的情感，我没有必要轻率地授柄于人。坦率地说，我不认为读者有权像户籍管理员一样查清我的底细，即使出于关爱的目的也不行。我不认为专家，不认为这些专业读者有权像业余警察一样，拷问我的情史或心理犯罪史。我不认为自己必须像罪犯一样如实交代情况——如果出于捍卫隐私的目的或者偏执性审美，我把和门房的一场艳遇嫁祸于邮差，我不认为自己有错。我写下的文字又不是审讯笔录，非要把时间、地点和人物说清楚，必须绝对严丝合缝地贴合事实，否则不能离场。我甚至认为这表面的老实违背艺术尊严。

8

之所以流露“破绽”，被前辈抓住虚构的小辫子，是因为我写了几篇关于女性成长经验的散文。当我写童年，不断用想象去补缀记忆时，并没有人追究什么，读者随着文字体会栩栩如生的细节……天哪，你们真相信一个孩子能有那么连贯而充沛的记忆能量吗？而进入女性题材，尤其是一些熟人了解我的生活背景和性格，他们认为，我之所以能够大胆得百无禁忌，仅仅因为，描述中所谓的经历是隔绝于我本人的。虽然他们不理解，为什么像我这么本性拘谨的人会津津乐道于给自己塑造一个悖德的形象，但至少，他们断言我的“无耻之勇”来自间接经验，来自于躲在屋檐下的淋雨假想。他们以己推人，谁肯去真正暴露自己的狼狈和邪恶呢？何况，脆弱又专情于美的女性。

的确，女性怀有天生的戏剧化倾向，起承转合中难免糅杂一点哗众取宠的味道。许多女性作者拉不开创作与实际生活的间距，再加上这点表演欲，就在自恋和饶舌之上，又添了做作。有些冠名自传的作品，缺乏对基础事件的尊重，为了修复伤口或实施报复，女作家或者把自己刻画为无辜而令人心碎的被怜爱着的牺牲品，或者果敢聪颖，她们抹杀被弃之辱而把自己打扮成主动的了断者，拥有亚马逊女战士般让人敬畏的勇气。她们伪造原因及细节，以使大相径庭的“现实”看起来结实。如果评论家们以此来嘲笑“虚构”，并不能激起我出于女性主义的反感。她们改写历史，以使它更贴近愿望而非事实的方式，是出于性格上的软弱和无视另外当事者的自私。这是人类共性的弱点，这逃避的习惯，这编造的爱好。“我”的书面语形象很容易被“我”的现实利益所收买，写作者难以自控的。

但遗憾，我并不具备和这些女作家匹敌的气魄。留下气味的线索，让读者逆风找到我匿居的巢穴——这对我来说，迹近恐吓。如果说，我喜欢生活与写作形成的投射关系，那么两者之间势必经历了非常剧烈的变形……如同手影，那双温暖我的手却被比拟成吠月的狼形。我畏惧读者从文字中认出过多的镜像，我畏惧陌生人仅仅通过一个特定就武断地对我的生活进行对位性还原。我能够承认的，仅仅是，文字必然源自写作者的内心经历，至于它们在履历表意义上的可信度，我没有解释的义务，尤其是对于那些从未与我分担过内心黑暗的人们。虚构不会使我感受来自谎言的愧意，因为，更真的“我”匿身其间……写作中，我更靠近自由选择中的“我”，而不再是受制于命运，或某个粗心的神所安排的原初模样。

9

我感谢家人和朋友，他们的豁达、聪颖，他们纵容似的宽容。好在他们没有神经质的敏感，盲目对号入座，然后自以为是心领神会，拥有近于偷窥者的特权；或者多疑到仅凭一颗痣，就认定自己是反讽中的素描对象，然后在受辱感中反刍，积聚恨意，要求我支付某种现实中的成本和代价。感谢那些对我重要的人，他们能够如此“无动于衷”地理解我，放任我释放文字中的香气和霉味。

我的情书抬头可能拟定某个具体的朋友，借用他的外貌和处境，他的习惯乃至说过的话，然后我才涌起绵长柔情；而当事者坦然，并不以为我是在暗送露骨的秋波。他知道我所经历的暗恋。从来此消彼长，我是个笔下随时见异思迁的负情者。同样，当我施展刻薄，下午还在电脑前对回忆中的几张面孔明枪暗箭，但复活后的真人们，并未在当晚与我共聚的晚餐上，以为我在笑里藏刀、在汤中下毒。他们太熟悉我的虚张声势，并且不介意成为偶然的牺牲品——或者是慷慨，或者是懒散，他们不因别人窃走几枚钢镚就天涯追债。

有个世事洞明的男人曾说，我缺乏足够的关于恨的基础知识，所以文章中的“我”热衷于锻炼拟恶的能力；所以他将任由“我”毒汁四溅，来平衡掉我并不甘从的好人形象。我感恩于读者中会存在那么多伟大的知情者。毫不羞愧地自认，我是个善良得缺乏自卫能力的人，我的确遗憾于自己缺乏这种必要的力量：恨！是的，有它在立场上，就像碑石坚实地立于墓地——这是一种不能被替代的归属感。而我，怀有无能为力的宽容，甚至经常为此放弃原则，我心里的悲悯总是大于我所预想的——这其实是软弱？是策略性的周旋？

我深知，自己能够获得宽松的心理环境是如何幸运，因此，我能够接受陌生人曲解我的性格乃至人格，否则，我就是太贪婪娇气。陌生人怎么会了解我设计情节的真实来源呢？手边是一堆散落的拼图，连我自己都拼不回完整。因为，它们根本就不是从同一张生活图案中拆解出来的。

那些零散的拼图，那些闪着亮片的词语保护着我。站在每一个词语后面，就像站在一面最小的盾牌后面，我拥有如影随形的铠甲。

虚构，是不是成为保护我的胄甲？我在文章里调情，历险，邪念丛生，文字里的纵欲其实使我在生活中更恪守规则。写作舒解了压力，缓和了我对平凡生活的倦意。但同时，我在电玩中练就的拳击技能，也许不仅没有让现实中的我变得强健，反而让我被颈椎病纠缠。究竟是被修辞保护还是被它出卖，我退守幕后的生活是不是即使在某种萎缩之中也不易被察觉，因为太多的枝蔓挡住我的视线？

我的一个朋友曾严厉批评我，写得越来越“干”了，理屈词穷的，他说散文是适宜晚年的文体，过早开展就将竭泽而渔。我会注意调整，但许多事知易行难，尤其经常沮丧如我的人，有限动力会被无限失望所消耗。唯一愉快的，是我比过去写得快了，像一个早泄患者因自己被节省的体力而欣喜。写作可以让人意识到自己有灵魂——灵魂或许是天堂的入场券，但往往是俗世的绊脚石；只有能让人飞越的灵魂，才能让肉体磕碰得青肿。那么，是不是，我的灵魂有了肉身的体积和要求？是不是，我已经部分地宿命接受这个社会性的我，不再拥有和过去一样的兴趣和体力去创造难被自己辨认的“我”，还是，我逐渐在诸多保护制度里，妥协，并心怀依赖？

10

当我的某篇文章因高度嫌疑的虚构性而被考据派质询到底是小说还是散文时，他们并不是在探究文体，常常，是在猜测我，实际的角色到底是编剧还是主角。我会诡辩：“如果天足是36号半的，我不会为36号鞋子削足适履，也不会蓄意让脚肿胀起来以适应37号的尺码。我的兴趣在于自由行走，不在于如何被归纳。”

迫使作者做出文体决断，似乎在小说与散文的两者之间必居其一，如同你的性别非此即彼，不能介乎男女。当面临此境，我却愿意选择僧侣角色，正因存在于隐约背景上的性别几乎是可以忽略的，他们才得以更接近神迹。

出于对小说的敬意，以及，对散文因熟悉而产生的依恋，我认为自己始终忠诚，并没有在跨文体的障碍赛中刻苦训练。的确，我试图把戏剧结构、诗性语言、小说技巧和随笔智慧融入实践，但内在支撑和整合方式是散文的，或者说，我从未改变自己的散文本质。我的辩护理由混沌，好像说不清楚——我是着了男装的花木兰，只有自己心里明白。也许，我将习惯在散文里维护中性立场，既非绝对小说，又非绝对散文，像雌雄同体令人迷惑。

我很清楚自己的实践方式所受到的鼓励和招致的反感，并泰然处之。如果说我是个既禽且兽的蝙蝠，也无妨，我会继续振动神经质般颤抖的翅膀，继续黑暗之旅。唯一不适应的，是虚荣如我，也承受不了因偏执的坚守方式而被人偶尔美誉到“散文家”的程度。“散文家”，噢，揠苗助长的说法真让我难堪，在我听来，它如同在表彰一个在感情上有所经验的人是爱情家一样可笑。

11

虚构是散文伊甸园里的智慧树，传说中吃了它的果实会死。当事实证明，它是并不危及生命的果实之后，我们被告知，应该在绝对的审判官面前感到羞耻。不，还是放我到有罪的欢乐里吧，即使，我是在受惩中体会着它。

一个永远小心着不触碰边界的人，不会打开世界，他在惯性围就的牢笼里，他是没有显症的瘫痪病人——或许，他对处境并不自知，因为，囚禁之地有着动听之名：“伊甸园。”在那里，他能以近于奴隶的身份见到上帝。而人类真正的成长史，是从被逐出的流放之路上开始的。

希腊神话中，达芙妮在奔跑中从仙女变成了一棵月桂。这种变形记是残酷的，也无比神秘，因为从人形到树形，它在达芙妮的自我之间划出一道难以逾越和自我辨识的切割线。我在跑，不知道未来布置在彼端的命运，植物的优雅和被动绝非我理想，我愿变为肉食动物，哪怕带着粗野的体味和习性……是的，我宁可跑着去喝血，也不愿像小株灌木那样可怜地等着他人喂水。跑吧，从乐园，从神话，从继承下来的传统中，带着出逃后的渴望，开始跑……这是一场针对“我”的魔术，或者考验。记得童年，分不清现实与幻境的年纪，我曾在虚无般的暗夜里，设想自己小小的拳头，是揉皱紧缩、仿佛昆虫羽化之前团积的翅膀；而手指，正像珊瑚一样生出枝杈，那是我的翅脉。在重归秩序与理性之前的恍惚里，在那个经历变形记的瞬间，其实，想象已经带着我飞了。也就是说，在批判到来之前，虚构已经构成真实。

文学的敌人

1

我从中学开始严重偏科，情绪上抵触数理化，讨厌那种存在必然答案的运算方式。语文课不像理科那样需要与自己较力，优美字句易于深入我心，体会之后自然而然形成了记忆，而且我迷恋于语文给自由和想象预留的空间——有本诗集叫《学习之甜》，提炼的就是这种感受。但我对语文也存疑，它像一根指路的弯曲手指，暗示必经转折才能抵达的终点——隐隐觉得，沿着手指原来的方向，肯定会偏离我向往的目的。

语文课本里的范文，由前辈和专家千挑万选，学生似乎必须放弃个人判断去赞美。但我不喜欢“床前明月光，疑是地上霜”。李白虽为我心爱，但我不觉得这首诗有何伟大的高明之处。喜欢“星垂平野阔，月涌大江流”。但我应该说两者都好，老师的眼神和语气都在暗示和鼓励，批评前者就意味着要承受某种秘而不宣的制度压力。

高中时我同时存在两个周记本。一本是上交给老师看的：美好、歌颂、感动，加上因生硬而掷地有声的中心思想和意义。我成了无法从合唱团里区别自己的一条声带，它的声音再高再低，其实都是听不见的。另一本周记才真正被珍视，我不敢设想除自己还有另外的读者，我把它藏在上锁的抽屉里，没人知道它存在。内容与第一本构成鲜明反差，这本周记里藏了那么多阴影：妒意、忧伤、烦闷……作为一个悲观主义者，我经常怀疑到虚无。这些文字，是从履历表和舆论中筛出来的生活那细小的残渣，它们才真正属于我，带着我的体温和皮屑。

但是为了赢得考分和某种安全感，我不断在第一本周记上跋涉，进行口号式的造句练习和道德表态——它们与我内心毫无关系，不过是社会制度上粗制滥造的小瓷砖，我得把它们一块一块贴牢在自己的脸上。换言之，第一本周记是不良教育体制的直接产物，象征着我从未成年起就开始某种说谎的生涯。我猜想未来漫长的时日里，我也将以讨巧的文字方式赚取稿费、荣誉和自我塑造中的正面形象。

2

从命题作文到真正的创作，中间隔着障碍，很多人无法摆脱前者多年笼罩的阴影。这也暴露了一个潜规则，当年让你一丝不苟加以背诵的课本经典，可能也正是写作中需要当作标靶予以打击的东西。如果沿袭当年老路，我们势必会堕入庸俗的圈套。一篇今天看起来的好作品不在于多么像我们过去学习到的范本，恰恰在于，它不像——成功的秘诀在于背叛。

语文是基础的底座，是最早的纤维结构，它至少应具备文学的雏形，但对我来说，它成了文学的敌人。语文和文学之间成了斗争关系。语文要求一致，文学要求个性。语文要标准答案，文学要自由想象。语文课应是对工具的掌握，而不是给出劳动的结果；而语言的真正魅力在于它的个人化、在于它和准确原则并不冲突的不确定性，却一再被语文课所忽略。

我不是说，学习语文的无政府主义状态才是好的，我想语文课中的归纳、分段、排序等的枯燥训练都有用，如同再大胆的数学假猜，也必须是在熟练掌握公式后才能无往不至，在自由王国里驰骋。但当我们被旧观念紧紧缠缚，必须学会断臂求生，哪怕从此面对的，是一条千难万难的路。

3

有人在集体里才能获得安全感，有人恰恰因为处于集体里就会感到不安——至少在写作上，我愿意放逐自己，置身孤独。集体给予的安全感总是让我害怕。记得影视里的经典镜头——手持鲜花、从远方集体拥来的少先队员们，一边舞动花束，一边像被检查扁桃腺是否发炎的患者那样嘴里发出拖了长声的“啊”——每当这种时候，我都混杂着难以忍受的感动与恐慌，一阵阵地，皮肤禁不住起鸡皮疙瘩。

我已经忍受不了靠语气助词“啊”“啦”“呀”所建立的造作抒情方式，忍受不了诗朗诵或话剧般高调地追求表演效果，忍受不了端庄、慷慨而凛然的危言大义……我忍受不了种种的语文后遗症，它们让我食用过量后反胃。我的叛逆不是以更趋暴力的方式展示的，而是更有控制，更含而不露。再看散文圈里惯常的“发思古之幽情”，也可以简称为一种高尚的“发情”罢了，其实，我看不出其中有什么被作者首肯的高尚。

写作中存在着近于任性的自由，近于自由的魔法，近于魔法的爱情，近于爱情的生死，近于生死的寂寞……我坚信，这才是我一直热爱的理由，而不是被老师和专家所高调强化的功能和使命。我不认为热衷繁殖人类的就比热衷性爱本身的更高尚。是的，我不想标榜神圣的写作目标，也无意虚拟神授的使命感，对我来说，写作仅是自救与自娱的渠道。我没想过怎么专门“为人民服务”，因为肯定存在着一小撮与我同道的人民，我不介意顺便为他们服务，但也决不被迫履行所谓的义务。我像个打粮食只为自己吃的农民，我不认为产量必大于自己的食用量，我活着才不可耻，才有所谓的意义。如果有人拿我的麦田当了欣赏中的乡村风光，不也挺好吗?

睡眠覆盖，梦和梦想是灵魂秘密的逃亡之路，写作是或许我们能够呈现在公共面前的途径。我认定每个人都在各自的羊肠路上。如果走的人多了，开始成了路，后来成了沟，再后来就成了一个长条形的深坑而已，一旦沉陷，我们别想看到更远的地平线，别打算再走出自己的方向。

4

经过多年驯养，我像头动物园里的野兽，再有狂烈外表，也失去了奔跑和捕食的能力。即使想在泥地里撒野打滚，我发现自己呈现的依然是经过化妆的面孔——只不过原来画在脸上的是油彩，现在画的是污迹。

认识到问题，并不意味着处境的改变。一个中年妇女意识到韶华已逝，她直面镜子里的丑陋现实了，但无助于解决问题——她甚至是在明白以后加快老去的。从运用偶数词的习惯，到对意义孜孜以求的探讨，我的文字里满目旧日疮痍。

如何能够在充分尊重文化传统的前提下，提出个人创见？我像个不断抱怨旧工具的人，抱怨它不好使，抱怨它笨重，易划伤手指，可除了它的帮助，我甚至不能徒手打开一个罐头，何况被闭锁的整个新世界？

对着镜子，再看看周围，我们特别乐于把自己化装成斗士，与假想的腐朽势力作战——但为了安全起见，我们戴上佐罗面具，对自己的身份半遮半掩。如果斗争胜利，我们会凭留下的玫瑰记号相认；如果失败，我们安全地回撤，继续当身体孱弱的乡下总督。

对社会弊端，似乎每个人都有不言自明的正义高亢的批判权。对自己背后的痣呢？我们终身携带，我们自己看不到所以从不提及，而看到它们的，被我们痛骂为流氓。

5

写作是以自己为主人公的童话，尽管它可能吊着一条非常残酷的尾巴。

一次次，我尝试出发，并不能预测既定的终点，只是向前滑行，希望脱节于被生活经纬捆绑的自我。有时候受困于记忆和传统，有时候真好，像蛛网上起死回生的昆虫，再次打开自己悬念般颤抖的翅膀。我不愿成为敌人的战俘，我选择死于自己愿望中的路上。

“写作要求一种性欲的自我节制。写作是释放压力，以免头颅爆裂之所需。写作是一种被理智控制的狂怒。”耶利内克还说，“我是一个典型的专制主义性格……我感觉到在我里面的绝对服从的本能，我必须常常和它抗争。”

文字呈现了一个矛盾困惑中的我：神经质，怀疑，愤怒，执迷，还有自己都不习惯的难以消化的激情。我鼓励自己蓄意偏离语文试卷上的对钩，是的，那个红得带血的鱼钩，是个致命诱惑。

愿我有勇气克服语文带来的教养，唯美得虚弱的教养。我感到自身的邪恶，并由此欣喜。无意和圣徒们探讨救赎之路，我选择和魔鬼签售灵魂，如果我能博学纵横如浮士德，最后那一刻，我将情不自禁这样呼唤：“美啊，真美啊，请你停一停……然后，赶快，滚你妈的蛋吧！”

桃花烧

许多年过去，依然记得那对忘情的恋人。当我从窗户向下张望，看到两个人影紧拥，一个深蓝，一个浅棕——隔了八楼的层高，他们像在深渊里。一侧是垃圾场后墙，另一侧是家属院顶端斜插碎玻璃的墙——中间通道本来用于车辆运输垃圾，但家属们抗议，封堵了原来的出口，改道另行，那里成了无人来往的死角。他们接吻，偶尔手会在毛衣遮挡下在彼此的肌肤上探索。对于十几岁的我来说，这是令人惊慌又迷醉的一幕。尽管离得远，亲密着的两个人又无暇他顾，我还是担心被发现……拉上窗帘，然后从扒开的缝隙中，心跳着窥视。

此后连续几个下午，这对恋人都秘密会合。难道他们不知道对面楼房里可能潜藏无数双像我一样的眼睛？难道他们没有更合适的亲昵地点，以致非要选择这个霉腐的臭气熏天的垃圾场附近，长达几小时地箍紧对方？即使突降的雨也没能将他们阻拦，把一块塑料布铺在雨后湿泞的泥地上，整个下午，他们还是像马上奔赴刑场似的那样没完没了、不要命地吻着。

秋风旋起的树叶在他们脚下堆积，就像这个季节即将在沉睡中赴死的蝴蝶。时常有落叶飘到男人的衣服或女人头发上。漫天漫地的落叶，如同纸钱，扬撒在两个深受情欲折磨的并不年轻的恋人周围。慢慢地，我观看的热情成了悲伤，因为，这场景太像一场葬礼。如果是在为爱情送葬，两个看似的主角，不过是挣扎中的殉葬品。

每到周末，我都坐上前往北郊的长途车，去看望我的秘密情人。这条路走了这么长时间，我依然感觉自己像一只首次迁徙的夜鸟，暗中前往它所不能了解的终点。车窗玻璃映出我日渐恍惚的脸。

记性差，经常忘了名字和事情，被不了解的人当作傲慢。但我记住了沿路那些不会中途下车的站名，记住了最早坐在这趟车上的喜忧，甚至记住了偶尔的陌路人。上星期旁边的广东乘客向我问路，粤式普通话使每个字都产生叹号效果，说得那么用力，并且表情剧烈，而我一贯受不了说话时表情和动作太过丰富的男人。他有着典型的珠江三角洲地带的长相，散发出由于龋齿或肠胃病患者特有的令人反胃的口气。我看着他的嘴开合无声，走神的瞬间，我想魔法师……他是那种灵魂和面孔长得非常相近的人，所以看人的时候有一种特别的专注，仿佛从深处向你凝望，容易让人产生深情的幻觉。他致命的音质，唱歌时未必完美但说话时绝对动人，让我愿意听从。

尘暴弥漫整个车厢，微黄的残阳显得特别颓废和脏。前面空出的座椅，留下一个明显臀印。我看到窗外有个骑车人，躬着背，拼命踩着脚镫，车把摇晃。天气本来就恶劣，自行车外胎又瘪掉了，可他不相信似的跳下来检查以后又跨了上去，动作那么笨重吃力。我想，自己的感情就像气门芯已经漏了的自行车，不仅不是代步工具，还成了负担。我为什么不干脆扔了它，拥有轻便的自由呢？是因为把它当作财产，还是因为暗怀希望，一个修车铺会在前方拯救般地等待？

如果我的来临谈不上奖励，离去算不算得上惩罚？我犹豫，是不是转车回去，结束这场开始疲倦的欢爱。我想尝试离开的人，必须要小心自己最后的缠绵——那就像停留在危桥上的体重，会使结局致命地发生变化。

爱的过程是极为缓慢的。因为缓慢，当我发现爱上魔法师的时候，它已成为难以戒掉的习惯。我爱他，就像一个字根爱着改变命运的偏旁。即使他是狂浪之徒，将被自身的跌宕命运所驱赶，我也会爱他身上那股游邪的气息。

有一天我赶到的时候，他正好出来拿报纸。冬天魔法师还是赤脚穿拖鞋，雪融后的路面泥泞湿滑，我看见他露在外面干净的脚趾，湿漉漉的头发，浴后小兔子一样微红发亮的眼睛。他走路的样子懒散，漫不经心又若有所思地趿拉着鞋，有种懒散之中的贵族气。

难以抵抗他的召唤，只要他一打电话，我就改变所有日程，坐上颠簸的长途车……像个送外卖的，不用预约，随时送上滚烫的服务。我像一只导盲犬，当他处于黑暗与低落之中，我就献出自己灼热的小舌头，殷勤舔吻他的掌心，仿佛能在那里找到供养我活下去的粮食。他在拣选上的挑剔，似乎在暗示，成为他的情人必须具备某种特殊的才能——恩宠，恩宠，他的宠就是降临的恩情。魔法师的个子高，我需要踮起脚来才能亲吻……沿着正在生长的茎，献出一朵谦卑的花。

但这个对我来说意味神秘和奇迹的人，我却并不真正了解。魔法师比我大许多，介于叔叔和哥哥之间，我们的关系被逐渐地蓄意地弄得含混，我对他既怀有敬意，又有某种纯洁和乱伦快感杂糅的奇怪而难以言明的东西。他在宠辱不惊的秋季，而我的春天刚刚破蛹。白天和黑夜区别巨大，关键是，置身不同经度的两个人，在时差中是否同时经历爱的此刻？

人不知道自己会牢记什么样的片断，不知道这些片断会造成什么样的更改，如同，不知道哪粒花粉能酿造寂静的果实。我记得最初的一天。

和魔法师在车里坐着的时候，外面就下雨了。我扭过头，窗外的雨，像划痕密布的旧胶片。雨声渐渐大起来。谈话中断许久，我们之间慢慢形成一种沉默的压力。魔法师在抽烟，他天生有种魅惑人的气息，即使脸上略带倦意。倦意，是伤感在体力上的表现。亲爱的魔法师，我无法知道你的隐痛，你显得如此自如，但我嗅出你的味道，那是一种杀人的味道：你具有中年男人全部被爱的魅力，却失去全部爱的能力。等我发现激情正在危险地靠近自己，已经来不及了……鹰已经在降低它的高度，于是荒野上的僧侣敞开祭献的襟袍。我的劫数开始了。这是第一个拥抱。

雨停后，我惊讶地发现，车顶落满被打落的桃花：湿润，细碎，鲜艳。这些璀璨的小花瓣，令人想起万花筒里的图案，即使由最简单的纸屑构成，也有看似无穷的变幻——能让我始终迷恋和感恩。他开车的时候，我情不自禁地看他，还在低烧般的恍惚里。我有手风琴的肺，笛子的喉管……爱情交响，把我的身体变成秘密的乐队。

我由此感知幸福，幸福，一个平庸得有点不好启齿的词。是的，我在他的靠拢中体会那种“幸福得要死”的滋味。之所以幸福得“要死”，是在潜意识里不相信幸福会延续，希望幸福的状态能在自己清醒并陶醉的情况下停止并定格。我怕幸福闪逝，怕短暂幸福过后给人带来的迟疑和痛悔。事实上这句话隐藏了一句真理：幸福要死，所有的幸福，都会成为早夭的美。

——现在我慢慢舔食过期糕点上那层有限的糖霜，粗糙的小颗粒，在舌尖融化……这曾经令人沾沾自喜的甜记忆，更让我感觉废墟般的生活在下沉。

有如玩具，并非生活必需品，既带来欢乐又无用，我是魔法师最小的情人。魔法师的天赋和经验赋予他完美的操控能力；而我的经验，对他来说，如同小数点后面的数字，可以慷慨地被舍弃。那次和他去吃快餐，花童递给几枝玫瑰——哪儿找来这么脏的玫瑰？颜色像经血。为了摆脱花童的纠缠，我眼睛都不眨地说：“他是我爸爸。”是的，魔法师的情感经历过于丰富，他却是我几乎唯一的浪漫史。和他在一起，我无知，他无敌，局面缺乏基本的控制，除了晚辈一样领受他安排好的教育。

他能够以松弛自如的态度来处理感情关系，我不知道，这是对他漫不经心的错觉，还是这本来就是他从经验里提炼的从容。有时怀疑，魔法师对我，仅仅略微超过绅士对女性普遍怀有的好感和耐心。我的感情太强烈，总能体会他对比之下的处变不惊。魔法师习惯保持亲近而不密切的交往频率，这种频率，更像游刃有余，还是无动于衷？

他从不潦草，使通奸多了几分失真的温情。和魔法师做爱，有既狂烈又始终被人珍惜之感。魔法师能那么自由，享受之中不受折磨，大概因为我缺少最重要的而又无法依靠努力来弥补的东西：美貌和聪颖。问题是，发现了障碍又怎么能解决呢，难道我能用简·爱启发罗切斯特的话来维护尊严——“如果上帝赐予我美貌和财富，我会让你难以离开我就像我现在难以离开你一样。但是上帝没有这样做，但是我们的灵魂是平等的，就像我们都穿越坟墓，站在他面前”吗？所有在爱情领域里没有靠才貌赢得的东西靠乞讨都不能够赢得，何况靠申辩和教育。

种种爱情类型之中，我更习惯和擅长的方式是暗恋和无人所知的告别。我是如此熟悉对方不在场的爱情，可以轻松胜任想念。但对魔法师，我根本无所适从……仿佛未婚母亲生下自己的畸形婴儿，像是在惩罚有罪的欢乐。也许我的爱情与自虐倾向有关：我爱并且只爱令自己绝望的东西。自虐就是从自我伤害中获得快感的需要，我天生就对自己怀有不能解决的持久的仇恨。通过魔法师，我终于省悟，爱情是人类自虐行为中最普遍、最主要的手段。想起法国作家拉罗斯福科说过："当我们根据爱的主要效果来判断爱时，它更像是恨而不是爱。"

有人在爱中会激发出惊人的潜能，活力四射，富于妙趣。我如此不争气，一旦处于感情之中，微薄的伶俐也消失了，变得紧张、乏味、患得患失、优柔寡断。在爱的压力下，我体验着自身的变形记，看见自己变成了一只畏首畏尾的笨拙的甲虫。

世间的爱往往看起来相似，却有本质差异。比如对宠物与对藏品就是两种迥异的爱。是宠物的依赖，是它的喂养恳求，是它对主人的绝对需要，催生主人的怜爱。而藏品，对收藏它的主人永远没有情绪反应，收藏家再漫长的沉迷它也无动于衷，藏品可能更换收藏它的对象，但并不由此引起原有收藏者的怨意，他只会在爱与怀念中目睹它逐渐增值，并增加它在心里的分量。越强烈的依恋，越容易被对方轻视。宠物带给主人的只是娱乐项目，唯有藏品，才能成为真正的财富。从某种意义上说，我是魔法师的一个宠物，而我不幸，让魔法师成为我的藏品。魔法师似乎从来不知道我的狂喜和绝望全都被他控制，并交替着给予。他身上有天使与魔鬼混合的天真气息。

数十层的高楼，在顶层露台，夏夜的风浩荡吹拂……万籁俱寂的黑暗深处，他深入我。这个给我的生命制造悬念的人，我的手抚触他——只有我爱，才给你弦上的身体。嘴唇和嘴唇多么对称，当魔法师移开他的脸，我才看清：星空千疮百孔，夜晚如何露出简陋的本质。激越地冲击我的时候，魔法师不知道，他神一样照耀我的面孔，和整个天堂的破绽，如何在我眼前快速替换。他让我在肉体灼热和内心寒意中交战。因为爱最后要落回地平线，甚至落回深渊里，所以所谓激情，就是你敢于上升的无视生死的高度。

置身庆典般的肉体欢爱中，天空，突然绽放起盛大的烟花……神燃起短暂抚慰的火把，我在映照中泪流满面。这个春天是经过文身的，华丽，又反叛——它已经成为记忆里的化石，像贝壳一样，坚硬地嵌满花纹，包裹内里的柔软。

我们平静下来。我把左耳贴近魔法师的前胸，倾听心跳：里面有一个懒洋洋的钟，因为寂静和寂寞、因为冷静和冷淡逐渐停摆的指针。焰火过后，黑暗再次聚集；热烈过后，魔法师的眼睛重归安宁。他抽烟，把烟缸放在我裸露的脊背上。我们都在孤独中，却无法相互协助和给予，如同两个玻璃缸里的游鱼，彼此的声音都不能传达，何谈相濡以沫？盲人般，我们都是困守的蛹，无论怎样相亲相爱，黑暗都是各自的，不能被分享的。一个看不见脸的世界，猜测不出彼此的复杂表情。

幸福有张善于许诺和背叛的嘴，我记得那阴谋中特有的温柔。整个晚餐，似乎有什么气体像帽子似的悬置在魔法师头顶，然后飘移，分散我的注意力。魔法师看着我，似乎还是那样的眼神，有入骨的专情错觉。我食不甘味，吃的东西口感那样古怪，像是在撕扯蝙蝠的翅膀，既不是肉，也不是皮，说骨不骨、说筋不筋的东西。我面无表情地咀嚼，顽强消化着难以归类也难以下咽的食物和爱情。我如何能把内心的黑暗认作一场短暂的隧道旅行？

爱我的人赐予我礼物，我爱的人赐予我伤口——显然来自后者的给予更珍贵，因为只有伤口，与我发生的是真正的血肉意义的联系。我在魔法师的私人浴室里，发现一根包着织物的橡皮筋。它在皂盒旁边，香皂泡沫形成一层包裹着的白迹。不是多疑的猜测，直觉告诉我，它属于谁。那么她是长发的，她是洗过澡后湿着头发走的吗？她有时候把头发束起，有时散开，才会偶尔忘记的吧？她也是魔法师的情人之一，我只是不愿对自己说破。他的情感工程，由众多女性同时建设。我抱着魔法师的时候，他分明有着不属于他的经过洗浴也没有去除的他人气息。

我想从魔法师这里获得如父如兄的安全感。但这是安全感吗？两臂吊在高空绳索上，稍一松手，万劫不复……一切取决于对自己的支撑。在这样的爱情中是不能休息的，因为它不是一张安全网，你不能睡在上面。

爱情乃是非之地，神也放弃管理。只有绝望爱情中，人才能体会到这种和自己的剧烈对抗，以及痛彻的撕裂感。我的刀叉机械地在盘子里划动。我是一头文明的野兽，我吃我自己的肉。

小时候幼儿园里打针，哭泣是儿童的正常反应，作为孩子的我却拼命克制就要夺眶而出的眼泪，以至咯咯咯地笑起来。面对自己的困境，我天生具有夸张性的喜剧掩饰——内心越绞缠，表情越滑稽。疼在左心室的位置，逆时针方向，涟漪一样逐渐扩大，扩散到整个肢体。我一边用力咀嚼，磨断坚韧的肉纤维，一边眉飞色舞地对魔法师说："要是食人族把我们都抓住圈起来，有的杀了，剥皮做鼓，有的杀了，烧火烤肉，你最适合养起来提取麝香。知道吗？你走过会留下一条气味的甬道，多黑我都能寻着味儿找到你。”

说完这句话，世界就黑了。突然断电，楼道里多了走动的人声。我一言不发，毫无障碍地在漆黑里大步走，从冰箱里取出几根冰棍，然后循着味道准确回到魔法师身边。他还坐在那里，以为我拿来了蜡烛。我坐在他身上，就在黑暗里抱住他的脖子，下巴放在他肩膀上，我的腿缠着他的腰，不看他的脸。我开始一根接一根地吃。我冷得浑身发抖，一口一口，咬下坚硬的冰块。爱就是吞咽，不断地艰难地吞咽。食物通过食道，开始被葬送的里程……他朝向深喉的吻，也一样……下潜，下潜。性器与肛门离得那么近，被歌颂的爱情比邻不被提及的脏。共同的食物在我和魔法师不同的消化道里，下降，被各自分泌的汁液搅拌，最后一样成为秽物。我无法想象烂掉的爱情，即使它烂在我眼前，依然觉得无法想象——我真没用，想象是我唯一能够运用的生存解决手段，它无效。

当人们从一场轰轰烈烈的伟大爱情中退场，往往发现自己成了往事的污点证人。而我爱魔法师，以蔑视其他异性的决心，以全部智慧置换出的孩子式的无知，以了无趣味的贞洁和牺牲，以习惯和需要，以死亡之前贯彻到底的盲目等待，来证明，我爱得多么不容修改——像已经上交的错误答卷。

魔法师送给我的那条鱼终于死了。以前我就目睹过它的自杀行为，从鱼缸里跃出，落到沙土之中。我在感情里的挣扎，如同这条脱水的鱼，没有了优雅和原本睡梦中依然能保持的清醒的眼睛……鱼在地上，它疼，窒息，沾满尘土，在笨拙的扭动和摔打中，银质的彩鳞——它身体上最美的装饰物，纷纷剥落。

我把不动了的鱼放到龙头下，让水流冲击它的口腔，它的嘴张大，当我从水流下移开，它的嘴又闭上了。我就这么给它人工呼吸，鱼湿的并拢的尾巴搭在我的掌心。有几次，我以为它复活了，嘴巴似乎自觉地开合着。但最后的抢救是无效的。我不甘不舍地把它搁回鱼缸，它还圆睁不瞑的眼睛，柔软地泡在水面。白雪公主住在水晶棺里依然能被唤醒，但它，将慢慢腐烂，从体表到内脏。死鱼曾经的同伴嫌恶地游开，远远绕行它的尸体——而它像天使，漂浮在比它们更高的地方。

我知道，一切都要死去，死在时间的停尸床上。慢慢地，将找不到任何魔法师爱过我的证据——像植物人的力气，婴儿的记忆，亡逝者手上的温度，这些即使存在也没有痕迹的东西，到底有多重要呢？

秋天来了，神在天上酿制金色的酒浆。饮用这个秋天，我从陶醉变得糊涂，从谨慎坠入轻信……我爱过的魔法师，在

死鱼曾经的同伴嫌恶地游开，远远绕行它的尸体——而它像天使，漂浮在比它们更高的地方

我清醒之前已先于我忘记。他将就此拆除我身体里那座秘密的花园。

我把死鱼埋进了楼下广场的松树下。一个穿着旱冰鞋、流线紧身衣，样子像运动员的男子从我身旁速滑过去，进入人群之中。酒厂正搞促销活动，每人可以得到一杯免费香槟。这个秋日午后，媚人的光线里，街心公园，马路上，售货亭……到处是喝着香槟的人们。有的一饮而尽，有的浅斟慢酌，脸上浮现出觉醒了的享乐感。我并不想得到这馈赠，一看人们排着漫长的队登记，纷纷喜悦地，高举着从洒出酒液的托盘里取出晃动的那杯酒就够了。但我需要这欢乐。我需要这欢乐支撑一条无名死鱼的葬礼。从超市里买了一瓶干红，坐在底脚有些摇晃的街心椅子上，我独酌。那么多人，那么多酒泡沫金黄，只有我的杯里，血红。

把回忆一口一口地吃下去就会积聚力量，像发条一下一下被卷紧。没有什么比复仇更有力量和耐心。魔法师不会察觉我从他那里偷走了什么。一颗沙砾进入，经过艰难的吞咽和包裹，它会呈现珠粒上不可思议的晕彩。我要把自己变成一枚珠贝，藏纳起一生的珍宝。

给女儿熨烫校服的时候，我知道，另一个小小的女儿正在子宫深处沉睡。当我第一次从B超里看到她，她浸泡在我渐渐充盈的羊水里，像小人鱼正游弋在藏蓝色的海底——她的样子如此甜蜜永恒，像浸泡在福尔马林里的胎儿隔绝于生死。等她浮出水面，即使也将爱慕一个终将背叛和离弃的男人，我也深知，她会在灾难里获得拯救中的飞升。

房间里，阔叶植物深厚地绿着，花瓶里斜插几枝新折的桃花：艳而碎小。空空荡荡的玻璃缸里，我再不养活娇气而冷漠的鱼了。只有一只谨慎的乌龟，沉默着，像个偷窥者，慢吞吞地，探出它斑驳而丑陋的压扁的头。

合唱

1

谈到音乐领域，我只是个偶尔的旅行者。偶尔的CD，偶尔的MTV，偶尔的音乐会。不同于对文学、绘画和电影始终倾心。我想，旅行者的好恶常常是由偶然因素决定的。比如，遇上个好导游，能通过出色口才，直接灌输给游客一座热爱中的城市，即使他们不曾真正了解它的历史文化；如果碰上小偷，虽然是概率较低的意外事件，也使人对周遭美景丧失兴趣，甚至满怀厌憎。我对音乐的态度游移，状若好奇而又畏难的旅行者，只能体验地图上的游历——隐约觉得，这和一个人有关。

仿佛听到，从敞开的教堂中传出唱颂，歌喉与钟声一起，满怀祈祷中的虔诚和宽恕中的奇迹，将迷途者召唤……我正恍惚，一个看守者忽然到来，带着冷静的傲慢关上了大门。他不只阻隔我和音乐，也成为挡在神明前的障碍，我无法穿越他的肉身抵达天堂里的绝对美学。作为一个被拒者，我带着某种难以解释的委屈，开始怀疑他的身份。

2

乔循容易被视作男人的榜样和美德。裸麦肤色，身材修拔，在实际身高之外给人一种继续向上的错觉；包括下巴上的竖沟，挺正的鼻梁，都显现天生的性感。动物中我偏爱胖的，行动笨拙，个子矮墩墩的树袋熊、企鹅或者水獭。我喜欢相反类型的男性，偏瘦，高个，动作灵巧却不过分活跃。他身上薰衣草的味道若有若无，显得特别干净，似乎并非香水的致幻感，干净的气息仿佛出自肉体和灵魂。十几年前我第一次见到乔循，他已经四十多岁了，不算年轻，依然如同芭蕾舞中的王子，保持着不曾失控的优雅。

优雅，多奢侈的形容词，只有极少数人能配得上它低调的贵族感。尽管优雅也意味着内在的规范，但由教养带来的限制总是宜人的，如同首饰给身体增加可以承受的重量和捆绑感——你明白，那束缚更近于标榜。

母亲的医生职业常被视作优雅。其实不然。从小在医院长大，我太熟悉血、腹腔里的积液、被倒进污物桶里的病变器官，知道哪里摆放着泛黄的腿骨，血红的牙床模型，浸泡得像塑料的死胎。许多诊室里悬挂人体解剖示意图，半边肌肤完整，半边剥皮抽筋，露出破渔网般覆盖的神经脉络。我尤其不能忍受，被抠成洞的眼眶，对称着另一侧炯炯有神、湿亮精黑的眼球。医生之所以值得信赖，因为力量的来源亦正亦邪，这些经过多年专业肢解训练的人，执掌着唯一被赞颂的暴力特权——但只要与具体血肉相联系，难免不染上腥膻的臊气。

乔循之所以如此优雅，因为他触及的是音乐，是无可名状的抽象之物。

3

这是最美妙的打扰，音乐。它火焰一样无法盛纳，阴影一样无法称量，它像诸神的植物一样无法被目睹。音乐在继续，我除了想哭，想不出任何对策。泪水灌溉，我们分泌出灵魂深处的怜悯。

和乔循一起去看过两场演出，是世界著名指挥家与中央乐团的合作。虽然乔循家里有许多优秀指挥家的演出专场录像带，但观看现场，对我则是全新体验，我完全被指挥家的魅力所征服。

指挥着小夜曲，他的手如此细腻、伤感又轻柔，仿佛抚触着女神的腰肢……她在抚触下摇曳，失去对爱恨的裁夺能力。融雪。流云。籽实脱落的葵盘。振翅的小昆虫悬在花梗上。蜘蛛在自己的时钟上慢慢旋转。哑孩子的爱情。献祭者的《圣经》。月亮里的废墟。被毁弃的宫殿。四季，如同隐忍着的受伤者仰卧大地。我闭起眼睛倾听，万物沉默生长，而自己仿佛重回无辜，有着少女清凉的寂静无知的乳房。当低诉着的旋律结束，树叶的阴影交叠，要把宁静还给入睡的巫师。是他的手，带来最初的安慰，最后的救赎。

在交响乐的辉煌里，他的力量不可理喻，双臂掀起壮阔波澜——鲸鱼跃出水面，鸟群开始史诗般地迁徙，大神击响太阳的黄金器。踏着粗粝的岩面，涌过奔赴生死的无尽苍生……巨潮之后，留下沉船、幼婴和可以被歌颂的灾难。他手里细细的指挥棒，胜过雷霆权杖；乐曲中虚妄的辉煌，也重于王朝。即使安静地垂下臂腕，他的手，也仿佛沉睡的婴儿酝酿着未来中全部的可能。他随时能让乐团变得激越，如同从天而降的奇迹，让我们受到暴力中的震撼并由此臣服。

指挥家是个分外神秘的角色，在他的艺术里既有诗意的恣肆，又有科学的精度。就像我会惊讶于兽医那种在教养和野蛮制衡下的冷静。我分不清一个指挥家的性情是温和还是暴戾……他被音乐即兴塑造，兼具丰富难料的侧面。

扭过头，我看到的，也是观众席上乔循的侧面。

4

乔循的侧面很有轮廓。他的外貌、才智，他的品位，他的洁癖和孤独……散发出上升到某种高度才会产生的寒气。每当用黑丝绒滑过那架一尘不染的钢琴，我就不由自主地低微起来，从心里仰望被上苍特选的宠儿。他纤长的手，才配敲响那些瓷白或釉黑的琴键，才能理解提琴在曲线里暗示的情色。虽然担任指挥的老年合唱团并非专业团体，但乔循似乎具有远远超过岗位需要的才华。他多情，聪敏，隐藏着艺术家和天才少年所特有的悲观气息；灵魂有了这层灰调子铺底，显出几分出世的洒脱。我猜乔循是个温顺的悲观论者，他的孤独和感伤都因为疲倦或者宿命而显得平静。他越是平静，我越是觉得命运不公，乔循理应得到更好的机会和报偿。

我的小拇指顶端不能与无名指最上面的横纹齐平，很早就被学音乐的孩子告知不具备弹奏天赋。和音乐最切身的接触，不过是小学参加过合唱团，唱中音，偶尔跨出行列，朗诵几句串场词。演出时，男孩儿穿白衬衫蓝裤子，女孩儿穿白衬衫红裙子，随着段落变化，左右轻微晃动身体，让队形产生涟漪般的效果。印象深的几首歌包括《晚霞中的红蜻蜓》《少年少年祖国的春天》《采蘑菇的小姑娘》和《鳟鱼》等。变声期后，嗓子坏了，我彻底没了唱歌愿望，至今在卡拉OK中都没有自娱的快感。

当年，一张名为《晨曲》的油画被印刷成广泛的宣传品。那是白衣少女拉小提琴的背影，她身处晨雾之中，清凉忧伤，有种柏拉图式的圣洁和易逝感。她的背影象征着吸引我又将我拒之门外的音乐理想。认识乔循，我觉得音乐以特别的方式再次施加它的恩宠。

5

乔循单身。但你看不到丝毫单身男子的懒惰和其他恶习，他的房间整洁，东西摆放有序。和他相比，我总感到自己的莽撞和粗糙。他的语气温存，看你的时候让人隐约察觉，他眼神里闪现着克制中的柔情。

当然，他并非缺乏情感上的经历，应该承认他的爱情经验甚至非常丰富。乔循自己也无能为力吧，既然，他那么迷人。我们很难在生活中发现同时具有王子般的容貌和教养的男人，他是个稀有珍品。生活应该让才华纵横的人享有特权，我心甘情愿出让我的标准、利益和尊严，只为使他们的自由不受到约束。每当乔循把指挥者的手覆盖在我的头顶，我就难以自控地低矮，并且渴望作为尘土里的花，享受照耀。在上帝面前，在爱情面前，没有人不是侏儒。

如果他仅仅是照耀之神，并不能唤起女人内心的潜能。换个角度看，乔循就成为现实中的受挫者……只能缩身于鸡笼的大鹰，梦想的翅膀必须折叠着才免受磨损。他的老年合唱团里，那些时常靠药片维护的身体，靠手势指引才能跟进节拍而缺乏直觉领悟的头脑，能否呼应他的高贵？很长时间，我拒绝观看乔循的演出，设想他的优秀品质被那样强烈醒目地从环境中烘托出来……令人心疼。

享有军事天分，终身却只能面对一纸寂静的棋盘；歌喉有若天籁，然而倾听者不过旷野上的牧群。被忽略、被磨蚀、被辜负、被毁灭，我们看到过多少天才被放逐的命运。历史悲剧总是以天才和圣徒的血来喂饮的，用来增加作品强度。天地苍茫，更多优异者的死被装进了一只消声器，甚至不会给隔壁带来惊扰。日常生活的受挫者不计其数，闪烁在海滩上的石英颗粒，正被千百只脚随意践踏。

作为指挥，乔循无疑是合唱团的核心。但业余、老年，这两个添在合唱团前面的尴尬形容词，是否会伤及乔循？他所领衔的角色，放在更大的坐标里判断却像配角。所以纵使乔循清高，谈吐挥洒自如，仔细听，能体会出他话语里不慎流露的无奈和消极。

乔循既像个未得志的英雄，又像个受到伤害的孩子，才会产生致命的杀伤力——他同时唤醒女人天性中的依附感和母性。一个艺术家，深具故事感的脸，谁能抵抗蛊惑？接触他的身体和灵魂，女人既在被宠幸的惊喜和满足里，又涌起莫名高尚的献身激情。

从一开始我就明白乔循是个有经验的男人，他出色，必然异性围绕。我一般对这类男人敬而远之，与之瓜葛，意味着你同时进入一个由女人构成的庞大的隐形竞技场。我言语放肆，但行动上自我禁锢明显——当乔循一眼就看出我身上严重的自我捆绑痕迹，我以为出于绝对的细致关爱，而忽略了也是他的丰富经验造就的直觉。几乎在我毫无防备的状态下，乔循突然探索了我的肉体。我受宠若惊，是他的果断帮助我成长。

隐约听说关于乔循各种版本的传闻，他在爱情上一再遭遇坎坷。我诧异，什么样的女人舍得离开这样的男人？她们肯定愚蠢，粗糙，不知珍惜，精于世俗算计，难以理解一个为艺术而生的神秘灵魂。

6

他第一次让我觉得意外是因为一条鱼。

乔循以前养在水族箱里的是几条热带鱼。鱼身嵌着条纹，部分鱼的体型那么薄，仿佛是被外力强制压扁的。它们冰冷，缓慢，呆滞，无动于衷地漂浮，偶尔抽搐一般地摆动，只在争食的瞬间闪现灵活。热带鱼对温度、食物、氧气含量等条件特别挑剔，不好养活，没多久就死光了。后来就把品种换成了金鱼，臃肿地沉浮。

那天去听乔循弹琴。我请求过好几次，他才答应在家里专门为我弹两个小时，像场奢华的个人晚会。他坐在钢琴前面的样子让人倾心不已，很有仪式感。曲目我并未了解，只觉得旋律优美宁静，有若置身夜空之下，凝望那诸神的花园，仿佛偶尔的流星只是一枝长茎玫瑰。

遗憾的是，我得承认自己并不专注，边听边为别的事情分神。泡在水盆里的病鱼让我担心。一到乔循家，我就发现那条头冠生有肉瘤的鱼有问题，时时侧翻漂在水面。开始我以为是贪食导致的，再一看，它生病了。左腹膨胀，左眼珠塌陷，左侧体表密布针状血点，而它右侧身体完好。过了一会儿，不对称的鱼降到水族箱底下，尾部平铺，只剩一只鳍小幅度地划动；过几分钟，它回光返照般突兀地在水中剧烈翻转，然后又沉下去，落在铺着沙砾的底部，几乎看不出鳃部开合。

我问乔循，他也不知道鱼是怎么了。再次观察金鱼的体征，我回忆起以往的养殖知识，确认它得了腐皮症。这是观赏鱼的常见病，只需用高锰酸钾溶液就可以轻松治愈。我建议先去药店买点消毒液再回来听琴。乔循不喜欢横生出小事打破原来计划，他是个有秩序感的人，已经酝酿好演奏情绪，不愿为一条不值钱的鱼耽误工夫。我从不反抗他的意志，于是想出替代方案，用稀释的盐液浸泡，对病鱼进行十五分钟的药浴杀菌。

听着小奏鸣曲，我却想着那条活着就开始腐烂的鱼，希望它挣扎之后存活下来。趁着曲目间歇，我把鱼从盐水里捞出来，放回清水之中，看看它有否变化。然后，我重新坐回沙发，作为乔循的唯一听众，以敬慕不已的神往，追随他已经融入其间的幻境。暗暗自卑，我缺乏足够的颖悟，让音符贯通地在体内游走，彻底麻醉心神。因为对那条鱼的牵挂，我明白自己还被阻隔着，并未与乔循同在音乐搭建的海市蜃楼之中。我甚至对乔循怀有歉意，因为辜负了他对我的期待吧。所以除了中间一次假装上厕所再次观察病鱼之外，我再没有离开过观众的岗位。

当乔循结束了他预定中的最后一个曲目，我的情绪还在倾慕和感恩中荡漾。令我愉快的是，鱼的状况似乎比演奏会开始的时候好多了。我迷信地认定，不只盐的药用功能，还有乔循的音乐，共同治疗着它。我喜悦，并且叮嘱乔循，隔天再进行几次盐浴，估计可以痊愈。

“你只知道关心这条破鱼，根本不关心我的演奏，破坏了我整个晚上的情绪。到底是这条鱼重要，还是我重要？”乔循以一种我极为陌生的口气和表情继续说道，“它让我厌烦透顶。”

我错愕不已，丧失语言和行为上的应对能力——当乔循把水盆里的鱼“哗”地一下倒进马桶，毫不犹豫，按下了宣判的冲水阀。水流旋转，几秒钟之内就把那条鱼吸附到地狱之中。它将在屎尿之间烂掉眼睛和金红的尾巴。

7

为了捍卫心目中的理想形象，我们习惯为偶像寻找理由和借口——即使屡屡碰壁，也依然要从迷宫中选取一条几近不可能的路线让对方逃离困境。

爱的美德常常冲突于理智，我们会为自己的天使添加他从来不曾拥有的翅膀。并且，在感情中，我们会错用许多形容词，乃至把反义词当作近义词使用。把盲目当勇敢，把怯懦当温柔，把粗暴当作果断。梦中闪现的男人露出微笑，他究竟是和蔼的王，还是诡异的巫师……等待吧，谜语会蜕掉斑斓的外皮。

8

我并未刻意窥测，还是遇上了他的秘密。也许所有秘密都携带能量，它们和债务一样，消耗着背负者的体力。无论是掖藏巨款走在街上的人，还是犯罪后逃离现场的人，脸上常常会流露出秘密于暗中释放的气息。乔循的气质里，包括了寡言者的沉稳自制，也有益于守口如瓶地保存秘密。

他的时间表严格限定，我们只在每周三见面。除了分享彼此身体，我乐于为他做各种家务。尽管乔循生活能力很强，因为钢琴和家具无不光可鉴人，唱片乃至放在高处的书籍都不染尘灰，我还是一再擦拭、洗涤和晾晒……看着他的衬衫在微风里轻摆，我心怀满足。他的钢琴，他的提琴。他的乐谱，在五条河道里游动的神秘蝌蚪。乔循在书房里看书，我希望自己生有猫科动物的肉垫可以蹑足走动时毫无声息，对他不造成丝毫打扰——把自己贬到女仆位置，似乎更适合表达对他的敬仰和倾慕。

我的手指拂过他的藏书。他涉猎广泛，从文学到哲学，从雕塑到建筑。我在他这儿第一次看到春宫中的浮世绘图册。热烈交媾的男女，姿态复杂，表情沉迷。既有乱伦中的又有群交狂欢中的道德破坏。即便对粗鄙的性，他也抱有百科全书般的、学术式的了解兴趣；乔循谈论时的冷静，更显示凌驾其上的控制力。我没有同样的超脱，那些图片容易让我联想起具体的欢爱，只是耻于向乔循言及罢了。

一天，乔循接到电话有事出去，让我在家等着。我把熨烫好的衣服收进衣橱……然后，发现了底层的相册。那是无法与他分享的旧时光。他的童年、少年和青年。他的父母、朋友和路过的人。他的演出和旅行。我像条溯游的鱼，逆时针拨动表盘，进入乔循难以被触及的往事。

底层的相册。底层的秘密。夹在相册之中，我看到两张签署着不同名字的离婚判决书，共同点在于被起诉者是同一个人：乔循。

9

乔循不是谁的犯人，不必全程交代，但也无须蓄意标榜自己从无婚史吧？他的语感和表情，娴熟，泰然自若，他乐于塑造自己的“纯洁”历史。根据乔循的描述，可以推测他迟迟不婚，既是因初恋对象故去而拖延下来的痴情，又是由于高度讲求婚姻质量而造成的审慎。他的谎言看起来格外正义。我不知道他为什么隐瞒婚史。因为他的脆弱，不愿面对自己曾经遭受的失败和打击，骗自己到信以为真的地步？因为他的孤独，对自己小心捍卫，没有准备让我或者其他人来分享和分担他的秘密？因为他的尊严？因为他的功利？无论怎样，乔循秘密消灭了他的婚姻，消灭了婚姻中的女人，消灭了由她们所象征的某种羞耻。

他的形象需要借助谎言来维护。他不知道，那个包裹起来的核是会发芽的。他有一个谎言，就会生出更多谎言。

当我在画展意外结识乔循前妻，我震惊于她与乔循的概括大相径庭。她并未受过高端的专业训练，但禀赋惊人，无论是色彩构成，还是画面所传达的内在观念，都让人印象强烈。作为一个正被瞩目的画家，她并不故作姿态，相反，聪颖豁达，身上有种因自然从容而形成的性感气息。虽然和她几面之缘，算不得深入了解，但我还是觉得乔循撒了谎，因为，他甚至严重歪曲她的长相。

当乔循得知我发现了他的离婚证书，发现了起诉书上那些从来未曾设想会运用到乔循身上的贬义词，他沉默两天之后的解释，把自己的处境描述得如同《简·爱》里的罗切斯特。在乔循的回忆里，画家前妻虽不至癫狂，但也有种男人式的骠蛮，她势利，自以为是，缺乏对乔循的基本理解，言谈举止自恋式的优越感令人生厌。之所以不再提及这桩婚姻，因为如今前妻事业正隆，倔强的乔循不愿有攀附之嫌，所以才缄口不言。隐瞒的理由看起来很充分，如果不是偶然认识了乔循的前妻，我会全部听从，并且更加怜惜他，而不是现在这样心生疑窦。他的前妻从不谈及乔循是非，顶多感慨“时过境迁，多说无益”，对于婚姻光彩磨蚀掉之后的污斑和锈迹，她不着一词。她的态度不仅出自教养，也是念及旧情而对乔循的保护策略。

一种复杂的好奇驱使着，我找到了乔循第二个前妻。这个女人无论相貌还是口齿都格外伶俐，她怀着激烈的反感概括乔循：自私，虚伪，滥情，他不是个出色的指挥，但他的手不能带来的职业安慰，都靠他种马般的生殖器来弥补了。她与乔循所言同样背道而驰。乔循说关系破裂因为相互之间绝对的隔膜和陌生，这个南方女人冷笑着说：“乔循说的肯定与事实截然相反，因为事实太不利于乔循了，会破坏他自我塑造中的理想形象。”

10

注定被瓦解的神话。神话中，人不能去碰触善恶树与生死树，否则就会失去伊甸园的极乐。所有的敬仰里，都包含着必需的禁区和盲区。我们之所以毫无障碍地歌颂神明，歌颂史诗中圣徒身上非人的神性，或许，因为无从得知他们的秘密。有时我觉得地狱不在别处——古老地狱之所以在上帝的威怒里依然完好无损，因为，它恰恰藏匿于天堂的中心。

最美的身体才诱人淫乐，最无邪的脸才杀人不眨眼，最优雅的手能使暴力显得无辜。我为什么会怀疑乔循，既然他看起来那么得体？是不是唯有坚如甲胄的教养，才能藏好一颗血肉模糊的受伤的灵魂？

11

猎艳之徒，并非状若少女幼稚中的理解。什么态度和举止轻浮，什么承诺闪烁不定，那种处处留情、声名在外的男人说来说去还是一种初级状态的花花公子。真正的渔猎高手，看起来每次都是深情的，他被自己打动，才能彻底俘虏他怀中的女人。纵使阅人无数，每个经过中的女性都心怀巨大的、满足感中的错觉，因为他善于发明崭新的“史”的意义来命名这些女人：她是“最”纯洁的，她是“最”性感的，而她“最”善解人意……她们占据他心中的某一个“最”，换句话说，他在不同的领域为她们封后。如果这些女人的国土不接壤，就不会发现她们信以为真的专情后面乔循的破绽。

我继续发现自己也是乔循众多女人中的一个分母，如果说我是他的星期三情人，他的工作日和周末还有其他女人的陪伴。更让我痛楚的不是这个事实，而是他蓄意扮演的专情角色——如同为了掩盖婚史，他所强化的独身。我不知道自己这么脆弱不堪，我以为能一直昂扬，以为风雨过后就能见到彩虹，以为爱能让人变得既坚强又勇敢。我沮丧地面对考验，暗自投降，认为乔循或许是那种自己永远也无法了解的人，或者了解还不如无知。他娴熟到可以技术地爱女人，而毫无技术的痕迹感。

我继续发现，他在情场之外也有许多难以自圆其说之处。他缺少真正的爱人和挚友，是因为，两者必须建立在真正的了解之上，而乔循不敢面对真正的自己——他陶醉于自己臆造的品质完美并以此示人，他的自恋需要太多观众作为支持者。从某种意义上说，乔循并不懂得爱，或者说他太爱自己，其他人不过起到道具的点缀作用。

乔循看似淡泊，并非本性，而是受挫者的自我捍卫。乔循不甘，但他的不甘是以不屑的方式来表现的。他不屑于成功者的财富和荣誉，他甚至不屑于以自己的才华去争取机会。或者，他隐藏着一种未获成长的脆弱，使他需要长期栖身于怀才不遇的形象之中——宁可在命运不公的舆论保护里瓦解未来，也不愿在暴露他实力的挑战机会里失手。他其实畏惧直接面对通往艺术至境的艰难考验，而更愿意在能够控制的范围之内显示能力——比如女人。

乔循在女人身上消耗了太多的热能，唯有女人的偏宠，把薄情命运亏欠于他的做出部分偿还。他频频享受被簇拥，享受性能力和性魅力持续不断地被证实。他需要循环往复的柔情安慰，他需要一再地被渴慕。他自己则缺少内在的贯穿深情。乔循天生具有猎人的习性和品质，这和园丁的性情不一。不是为了爱和灌溉，不是为了栽植和生长，猎人是为了证明自己的杀伤力和命中率，不惜对准他并不需要成为食物的牺牲品，不惜毁灭它，仅仅为了得到虚幻中至高无上的满足。当我得知那个关在精神病院的女友再也没有得到乔循的探望，我心生凉意。如同他饲养的金鱼，它们及时或迟到的死并不给他带来情感和情绪上的干扰，鱼只是他的伴儿而已，一旦他喂养的手降临，金鱼就集体朝圣般地仰起脸……剩下的时间，那些习惯沉寂在水底的女人，她们的嘴，鱼一样无声开合，像默声中的歌咏练习。乔循不认为，她们有任何需要尊重的叙述能力。

我记得乔循前妻在激愤最后，那句突然的轻声感叹：“若非哀凉入骨，岂忍割袍断义？”

12

尽管疑窦丛生，并且越来越多的证据不利于乔循，但我依然在往事的惯性里难以自拔。我反省自己，是否对态度上的变化出于一己之私的报复，因为他的欺骗伤害了我？我必须毁灭曾经的英雄，陷他于不义，才能挽救自己破损的自尊心吗？优雅自制难道只是乔循结实的面具？难道需要鱼死网破才能看得清幻象？乔循或许只是多情而不是滥情，他的种种策略或许只为自我保护而无心伤及他人。他有弱点，但把乔循设想得完美本来就是苛刻。经常在截然相反的判断之间游移，我感到疲惫和消耗。这株由我亲手栽植的虚妄之花，脱落着叶片，渐露荒凉本质。

需要更多一些时间，才能体会出乔循的冷漠。我不知道乔循怎么克制情绪，因为他对他的老年团员骨子里反感。他们的体味，他们的话题，他们不得体的热情，乔循掩藏了他的轻视，来面对这些无法与之分享艺术至境的人。当然这些以生命最后能量讴歌的人也不无用处，作为指挥，乔循喜欢他的领主地位，他乐于享有对他人的操纵快感。

为了口感的鲜美，乔循冷水下锅，螃蟹的爪子抓挠蒸锅的盖子和沿口，他让我和他一起倾听因濒死而生发的韵律感。他说行善就是恰逢其时，包括让他物及时去死。我不安，因为从乔循的表情上，我察觉一种他支配螃蟹去死和支配我去倾听的双重快意。

乔循洁癖严重。他厌恶一个姑娘，仅仅因为她的经血弄脏了他的床单。我暗自怀疑乔循讨厌人味儿，他的努力目标，似乎就是把自己塑造为一个缺少低劣生理气息的高尚圣徒。乔循说他并非对经血难以忍受，而是这个姑娘对体液的潦草处理方式让他恶心，让他觉得她脏。我的视线转移到乔循贴在墙上的剧照上，那是歌剧里统治奴隶的威严君王……我畏惧金字塔上的人王，他们强烈的杀菌能力，潜伏着被表面正义允诺的残暴。完美主义者和理想主义者有可能制造最冷酷的血腥，因为，他消灭“一切害虫”的杀生向往。

对事物，乔循怀有百科全书式的探究兴趣；但对人，他并无真正热情。这并不妨碍他理解音乐技巧。我们误以为，必血脉投入才能领悟艺术——其实，一个画家描绘栩栩如生的温暖女体，他同时可能厌恶接触任何女人；科学家在显微镜中洞悉细胞结构，知道科、目、支、属，但他也许对花粉过敏，不能忍受一枝靠近的鲜艳百合。

限制乔循艺术才能的最后障碍，也许正在于深层的冷漠。他也有怜悯，但他的怜悯更像是显示优越的方式。他缺乏足够的智慧，抵达终极的悲悯。

13

黑的汁液流下来。流过花瓣上细细的经线，顺着硕大饱满的边缘，流下黑的泪滴。

终于见识到了乔循的盛怒。我观看了他的现场，他有非凡的模仿能力，如果以一个优秀乐团来衬托，一定不露破绽。但他的大师痕迹有点重，相对于老年合唱团演唱的歌曲，乔循的动作显得夸张，装饰色彩浮离于内容需要之外。我斟酌了用词，委婉地表达了看法。乔循如此虚弱，竟然承受不了几个形容词。虽然我已做好心理准备，他满怀寒意的仇恨目光还是让我陌生和颤抖。乔循的不满集中释放，他嘲讽我的附庸风雅和装腔作势，说他早就难以忍受我身上那种低贱的女仆味道，他说和我在一起，只是由于他特别的善意和耐心……我盯着这张不停开合的诅咒中的嘴，这张驱散所有温情的脸。乔循太慌了，已经不计后果，只为达到速效的伤害效果，让自己重新夺回优势立场。

他并不虚伪，只是善于随时为自己发明适用的道德。他不会宽恕别人，只有宣判所有人都有隐形的罪，他才更确认自己正作为唯一的法官，与抽象的权威为伍。

愤恨之下，乔循把我送来祝贺演出的鲜花，一一浸在书法练习的墨汁里。

他把它们变成了服丧之花。

14

我们听到洪亮之音，听到教堂顶端的上帝摆动他强有力的钟形舌……他拥有绝对权力，因为他容不得怀疑。

上升到明亮处的高音，冲开胸腔的血路，让我们忘我歌颂：神的威仪，歌颂他死亡般不容撼动的永生。合唱团的队员微微屈膝或含胸，而后又扬头，有限度地顿挫身体——看起来，我们像祭坛上的烛焰，跳荡着，小小的献身激情。虽然心怀杂念，但藏身于高亢而统一的歌唱里，我们澄澈如婴孩。

我们跟随指挥，他的手臂优美起伏……那个不说话的人，他控制我们，引导我们，我们的声量、情感和旋律将隶属于他的沉默。我们不过是盲众，烘托着，他是唯一的理性严谨的舞蹈者。但我们心存隐忧，不知道自己是否被爱。他拥有模拟的身份，像神甫，我们永远无法得知，他是否是一个冷酷的主宰者。他的高傲，究竟是因为他体会到了神启的瞬间，还是阴暗灵魂在发出低语般的密令。

而谁又能越过指挥，揣测幕后更大的指挥者？背景乐轰鸣，蒙面人的唱诗班开始滚动喉结；而死神的剃刀频频转向，如同圆舞曲中灵活的指挥棒。

15

许多年以后，我在一个聚会场合远远望见了乔循。对我来说，他早已不再是连绵着的偶像，我好像遥望到他孤寒的晚年：他老而瘦，像旧表上的指针，曾经漂亮的腹肌变成勉强的皮下脂肪。这是篡夺神位的代价吗？我愿他的骄傲能坚持到最后。

我还记得，自己离开的时候如何试图不留痕迹，像个作案后的凶手，小心擦除印迹。我慢慢清除在他生活里的微小证据，清除不小心落上的每个指纹。

还记得，那最后的旷野般的晚上，独行的我如何在恐惧中突然放声，像毒蛙一样鸣唱，将夜色中的珠宝葬于洪水。远处，隐约传来，低沉的弦乐，我觉得大提琴其实能用来做一副盛敛孩子的棺木。

献祭之床

恩格斯说：

“以通奸和卖淫为补充的一夫一妻制是与文明时代相适应的。”

有时两性之间无论建立何种关系，彼此依旧饥渴。

当他们在向往中相互靠拢，

也就是将自己置身于对方暴力般的阴影之中。

——题记

锦缎

我似乎永远也不知道她是谁。

人们说能在猫眼里看到时辰。褐色的、忧伤的、温存的、让人怜爱的，同时又是狂野的、冷淡的、爱撒谎的眼睛。她的眼珠很奇怪会是琥珀色，阳光下，如猫眼有着时钟般精密的刻度。事实上，她的确如猫一样柔软，难免不被当作宠物；同时具有即使最弱小的猫科动物也会在本性里携带的肉食动物的懒散以及对血腥的承受力。她甚至熟悉自己的血。

我记得自己在失控的妒意中击碎了那面化妆镜。分割的镜子映照，她的脸像花的重瓣打开。幸好有镜子，否则她的美就缺少世间的对称。风情万种，她似乎有着太多孪生姐妹，她们从碎镜子中同时涌现。此刻，我看到了终会到来的离别，因为她流下一滴缓慢的眼泪。一滴泪水的重量是三万五千分之一克，这微量的含盐的体液，无论出于畏惧还是哀婉，都让我的未来渗进了咸味。碎镜子繁殖着她被泪水镶嵌的脸，一瞬让我走神。从未被感情利器划伤的人不会理解，我为什么会为一滴泪兴奋；如同那些谨小慎微的信徒，从未猜想，主为什么喜欢献祭牲畜流血的脖颈。

她终于屈服于我的力量，脖子如同茎部受损的植物那样弯折下来。现在她像一只秋末的萤火虫，正在熄灭体内的光源。这么安静，带着清洁无辜的味道。我知道她再也不能摇荡骨盆，给我一座突然开放的花园。

虽然分不清这可否算作安慰，但事实的确如此：无论狂喜还是恐惧，都会过去。无论对我，还是对她，是的，都会过去，无论狂喜还是恐惧。

……她看起来有点瘦，或许成为尤物一定要有适度的轻薄。在我的怀抱里，她柔软轻盈得不可思议，好像她消灭了自己的体重，这样她突然抚触的手就有一种灼人的性感。还有她的嘴唇，销魂蚀骨的吻。她放浪时摇散的头发。想念和回忆并非从心开始，此刻，是从我的阴茎开始，仿佛她重新成为悬挂在我枝杈上的果实，让我感到她体内酝酿的汁液。

因为怀念，我轻视自己，我恨这种看似的美德里掩盖的懦弱。但还是忍不住，忍不住回忆她的放荡。锦缎上，软的腰，桃花鬼吊起的眼梢。她呼唤我奔向招摇的令人赴死的美色。除了她果仁一样坚硬甜蜜的心，她什么都能给我，包括一座凭空的玫瑰色教堂。

我讨厌女人的美德，如同讨厌婚床上的礼仪——在那让人讨厌的尊重里，男人会丧失自己神圣的兽性。她邪恶得如此诱人，体表泛起蔷薇红。

她的妖娆多半源于天赋，但也有必要的部分，源于训练。妓女的职业生涯已经把她训练得如此优秀——周转于男人之间，她像巡展中聚光灯下的珍宝。我愿把她想象成沼泽中的天使：脚埋进沤烂的泥，面庞却冰清玉洁，散发出受难中的微光。但一切不过我的幻想。她不，她甘愿享受毒蜂后的命运，享受歧途上的逍遥。

无论罪孽深重，还是纯洁无辜，上帝同样赋予每个人以忏悔和祈祷的权利，因为我们面对的，是一个无重心的神。或者说，我们无法替代神明完成善恶判断，比如如何理解妓女带给我们由衷的身心安慰？她给我信仰般的狂喜和满足感。

女神是在精神上被普遍分享的，妓女是在肉体上被普遍分享的——形而上和形而下似乎隔着不可逾越的腰部。作为整体的人，我们需要灵肉的综合教育。我猜幸福本身没有高下之分，无论修女奉献中的满足感，还是从奸情中获得的肉体享乐，都如同钱本身的纯洁性。偏执的宗教试图让我们理解，神授的财富是对劳动和正义的奖赏，而来自魔鬼的，无论怎样辩解都是一笔赃款。假设幸福是人生的普遍目的，那么我们对神鬼的臧否是否存在难以自圆其说的矛盾？上帝宣判人类的原罪，我们抄袭了他的独裁方式，以同样方式宣判了魔鬼的原罪。从伊甸园里，人类被驱赶出来——我们并不把仇恨归咎于上帝，而是报复给魔鬼，希望魔鬼没有立锥之地。其实是同一个原因：渴求智慧所表现出的好奇心，使人与魔鬼同失天堂。所以我们和魔鬼更像孪生兄弟。

她夜色中的身体暗香浮动，仿佛天使和魔鬼共同设下的迷局。她纵欲的手臂伸展，成为对我未来的指南。

咖啡成瘾，但可以提供醒神而又安全的享乐。我喝她煮的咖啡，什么样的药末混入其中，在血里循环，点滴渗透，最后变成我必须饮用的毒未来？

所有的陷阱都缺乏提示，我丝毫没有坠入情网的预感就已置身谷底。每天都要强制自己忘记曾经多么爱她，才能使新涌现的激情不累积为过分沉重的压迫。我甚至迷恋她从容背后的冷淡，由任性构成的果断。这里面没有什么伟大可言，爱她仅仅因为不能不爱。我爱的，是她自己也无能为力的美和破绽。爱她舌尖上的假誓、刀尖上的蜜。爱她的拥抱和圈套。即使铜红色的子弹闪着优雅的光，我也爱她把它们一一压进杀我的枪膛。爱，是一件无能为力的事情，任何的努力和挣扎，徒劳无益。一个爱着的人，如同被宣判缓刑。

对她来说，我是否在她的情史上锦上添花？或者答案更残酷：我不过一个画蛇添足的配角。把手指放在她的咽喉，雌鹿般优雅的脖颈，我强迫她说爱。她在笑，然后吐核一样把那个字吐出来。她在戏谑状态的表达里，那个字通过她的咽喉时制造了微弱的皮肤波动，这是她唯一能给我的波澜。她是化学专家，发放给我的却是物理感情。我能否满足于得到她四舍五入后被废弃的抑或作为余料的留恋？她职业地至多是敬业地对待我，把情欲处理得如此完美，让我想起一个情痴绝望自杀前的遗言：完美的行为产生于彻底的冷漠。

我心里有不断积厚的雪。寒冷的心，像只濒死的四足小动物，腿脚抽搐，它是尚在哺乳期的耗子：赤红的皮，无毛，睁不开眼睛，它将一口咬住将它喂养的。我不能忘记她细簪样的锁骨下腴润的乳房。我非常清楚，对她的爱已经演变为一种显著的自虐，我沦陷在明知得不到响应的激情里。秘密掘土，我不断为自己的爱挖坟；就是死了，我也得不到体面的掩埋……我将暴露在敞开的深渊里。即使爱情已成为彻底的伤害，我已然不能从中脱身——深刺的剑不能被拔出，否则人会在泉涌之血中速死。

当然，我尝试过其他的解决途径，为了使自尊心不失控于愤怒。

秘而不宣的诋毁。我想她其实不够传奇，不过对曲线进行了一些小小的数据调整，比如把别人存放在腰部的肉，暂时挪用到胸线。而腰部突然亏空的部分，尺寸恰好，搁进一双及时搂抱的手。她催情的艳冶，显现的也是由技术支撑的优势。无论什么人和她在一起，都没有退路，投入再多，也形同一个吻的磁力，只能短暂地将她吸附。

光阴如沙，她的美终将沦落为一张被岁月审判的脸。也许我和那些男人一样，回忆起来，她像电影默片里的主人公，从一种灰色挪移到另一种灰色里……正如灰是变脏了的银色，她是一朵终将寂暗的玫瑰。大海覆盖，无论她曾有着怎样绚艳的鱼皮，也会与沉船为伴，为人所遗忘。既然有人说过："复仇是一道美味，尤其当它冷却的时候。"我为什么不能稍事等待，让时间的铸铁之手，代替我进行处置？

爱情的定义本身，几乎包含着必然的挫折。它是谎言从开始到落幕之间持续着的那种错觉和幻觉。只要爱着，我就必须忍住胃溃疡一样忍住折磨自己的疼痛。她让我偶尔厌憎，仿佛我有了败坏的食欲，或者从此对美味抱有不必要的事先警觉。这个野皇后留给我终生难以治愈的后遗症。

爱得太深的时候，必须伤害对方才能换取自身的安全感。事实上我有多么迷恋她的缠绕，藤一样的手臂和盘在我腰际的腿。我暗中许愿她离开我会死。而她是一只飞鸟，落在什么样的树干上歌唱是她的自由和恩赐。我无法克制，贪心地想把公共尤物变成私宠。她让我明白了，同样被广泛分享的女神和妓女区别何在。女神令人宽广，信徒毫无相互的妒意，因为没有人会设想与她建立血肉联系。只有对待后者，我们才能体会爱的无助、限制和难以磨灭的妒意。我向往占有全部。她的眼神、腰肢，她的内脏和命。

情人节，满街出售玫瑰。大多是花苞形状，看起来并无美感，个个都像愤怒涨红的小拳头。情人手捧花束，不过证明着肉体之间的密切，并发出床单上的邀请。我忍受不了节日那种集体发情的热烈感。我忍受不了她是一件被均摊的礼物。

进门的时候，她正用火柴搭建小小的城寨。火柴梗很长，为酒店专门定制，磷头是铅灰色的。她很耐心，尽量推迟这座建筑物的塌陷。她总愿意选择某种独自介入的安静的游戏，或许正是因为她平时所提供的享乐必须他人配合。当我吻她的耳垂，她身体晃了一下，搭起来的火柴结构倒了。她明显感到恼怒。在接到两个邀约的电话之后，她的语气柔和起来。对着化妆镜，她描绘自己琥珀色的眼睛，检查轻佻的唇红，并随口取消了和我的晚餐。

令人爱恨交织的妖精，我命里的吸血鬼！我们之间必须得到解决。某些恰当的时刻，必须以什么牺牲、有谁的死来维护尊严……或者是她的死，或者是我的；或者是我的尊严，或者是她的。既然她坚持从有毒的关系中获得享乐，难免不乐极生悲。在映现美貌的镜子里，她不知埋伏着无限的刀刃；当我靠近，她不知回避刀的光芒和寒意。

这是情人节的黄昏，这是情人之间的暮日。在那最后的一瞬，她的眼睛突然变成墓碑般的浅灰色……那是一种灰烬的冷漠，曾经过于旺盛的燃烧造就再也不能燃烧的冷却。

黄昏如同一支急于燃尽的蜡烛。她像渐渐萎缩的婴儿，退回黑夜的子宫。然后是月光那黄疸的舌头，舔上花瓣一样合拢的眼睛。是我创造了她身体的冷玉色，她在沉睡中才能呈现暗恋般绝望无言的美……不被时针牵引的此刻，正靠近寂静中的完美。我的手指滑过她寂寞发凉的脸，感到她幻觉般的鼻息。她献出了最丰富、最灼热、最鲜艳的体液，最疯狂性爱里付出的汗水和泪滴，也不及奉献给我的血红。

我终于爱她爱得像个彻底的女神，她任由我信仰而不再回应。上帝允许人们杀害他的儿子耶稣，才证明了一种伟大的平等；她同样以她的死完成对我的指引。这种时候，我不再被狂乱的忌妒驱赶，不再拒绝她那普施的热情，不再自我折磨，不再自惭形秽……就这个意义而言，我从来没有爱得如此平静平等，就像一个乞丐也有权利爱上一个女神。即便尘埃般轻而微小的附着也会让她蒙尘，神像依然在幽光中照耀。我不再向往爱的结果，形同在教堂里祈祷，虽然暗存让神迹显现的希望，但早就做好了一生不获回应的心理准备。怀抱这只毒蛾，我不再涌动欲念，不再担心爱的光亮会伤及她的翅膀——我在宗教的圆满自足里。

……倦意慢慢涌来。我喃喃自语，似乎说了梦话，像是咒语，又像祷词，紧接着发生了一场梦中谋杀，我梦见海滩上干干净净，没有一片贝壳、一根水草——这是内脏被掏空的大海。梦见她在走动。她的手和别的女人不一样，区别很小却令人惊诧，她的指甲形状是贝壳的扇形。梦见大海上所有的反光，都像碎玻璃边缘上的刃口，围绕着她的脖颈。梦见她仰卧着浸在海水中，头发均匀地铺开，面庞像铺在黑荷叶上的一朵睡莲。

因为无法以宣判徒刑的办法来补偿死者，所以一个藏身于睡梦里的杀手，他的罪行将变本加厉。醒来的时候，月亮高悬……那张浸在冥河里不肯沉下去的脸。我下意识地，用手臂挡了一下。

戒指

也许，婚礼那天蝙蝠出现，就预示着不祥之兆。

我有点头晕。嗡嗡作响的声音，晃来晃去的脸，我努力笑，持续地笑，笑满几个小时，塑造着甜美的新娘形象。尽管他们中的大多数，和我的幸福毫无关联，但必须把额外的感激之情表现得超过实际需要。婚礼如同一场大型公证，经过这个仪式，我们的命运将被公开捆绑在一起。我们无名指上的婚戒交相辉映，这副做工精巧的小手铐，能有效地看管着它的囚徒，终生。

环顾四周，我突然感到荒谬：因为集体咀嚼的盛大场面。那么多张嘴，那么多颗坏牙，那么多积厚的舌苔……填满食物，频频鼓动腮部，来宾们忙于消化系统的运输。我觉得热和恍惚。是幻觉吗？在短暂的几秒钟内，或许只一瞬，大厅里所有的人同时都在嚼东西，没有任何人说话。餐厅四面都是落地大窗，所以忙于开合口腔的人们，看起来，活像困在玻璃缸里的鱼——这个被施魔法的瞬间过后，那只蝙蝠，出现了。

我讨厌蝙蝠。每晚随暮色而来，这些效忠黑暗的卑小的仆役，成群结队，抖动神经质的翅膀，给人带来一种心理上的灾难感。而此时是正午，光线明亮，一只时间系统错乱的蝙蝠，不知来自何方，突然，就在前来贺喜的人群头顶，缭绕着，画着咒符。受到惊扰的人们不安议论起来。

巨大的囍字旁，剪贴着龙凤图案。龙、凤、麒麟、貔貅，中国传统神话中的吉祥动物，大多是想象力的产物，或者直言，是想象力贫瘠的产物，是对真实存在的动物进行肢体零件的硬性拼接，比如龙由鹿角、蛇身、鱼鳞、鹰爪等组合而成。

它们唯有存在于想象之中才被歌颂和向往，假设它们真在现实中显现巨大的体魄，立即就变成被诅咒的恶魔。其实蝙蝠倒更像想象中的动物，像由不同部件衔接而成：人脸、鼠身、鸟爪和来源不详的皮膜……它的样貌超出我们的常识。体型小巧，使蝙蝠成为唯一来自灵界的偷渡者。这只盲眼却能疾飞的鼠，诡异多端，从中国的古老文化里窃取荣誉——谐音“福”字，蝙蝠象征了至高的侥幸。

婚礼主持人是个四十多岁的男人，训练有素，反应敏锐，他镇定地宣称：“众所周知，蝙蝠代表着福分和福气，这只神奇的蝙蝠专门赶来祝福，不过，它远道而来，还没来得及倒过时差呢。”尴尬场景在主持人的急智和全场笑声中被解除了。诅咒转眼成了祝福，生活的意义可以被语言所轻易建设或摧毁。

我的新郎奖励了主持人，因为他挽救了婚礼的尊严。小波折很快过去，也许只有我停留在某种不可言明的疑惑里。那只蝙蝠，仿佛隐喻了什么。或者，它发现婚礼上就藏着它所需要的黑暗。

我们可以与陌生人相爱，但所有的仇恨和折磨，只能在最熟悉的人身上发生——因为恨需要建立在充分了解的基础上；

要使一种折磨成为长期有效的报复手段，也必须深知对方弱点。真不幸，同床共枕，使得我们透彻地了解彼此：了解那张面具下的脸，了解那个姓名下的肉身。

沉默，冷的暴力。或者痛骂，诅咒，歇斯底里。争吵，无休止的争吵，其中并无公理可言，只想迅速找到那句致命的话，能攻到对方痛处，让他无力还手……为此，我们已共同训练多年。我们做尽彼此憎恶的事。

数年婚姻，我们死死纠缠，关系显得比别人更密切，仅仅因为，这是战争，在两个庞大债务没有结清的人之间进行。让他不快，让他痛苦，才能给我带来一丝短暂而微弱的安慰。事实上，他已经成为一个我的脏字，被禁止说出口，却秘密涌动着邪恶的快感能量，像复仇，又像在泄欲。我无力挣脱，在持续的消耗中，在入夜加倍的安眠药里，感觉自己被恍惚地推向噩梦和陌生的命运，扮演婚姻里的食粪族。

我心里有一片冻土带，永久不会开化，石头般坚硬，任何植物都不能在那里生长、开花。那个最小的北极圈，只有结婚戒指那么大的面积。

如果没有当初绝对的信赖和期待，我还会不会这样燃烧仇恨？我记得最初的吻。毫无准备，他忽然俯身，吻了我的脖颈。“喜欢你，别诱惑我。”然后他说，“我希望你幸福，并且希望这个幸福是由我带给你的。”就是这句平庸的短语，就是这个平常的动作，要了我的命，我轻信他许诺时的诚恳。

从这个时刻起，我渐渐沉入无望的深渊。像鼹鼠一样，在黑暗中为自己开掘庞大的地下迷宫。作为设计者，我自己却不能走出来，很多年以后，才发现它像座坟。婚姻意味着签署自由的卖身契，把此后所有对他人的爱，都变得不正义。我葬送自己的时候，却以为自己正在获得礼物。

所谓婚姻中的责任感，就是把口头上的爱转化为行动的能力。他不过热衷表态而已，我那时没有足够的辨察力，没有经验与一个同时是语言巨人和行动小人的男人相处。

两个人厮守，很容易发现彼此破绽。

第一次，还记得是个秋天，米色的午后……那种颜色，如同一张过期合同上的旧黄。他接电话，我看窗外的鸟，它停落在核桃树的枝子上。鸟的羽毛也是黄色的，后背那儿的颜色接近磨旧的丝绒，它的叫声很奇怪，忽大忽小，夹杂着咝咝的噪声，仿佛收音机快速地调整波段。即便鸟叫声令我好奇，我仔细观察着它闪烁在树叶间的影子，但他的声音，还是莫名其妙地引人注意。

我再注意也无济于事。因为他用家乡方言交谈，那个褊狭的山路环绕的南方小城，就像他成长中的往事一样，是我从来没有进入的。尽管他的语气和笑声可疑，我也猜不出任何内容。他极少使用方言，我不习惯倾听。所以，他尽可以堂而皇之地在方言里存储秘密。当着我的面，他一边抚摸我的头发，一边继续与电话里的她放松地调情，挑逗，为所欲为，描述一场身临其境的肉欲之欢。只要双方约定，持续使用方言，他就高枕无忧。他甚至可以向那个对我来说完全陌生的女人谈谈我的生理周期。

方言，挡在我和他之间，成为隐情安全的容身之地。一种我无法理解的方言，构成黑话般的阻隔，使我们存在着辽阔的禁区。而我就像在身处异境，遇到一个不忠实原文的翻译，他创造即兴的谎言，无法被我纠正。我不知他在这种隐形的控制权中，是否获得了某种微妙的享乐。

真相的表皮太薄了，轻轻一撕，有毒的汁就流溢出来。我难以忍受那种锐痛。他曾是我全世界最依赖的人。我再次感到了婚礼上的那种晕，被摇荡着，有点恶心，像在一条船上，船像是在浪里。汪洋之中，失去帆和舵桨的一条船……离开它是死，在这条船上，也是死。

周围是黑的，蝙蝠面临盲人般的命运。我现在知道，最黑的黑不是一种颜色。最黑的黑是从洞口向里看……慢慢地，你发现自己已身置其中。绝对的黑，摸不到边缘，令人惊恐。等碰壁的时候，反而会有安全感——尤其是血流下来，一点刺目的红都看不见，不会让你害怕。混沌，晦涩，又暗含难以拔除的刺——我的痛苦没有清晰的方向，只是梗在心里。我不知所措，像婚礼上那只莽撞的，找不到归宿的蝙蝠。面对欺骗和背叛，或许我应该承认，幸福其实只是聋哑人的专利。

睁一只眼闭一只眼的神，你用哪只眼睛照看我？我感到自己的盲视。黑世界里的黑孩子，爬才是唯一安全的行走方式。能否赐我蝙蝠的本领，让瞎掉的生命也会飞。

如何能够让人遗忘发生在眼前的灾难？有个办法更速效，就是降临一场更大的灾难。假设他不对妻子忠诚，但对情人忠诚，我是否还能为他找到一条品德上的借口？至少，我可以把他当作依然以情感为重的人，不过被激情所驱使，在婚姻之外寻找一个短暂的栖身之所。但他不是。他有更迭变换着的女人，仅仅为了满足一种还处于低端的好奇。

每当开车路过街心那个米其林公司的巨幅广告，我就下意识地移开目光。这个名为 Bibendum 的人，从诞生至今已经有100多岁了，在滚动中创造着非凡的销售奇迹。这个卡通形象睁着惊愕般的大眼睛，全身由26个白色轮胎组成，是世界上最著名的品牌标志之一。但我始终疑惑，为什么要以这个形象来象征轮胎的安全性，因为他看起来如同从头到脚缠满绷带的一个重伤员，一个车祸中奄奄一息的幸存者。我移开目光，并非因为发现了一个不安的隐喻，而是知道，曾经，他萍水相逢的一夜情，是在某次产品的推介会上——她是米其林公司的职员，她的名片上携带着这个被微缩了的伤员。

对我来说，不仅米其林轮胎这个形象标志会成为伤害。陆续会有一些地址成为伤害，比如广安门。陆续有一些职业成为伤害，比如律师。陆续会有一些日子成为伤害，它们不像周末一样在日历上标红，而是不动声色地潜伏着，代表他日常性的狂欢——每当他接电话时，我能听出他语音里那种情不自禁地收敛，并且，他为控制着这种收敛不被察觉而蓄意显现的那种松弛。

他回来的时候戴了条新围巾，我猜得出它的来源。她在经营这个围巾的牌子，是品牌代理人。她富有，年长，与丈夫多年分居，储备着许多轮流值班的情人。黑红格子交织的围巾，在我看来是一件可耻的礼物，似乎是对他身体表现的廉价回报。正如他所提供的生殖器，也不过一件廉价的实用品。想起来就令我作呕，他带着自己短小的生殖器，在配种大军里排队，轮到上场，表演自己在短暂亢奋过后的痉挛。

他随身配备两个避孕套，藏在公文包内侧，以免错过突发的艳遇。他为可能的性交做好随时的准备。我盛怒，震惊，哀凉入骨。他是我的丈夫，我不能容忍他在外遇里都不获尊重。

每个饱受婚姻之辱的人，都可以发明一部便携式的《魔鬼辞典》。

比如熟悉：就是常年匍匐在一具使用年限超过数年乃至数十年的躯体上。比如团结：生殖器之间为了谋求短期利益而签署的合约。比如发誓：由于不恰当地高估自己的能力和耐性导致情绪高烧而产生的胡话。而婚姻，仿佛上演着小学应用题里的鸡兔同笼，把不同种属的两个人挤压在一个笼子里，开始被集体认可的相互盘剥。

手铐缩小成了戒指，灾难缩小成了圈套，爱缩小成了一个摇摇欲坠的悬念……不会悬多久了，瘦果子就要掉下来。

这场噩梦好不容易熬到醒来的时候，还要继续吗？继续死亡般的沉睡和恶意一次又一次的惊扰？为了获得解救，我尝试把自己一点一点地从这个婚姻上切割开来。没有麻药，忍住。疼得来不及喘一口气，忍住。我疼得几乎想做出妥协，放弃，几乎想去终身陪葬给自己的癌感情，忍住。

即使这么不堪的婚姻依旧束缚着我。婚姻像条巨大的雌章鱼，我无时无刻不感到它牢牢吸附着的吸盘，它的黏液，它无处不在鞭子似的触手。难道我养成了婚姻中的惰性？难道，即使伤害我也要选择一个熟人来具体实施，仅仅因为更熟悉的刀法让我感到安全？如果，离开他我感到存活困难，是否意味着，这个千疮百孔的婚姻依然有能力把我变成弃婴？我必须接受它有毒的喂养？

婚姻，是否天然地意味着对精神和肉体的双重垄断？

这种囚禁自由的社会秩序管理方式，它的局限之处是否也存在着秘而不宣的弥补方式？

是否移情和背叛都是必需的，是糊在婚姻裂缝上的泥浆？通奸为我们所唾弃，我们并不感激烂泥在功能上的巩固，仅仅因为，它为外人所能观察到的不美观伤及我们的自尊？

情侣或新婚夫妻愿意为自己的爱情打造证据。在风景名胜不堪其重的链条，挂满了姓名的连心锁。它们渐渐锈死在岁月风雨中。锁原本可以成千上万的开合能力，被放弃，被废除，钥匙丢进深涧，唯此，才能创造出那牢不可破的永恒。我们歌颂着的永恒到底意味着什么？永恒，就是放弃所有的变数，就是活着的时候就选择去死。

那么，为什么，我不从婚姻这只癞蛤蟆中获取某些有益之物？从那层难看的疙瘩里分泌的毒汁，可以提供药用。

忘记不幸的往事吧，把凹凸不平的道路填平。可以选择出走的办法，采用暴力施虐，或者内耗性的自虐，或者通奸……来逐渐平息婚姻中累积的怒气。我选最后一项，至少让我多了一点人生的体验。我转动钥匙之前，试试用拇指压住半个匙孔——如同结婚证书上的指纹，正好可以盖住未来的通奸。

指端停着一只瓢虫，它笨拙地、上上下下地探索，尝试寻找逃生之路。慌张之下，它忘记自己的本能。被细数斑点的瓢虫终于想起来了——飞。鞘翅目的小家伙张翅，展示出造物主的精湛工艺，然后雾团一样，飞离到毫无障碍的透明之中。远离能把它捻碎的危险的手指，飞啊飞，忍受着身体上的微小噪声，但它终将落在未来柔软的花瓣上。

坐在窗边，阳光慢慢地攀爬上升，像扶在腰际又厚又软一只中年的不怀好意的阴谋的手。他并不经意的抚触，让我听从。我终于躺在一个陌生男人的身边，虽然我对他并无特别的好感。

他是一个被利用成道具的男人。一个作为复仇手段的男

鞘翅目的小家伙张翅，展示出造物主的精湛工艺，然后雾团一样，飞离到毫无障碍的透明之中

人。他缩减成一个仿真生殖器，五官和肉体都是抽象的。

蛹如果不背叛，就不能迎接蝴蝶未来。他赞美我有着真正的妇人身体。眼角渗出隐约的泪水，我已深知自己的去路，这妇人的身体将盛极而衰。盛极而衰的身体啊，那被贬值的丰收；盛极而衰的身体啊，它丰满地轻颤，活像被撕去双翼的蝴蝶……我不是要蝴蝶未来吗？看，它现在就来了。

客厅里的玩偶，是出差从旅游景区里带回来的。我一向不喜欢纪念品，除非融入记忆的，否则，纪念品本身提取不出什么价值的残渣。但这对老年夫妻的木头不倒翁，造型挺有意思——他们大胆放弃了用于拥抱的手臂，肢体只剩下两团红红黄黄的肉瘤。浑圆而自立的处世方式，让他们无论在怎样摇摆的外力之下，也不会倒下。各自逍遥，互不关心。他们以这种方式，维系了外在的配偶形象。是的，因为他们永不贴近对方，才拥有这种得意扬扬的自我保全。

无论靠近还是离开，我都感到折磨。我也无法解释，自己为什么还停留在这个溃烂的婚姻里难以自拔。

窗外下雪。从春到夏，从夏到秋，浆果熟落，然后看候鸟一样的大雪降落……它们曾经，迁徙到天堂。曾经的誓言不能预料这样的寒夜。我们平躺在同一张床上，被性的能量压抑着，然后我们各自手淫，先后结束自己独享的高潮。在这个世界上，我们是最为熟悉的两个人，彼此放心，所以不必感到耻辱。

现在我们冰冷地躺在分别的床侧，互不过问，互不干扰——像公墓上的两块碑，既不相互远离，也不交流和靠近……如此维护着天长地久的和谐与宁静。

琥珀

1　骨骼

生物博物馆经过翻修，重新开放。青灰色的粗粝毛石装饰外立面，环就楼体的底围，复苏着原始感。大门口竖立着一座仿制的霸王龙骨架——眼窝深陷，头骨如同一个巨型扳手，双颚强韧，对称地咬合，里面是凶的齿钉。

进入圆形大厅，马上就能看到那幅蓝绿色基调、十米多长的背景图。几条蛇颈龙游弋在澄澈的海水里，划动桨板一样有力推进的短鳍。它们那像被统一切除了外唇的嘴，流露出不怀好意的模糊笑影。远方陆地，生长着针对素食者的丰沛植物——木贼、蕨类和苏铁。我知道，当显花植物登临地球，恐龙的食性也随之变化。一想到恐龙用可能带有恶臭的口腔吞噬大片木兰科植物的花朵，我就为这邪恶之美或者说是美所携带的邪恶感所震撼。

关于恐龙，还有另一幕场景令人惊骇。我的视线转向贯穿挑空大厅的酱红色骨架。腕龙的肱骨、耻骨、胫骨、坐骨等部位靠内部钢架支撑，颈部则被摆成些微起伏的S形，细韧绳索把它们吊在天棚的桁梁上，一直蜿蜒到三楼的高度。这个性情温驯的家伙，体量大得惊人。猜测在数亿年前的苔藓和地衣上，重达70吨的恐龙如何交媾，那种惊天动地的嘶吼……我会不寒而栗。

巨兽交媾比它们的死更令人畏惧。

去大鲸的办公室必须穿过展厅。剑龙脊背上凸起的骨盾。拟栉龙怀疑是共鸣箱功能的长而中空的头冠。甲龙皮肤上的硬结和棘刺。所有恐龙，都有爬行动物那典型的漠然眼神……在散发装修余味的人工建筑物里，它们继续着死亡之旅。这使我旁边经过时，仿佛身置一场尚未获救的噩梦。

2　大鲸

作为一名古生物学者，大鲸从事过艰苦的野外勘测和挖掘，他保留着包括岩锯、镰刀状榔头、平头凿在内的全套工具。我喜欢听他讲述早年的历险，讲述如何从岩石、灰烬、泥煤状的沉积层里发现化石，发现那些沉睡着的古老幽灵。

当一个生物被埋藏在沉积物中，它的软体部分开始腐烂，硬质的骨骼、贝壳等部分保存下来。奇异的是，化石里还包括大量最脆弱的蛋卵。大鲸告诉我，成为化石需要许多先在条件，需要种种环境因素的精密合谋：尸体必须立即被掩埋，必须数年封存不被打扰，遗骸的纤维组织才能持续地被矿化。翻找化石，清理，拼凑，最后在逻辑和想象的基础上进行复原，这个过程如同破译着残碎的老谜语，充满了对学者智力和毅力的挑战。

最近和大鲸谈话成了我低度的瘾，每个星期我都腾出一天来他办公室，听他聊天。大鲸谈话颇有机锋，我几乎中蛊一般偏爱他的教育。他不拘泥于书本，怀有真正知识分子最为宝贵的探索乐趣和执着态度；野外生涯的锻炼，使他同时存在某种我能感受但并不能准确言明的野蛮的活力。不预言近切的未来，只揭示亿万年前的历史——大鲸熟知地球那么久远的事，像个能召唤古老幽灵的巫师，具有慑服我的力量。依靠残迹，他能在头脑中建立一座繁茂无比的帝国……每当大鲸半眯眼睛，悠闲地喷云吐雾，我总觉得他像御浪而行的鲸王，在辽阔的剧烈晃动的海面，巡视着他最为稳定的疆土。

我特别感恩于大鲸的耐心。因为缺乏在古生物学方面的知识积累，所以我并不是一个对等的谈话对象；并且我怀有几乎是程度幼稚的迷惑，而大鲸总给我鼓励，让我放任想象。比如，我怀疑为“科学”猜测的未必正确，科普读物绘制的恐龙那灰暗、坚韧或光滑或粗粝的皮质可能只是我们的错觉，或许恐龙有着色斑、条纹乃至被覆粗硬的刚毛？或者它有绚艳无比的肤色，像变色龙那样矿物质般的鳞彩？或许恐龙像长颈鹿一样不具备声带，无论是角逐、交欢还是陷溺于沼泽的绝望中，它们都不能发出任何叫声，听任寂静终生伴随它们庞大的身躯。在这消失踪迹的巨兽身上，到底凝聚了多少其实是由想象构筑的事实？听到解说员指点橱窗里陈列的化石侃侃而谈，我会疑心，他们传播的，也许不过是被专家们信以为真的谬误。如果没有秘密图纸的指引，我们甚至不能修复一座几百年前纯靠榫接的木塔，那么，我们如何自信，确信无误地叙述白垩纪、寒武纪乃至奥陶纪这些早在人类历史出现之前的壮阔场景？仅仅凭着侥幸乘上挪亚方舟的几块化石，我们就能重新创建一个栩栩如生的史前乐园吗？

对我任性的发挥，大鲸保持着倾听兴趣，他间接地给予必要的专业纠正，让我在歧途上找回出路。我钦佩大鲸全面的知识结构和快捷的反应能力，他是我难以估量的鲸鱼，我有时会诧异他对我的好感。如果他是鲸鱼，我不过是一条海豚，虽然同为海洋中的哺乳动物，同为环境中的异类，但我只是看似伶俐，能从事低等的娱乐项目，和内心笃定的大鲸相比，我更像一个略有智商的宠物。

找到大鲸的时候，他正在检查几个动物标本的受损情况。在长期设备不到位的环境下，那些标本披着灰扑扑、失去光泽的皮毛，瞪着污暗的眼珠，以僵滞的肢体动作试图再现曾经的生命力。那只毛丛里满是污垢的猩猩背后，塑料仿制的雨林植物是新近更换的，青翠欲滴，更显出老猩猩的不堪，以及那种不堪里所蕴含的热带的悲痛。

大鲸让我等着。我无所事事。看到隔壁被临时租用，正为一个私人收藏者举办琥珀展览。

3　松脂

当贝母或松树流下黏稠的泪滴，并不知自己正在酿造未来的珠宝。健康的植物并不分泌树脂，只有受伤感染它才会。正如可以信赖的美德来自困境，美本身，产生于一条毁灭它的道路。

琥珀，闪动着养润的光泽……黄金和时间，都能融化成这种柔和的琥珀色。琥珀是神秘的灵媒，它的核里包裹着一小块亿万斯年前的古老时光，无法被稀释、阐述和触及。这金黄通透的棺椁，把蜘蛛脆弱的小骨骼和蚊子细若游丝的吸血口器，完好无损地盛纳。

因为这种特殊的贮藏方式，一只苍蝇也可以变成稀世之宝。在半透明的澄黄中，它被封闭。松脂进入全部的孔隙，柔软而弹性的身体被瞬间浇铸……这只苍蝇变成穿铠甲的小武士，什么样的针剑再能刺透它的胸膛？它被包裹在琥珀的核心，像熟掉的黑籽粒，虽然不能孕育后代和春天，但它永生不腐，在透明的厚蜡中散发着超出它自身的近于永恒的光芒。那些炼丹师，那些皇宫里短暂的王，那些武侠小说中追寻秘籍的人，苦望终生的，不过这样一个被苍蝇俘获的秘密吧。时间的黏液为卑微的它打造万世不朽的黄金棺。

坚硬的，拒绝融化的，它就像一枚不能被品尝的杏色果实。赞美琥珀。这颗植物酿造的宝石，美得就像童年或我们的梦境。

纵使我们的命运如琥珀，是否也不必在意，在透出金色的故事情节里，可能正埋伏着一枚坏的仁儿？

4　书房

大鲸没带烟，他说与其回去取，不如把聊天地点改在他的宿舍，更随意。穿过一片育林区的树丛，宿舍离博物馆很近。

我第一次到大鲸宿舍。在我看来，他的书房就像另一个办公室。同样是四壁书架，除了书籍还有玻璃后面小块的矿石标本，甚至桌子上放着完全相同的摆件，那是一个舵轮的木制模型。位于轴心凸起的金属圆盘上，是哥伦布的雕像，舵轮四周镶着冒充宝石的小粒有机玻璃。这件某次学术会议的纪念品，也存实用功能，底端放着插放名片的格子。舵轮本来可以任意搬转方向，但这个工艺摆件，轴心被焊死在架子上。我碰巧在桌面上看到了自己的名片。

我见识了大鲸收藏的羊头骨。枯旧的头盖骨，仿佛被刀斧切削过的双颊。渊深若井的空眼眶。其中一个头骨，武翎般高挑的犄角上，打着艳红的绸结——被美化起来的牺牲品。

大鲸慢条斯理地点燃打火机。我和他开玩笑说，曾经巨大的绿植，先变成干掉的草叶，然后变成一缕很快消散的雾……其实烟就是植物的火化间，而你的肺相当于炉膛。

大鲸微笑地听我胡说八道。是的，他的书房和他的办公环境很像，我不觉得在这儿聊天有什么环境差异，只是更松弛自由。

5　床

我没有一点心理准备，当在谈话中毫无过渡，大鲸就走过来抱住了我。我不知所措。他的脸离得那么近，一只手搂住我的腰，另一只手不由分说探进我的衬衫。我一边闪躲靠近的吻，一边试图推开他结实的胸膛。

开始，虽然惊异，但我觉得还是能够扭转局面，盲目地轻信我们之间存在着基础的默契。我试图以玩笑的方式来缓解尴尬。当发现语言失效，而且自己越来越临近危险境地，我只好开始反抗。我习惯于对大鲸的敬意，习惯于他带给我的信任感和喜悦，现在我的肢体对抗里充满恐慌。友情的优雅和弦里，突然夹杂噪声；我的心跳里，包含了恼火和责怪。

很快就较量出输赢。我根本不是大鲸的对手，无论他的体力，还是他从容的雄辩力和控制力。如同案板上备用午餐的牛排，我终于被按倒在既定的靶心。过程中被扯断的一根内衣吊带，搭在枕头上。大鲸正用他能握住方头榔头击碎岩石的手，按死我被交叉在头顶上方的两个手腕，准备开始他早在预谋中的开凿。

大鲸继续击溃我的防线。在漫长的顽抗之间，我慌不择路，不得不用令自己羞耻的声音哀求："不要好吗？我在经期。"略略停顿一下，大鲸的手触探下去，然后问："是刚开始，还是快结束了？"惊慌到没有及时的智慧手段挽救自己，我说了实话："第五天。"大鲸很镇定地回答："那正好，你就不会怀孕了。"

6 经血

我听到过一个说法，来自我天才禀赋的女友。她在敦煌参观时，被当地占卜者指认，说她是个来自天上的仙女。壁画上有张和她一模一样的脸，那是画匠依据梦中所见绘制下来的。如同牛郎织女只能在鹊桥相会，凡人与仙子也唯有一个地点可能相遇，那就是梦。我的女友当夜做了混乱的梦，当她醒来，感觉自己的经期如约而至。在卫生间里，她被吓了一跳，因为她看到自己的经血，拓印下一幅非常完整的飞鸟图案。

我拼命搓洗浴巾上溅落的经血。

热水器坏了，我被指导后从暖气片里放水，只有约略的温度，近于凉水，泛出尿液般的微黄色。就着小小的水龙头，我潦草地冲洗自己。寒冷和羞耻使我一直在抖。我被冻住了，和突发的事件在一起，冻到后来，我不知道解释给自己的是麻木，无动于衷，还是冷静。

“我在经期。”这句话听起来真让人恶心，像是迫于生理条件的限制而传达的遗憾。著名的女权主义者杰梅茵·格里尔说过一句惊世骇俗的话：“如果你认为你是解放的女性，不妨试着尝一下自己的经血——如果你觉得恶心，那你要走的路还有很远。”嗅到被洇释开的血味，我厌弃我自己。

用这条白得偏灰的浴巾裹着被撕扯下来的衣服和自己，躲进卫生间。浴巾上斑点血迹，数量不多，经血混合着他人的体液，呈现一种介于红黄之间的不明朗的暗棕色。我的子宫正在流血，它所象征的成长，对我中年却幼稚的情感状态进行着反讽。浴巾上仿造第一次的处女血，让我感到由衷的屈辱。清澈的水在我发抖的手指下变得浑黄。

血斑颜色变浅，逐渐洇开，但它们永远不能构成梦想中的飞鸟。它们刚才的形状，就像是几只蟑螂。卑贱者生存，比如蟑螂。早在恐龙时代之前，它们就在这个地球上，用错乱的步履遍及不为人知的阴暗角落。当恐龙的身影沉陷于时空深处，我们只能从遗迹化石上目睹它们清晰而令人震撼的足印，而蟑螂不灭，成为存在至今的伟大幸存者。

我连续打了三遍药皂，用以除掉那几块蟑螂般难以消失的阴影。

7　星座

我拖延着，终于从卫生间里克服心理障碍地走出来。大鲸正叼着烟，看到他表情怡然的那一刻，我就开始仇恨了。

这种仇恨不仅针对大鲸，还有针对自己的。我恨自己的害羞和软弱近于效果上的配合。剧烈而沉默的抗拒之后，在最后的绝望时刻，我几乎是安静地躺在床上，就像挣扎到临终的病人，没剩一丝力气用来匹配受难的样子，而显出某种宿命的顺从。我明白，大鲸的身体即将入侵抵抗失败的我，而我，正缓慢地，从个人的特殊境遇中游离出去，看他肩膀上几颗散落的痣……像是大熊星座，蕴含危险力量的神秘感。等我过了恍惚走神的一刻，我发现大鲸已经镶嵌在我的体内。

在此之前，我已经意识到自己不具备自救力量，但我从来没想过呼救，或者以其他方式寻求他人帮助。当生命没有受到威胁，仅仅是贞操受到威胁的情况下，把本应限于两个人之间解决的肉体问题扩展为公共事件，似乎比强暴本身更令我耻辱。

青春期的时候，我遭到一个小流氓的追逐示爱。他的追逐本身带着猫科动物面对猎物时的游戏心态，带着残忍冷静的兴趣，以及不负责任的戏弄。猫鼠之间永无平等可言，被猫称之为游戏的，对鼠来说，则是随时降临的死亡恐吓。那个小流氓热烈而专注，他满意于自己的情种表演，让试图逃走的我一次次陷于绝望。他在手臂上刺我的名字，然后去公共澡池展露。他在我窗前的小院里聚众唱情歌，直至深夜。他找碴殴打我的同桌。他当着我的面，灌下一大把混合药片，除非我答应吻他，否则他不会把吞咽下的药物呕出来，他发誓当场死在我们家里。在他一系列带有炫耀感的伎俩折磨里，我想死，并且设计好了自杀方案。

事后多年，我疑惑于当初为什么羞于向父母求援。走投无路的那个夜晚，我留下简短遗书，只身前往郊外的铁轨。正是母亲意外的发现中止了悲剧，她和对方家长的一次谈话立即解除了我以为会贯穿自己终身的绝境。但我为什么不呼救，哪怕在意识里，我甚至邪恶地愿他在打架中被刺死，却为什么不能开口？这么简单的动作我为什么难以完成？到了濒死边缘，即将付出生命的代价，我竟然无法设想求救。到底有什么要命地阻碍着我，仅仅是天生的少女太深的害羞感，仅仅是孤闭中盲目的自尊？

在大鲸的身体下面，我再次丧失声带；侧着脸，我看见一只昆虫趴在玻璃上，它嗡嗡振翅，一点点上升，试图穿过透明而坚硬的阻隔，抵达自由。如同松脂流下的那一瞬，大鲸的体液注入我，我感到自己被什么东西凝固住了，死亡般的静。玻璃上依然受囚的昆虫，我看不出到底是蜜蜂还是苍蝇，它们长得那么像。我看不清，因为一滴眼泪，正缓慢地渗溢。心里算不上难过，我不知道自己为什么流泪，我似乎在一个局外人的戏里。

从卫生间里走出来，大鲸正和缓地喷吐烟雾，似乎只是处于日常探讨的间歇阶段。他感觉出了我的不自然。从大鲸的口气里很难判断是狎昵还是安慰，他说：“小猫，你的乳房很漂亮。”如同他面临经期时说的：“那正好，你就不会怀孕了。”他的谈话方式，让我体会了彻寒滋味。我觉得自己全身都埋着脏秘密，烂掉的地方开不出一朵花。

和大鲸穿越树林的时候，我还是一语不发。我在卫生间把绷开吊带的内衣带系上了扣结，但两条原本平行的带子不等长了，左侧乳房下端被罩杯卡住，非常不舒服。过了一会儿，扣结开了，带子像条小鞭子垂下来，刮擦着上臂，不疼。这是一条挑衅的小鞭子，还谈不上惩罚。

大鲸永远自信，充满话语的说服力和权威感：“你可能心理上不适应，但你应该相信我。我确信这不会是一次黑暗中的经验才会给予。过不了一个星期，你就会想念我，你注定是我的女人。”

我抬头，在被树枝分割的夜空里，月亮升起来，像半个裸露出来、闪动微光的乳房。星星稀朗，那是天使们把金色的额头抵在窗玻璃上，留下被压扁的圆圆的印记——隶属于私人性质的耻辱，虽然发生于暗室之内，但它拥有众多的旁观者。

8　笼中物

我以为自己会彻夜难眠、辗转反侧，但当晚正常入睡，我只在子夜时分醒来一次，再次看到月亮……透过夜色中发暗的枝条，月亮如同琥珀，里面包裹着一团寂静的阴影。

第二天，关节微酸微痛，使我意识到这个受了委屈的身体，仿佛轻微地被用过刑。这种疼，这种关节和肌肉的紧张反应，到底是因为我的抵抗，还是说，这种抵抗在效果上更近于一种曲折化了的迎合？

接下来的几天，我时常感觉缓慢与恍惚，像个小傻子，在似乎是隔绝的世界里围绕某个目标寂静持续地公转。我一次次陷入重复性的问题里，又一次次重复性地迷惑——我得不到那个安心的答案，它被藏进伸手不见五指的密匣。数次从睡梦中醒来，我发现自己总保持着母腹里的胎儿姿势：弯着腰，头离并拢的膝盖很近，好像需要被黑暗的子宫再次收容。

假设大鲸珍惜我的品性，珍惜我们之间的信赖，他怎么会这样？的确，我向往和大鲸分享时光和智慧，找到一个可以对话的人对我来说如此重要，而他的错误，仅仅在于错误地理解了我的渴望？我非常佩服大鲸，对一个男人能力上的认可，是否意味着接受性的过程中的第一个暗示，像雌兽有兴趣旁观角斗中的获胜者？

我试图揣度大鲸，他的行为到底出自什么目的。即兴的好奇？征服欲？被语言夸饰的好感变成了冲动？爱到水到渠成的满溢？做爱里所包含的安慰？态度过分的欣赏？或者，性对大鲸来说并不意味着特殊的什么，只不过随便换个交流方式而已？他是否像鱼一样，有颗沉浮中永远冷血的心？什么是灼痛的真理，又有什么是低温的真相？如果没弄清楚大鲸怀有什么样的感情态度，我就无法弄清自己在其间所扮演的角色。

我盯着镜子里的自己，在长期失眠和内心纠缠之下的肤色上，是难看的五官。大鲸一定觉得我易于被撩拨，他一定洞穿我含藏着的轻浮吧？对他的敬意以及来自教养的限制，干扰着我不能挽救自己，这或者被理解成自尊所掩盖着的配合？这几乎算不得强暴，因为我的迟钝，不预设心理防线，并只身赴约他的宿舍，大鲸认为，这就是我默许了身体上的邀请？先推后就，谁能区别是拒绝的尴尬，还是出于曲折的诱引呢？如果我胆敢直面自己，胆敢面对自己的每一分秒，那么在耻辱与愤怒的间歇，在事件之中和事件之后，难道，我不曾有过回忆，回忆起他身体的能量和偏好，在那种不道德的回忆里，难道我从来没有过瞬时的快感体验？我的羞愤，是否主要因为自己这么明显地被揭露？我恨他，仅仅是因为并未确定自己是否愿意和他开始这种私密性质的融合？

多年来我倾心于纯洁的男女情谊——即便这种所谓的纯洁有点背离人性，我也以自制维持着偏执。结果总是失败，异性朋友给予的温暖在失去肉体慰藉的情况下总是难以长期延续。不含性的支撑，到最后，关系流于虚妄，多少曾与我肝胆相照的兄弟们，最后挥手相忘于江湖。抽象得失真的友谊，如同衣服架子撑占起的空间，早晚，会被一具真实的肉体所占据。而我也习惯于此。我承认，不敢尝试那种只在局部获得器官享乐的性关系。我有更大的野心，除非灵肉在我的爱情里获得了统一，否则，艳遇带来的追悔远远大于刺激。我看着那些室外纳凉时逐渐入睡的人，格外钦佩他们的勇气，我从不敢设想自己露宿街头，在毫无防卫的状态下暴露太没有安全感，如同，在达至情欲高潮失去意识的数秒钟，我必须保证自己能在信赖的人身旁苏醒。

我已习惯禁锁，并在其中获取舒适的安全感。其实我明白，自己的“纯洁”更像胆怯，是缺少发育的，近于死婴的纯洁。在不断被拖延的成长里，我心怀修女般寂静的巨大的无法猜度又不可触碰的深情。

或者，大鲸更透析我的障碍，我始终没完全适应以一个成年女性的心态来从容处理性爱，以前就有人描述过，我的警惕和自我捍卫其实是一种不自然的举止，是内在的拘谨。大鲸认为，可以用近于暴力的手段来解除我致命的羞涩，以外力迫使我成长。但我在他的帮助下，并未让自我束缚的勒痕变成蝴蝶腹部的妊娠纹——蝴蝶生一个新的自己和璀璨中的未来，而我，惊吓之后，成了缩手缩脚的蛹。

小时候，我们在树叶的背后发现一只蝶蛹，这个历经重重自我捆绑的囚徒，终于彻底丧失了行动能力。同桌的男孩拿来一只盛碘酒的小玻璃瓶，浅棕色的，仿佛残留着薄金；而蝶蛹也是暗金色的，小男孩把蝶蛹装在玻璃瓶里。正值孵化期，蝶蛹的同类们陆续苏醒，扑扇梦幻的薄翅，蹁跹于花丛。当它们还是毛毛虫匍匐在地，视花朵为天堂，现在它们发现天堂就低伏于自己的触须之下，甚至会因为自己的离开而颤动摇晃，也会因自己传递媒粉而受孕结出果实……接近一种醉心的性爱关系。然而，玻璃瓶里的这只，将终身受困于蛹，永远不会变成未来的蝴蝶——小男孩把玻璃瓶埋进了土里。也许它根本不会经历羽化，即使它完成了艰难的过渡，当它睡醒，发现水晶棺已经将它禁锁，狭窄、憋闷、没有丝毫光线，酝酿中的翅膀不可能拥有展翼空间，它将作为天生的残疾，很快去死。在地下黑宫殿的掩埋中，在水晶棺的隔绝中，有一枚低劣的琥珀仿制品。

蜜蜂睡在琥珀里，法老睡在他的金字塔。我闭上眼睛，蜷

玻璃瓶里的这只，将终身受困于蛹，永远不会变成未来的蝴蝶——小男孩把玻璃瓶埋进了土里。也许它根本不会经历羽化，即使它完成了艰难的过渡，当它睡醒，发现水晶棺已经将它禁锢

身睡进渐入遗忘的往事。似乎，在仿制的巨兽遗骸之间，在各种褪色的萎缩的标本之间，我正蜕变为一只博物馆里的鞘翅目昆虫，那双能用于飞翔和逃亡的翅膀，被什么突然凝固。时间囚住了一个小玩偶——它在泪滴形的琥珀里，尝试着慢慢适应和消化自己意外的死。

9 电话

最初几天，我一直不接大鲸的电话。手机徒劳地振动着，直至消失它的蜂鸣。不知以什么方式和他对话，他成了一个障碍。我深受困扰，因为，我几乎是被某种力量迫使着，不断想起这个人。大鲸所带来的，不只一场单纯的肉体侵犯，它在心理上建立了一种近于“突然亲密”的关系，让人非常不适应，我甚至更难以容忍这种变了形的“想念”。

我从来没有把大鲸设想为圣徒，但也从来没把他当作歹徒，我以为我们永远不会有情色上的往来。而现在，仿佛存在着两种对立的命运要我选择——和大鲸之间，不是爱人，就是敌人。

当我终于能够冷静下来接听他的来电，已是数日以后。我能体会自己语气里的恼怒和愤恨，既是针对他的反感，也包括着隐约的无望，因为这种废除礼貌的态度本身似乎就意味着非比寻常的关系。大鲸语气温存，满怀耐心，试图解释和安慰，但我认定他的轻率——并不把性作为感情的积累方式，而首先作为欲望的解决和发泄，是为我轻视和排斥的观念。我必须由爱及性，能够逆行的人被我视作浮浪之徒。爱情是带有神迹色彩的化学反应，单纯的性，经过了祛魅的简化处理，变成了两具肉身之间物理状态的阻尼运动，没有比这更滑稽的肢体语言了。

必须承认，大鲸相当雄辩。他说其实性和爱并非如雷鸣电闪，存在着既定的“正确”程序，它们常常融合为不可拆分的整体。他认为我的敌意，是受教育中的观念限制，是对性的局限认识所造成的误读。大鲸说：“也许一切因为男女存在着性别差异，你判断我们之间对性和爱的分歧并非如此，就如同隔镜的两个人，你举右手的时候，我举的其实是和你一样的右手，只不过在你眼里，却成了相反的左手。”

大鲸认为，我有一种杜绝性进入友谊的倾向，我以防御姿态来处理两性关系，或者把异性全部当作长辈与兄弟，因为害怕自己置身无法控制的险境，害怕成为注定的受害者与牺牲者，我宁愿使自己保留在虚拟的女童阶段里。我抗拒长大，就是畏惧选择的自由，畏惧独立承担后果，这种鸵鸟政策正使我逐渐失去体验爱情的能力。他说要使友谊或崇敬转变为爱，必须增添被人视作低贱的肉欲。“我不是一时冲动，而是理性的决定。尽管我的表达方式具有进攻性，但我所追求的并非爆发式享乐。我从来没有把你当作消遣和娱乐。”大鲸说，“小猫，你不觉得我们像两块硬质宝石吗？要想深入地相互嵌合，势必会经历先期的磨损和疼痛。我们彼此排斥的地方，也将是彼此用以捍卫自由的地方，这不好吗？我想和你，而不是别人，能够长久地分享彼此的未来。”

这是一个极具智商和经验的人，从他的话语里找不出丝毫破绽。但如果是情感，应该从最简单的源头出发的，可我觉得，大鲸正把它演变为角智角力的竞赛。他是不是一个仅凭高超技巧就足以令人信赖的演员呢？他让我将信将疑，他娴熟的操控力反而加重我的怀疑，大鲸此时此刻使用的，到底是不是一种含有膨胀系数的调情语言，还是只为追求栩栩如生的文艺效果？

也许，这算个泄露出来的破绽——大鲸夸张了我带来的性爱感受，虽然这种语言上的滞后安抚可能出自善意，出自策略性地逃脱责任，或者是针对下一次交欢的邀约和鼓励。但我明白，一个缺乏忘我投入的疑惧中服从的身体，不可能创造真正的快感和峰值。如果大鲸能对性体验撒谎，就意味着为此铺垫的过程他同样可以撒谎；如果无须我的沉溺，仅仅是体形刺激他就可以抵达高潮，那我再优秀也没有摆脱工具性的命运。他所赞美的生理吸引力，直接把我摆搁到“物”的水平上。当大鲸并不在意我是否在场，只感到一个女人正臣服于他的身体镇压之下，那他根本就没有欣赏和宠爱着“我”，而仅仅把我当作女人之一……可以被临时征用，也可以被随后替换。

我有没有胆量，尝试和一个并不了解的人相处呢？这才发现，尽管在古生物学等狭窄领域我和大鲸多有探讨，但对他的私生活，我一无所知。如同两个共同进入密穴中探险的人，我只注意火把下渐渐显现的幽暗中的玄机，从未设想，危险来自同行者。

10　诊断书

妇科大夫有双仪器孔镜般善于裁夺的眼睛，我力图镇静地，在这双眼睛下说谎。我自述出差用了旅馆浴巾，大约一周后，出现难耐的不适，症状持续，我担心感染病菌。

踏上低矮的三层木梯，脱鞋，平躺在诊疗床上。左右脚分别踩进马鞍形的脚镫里，屈膝，对称地打开双腿。一束灯光集中照射在某个区域，鸭嘴形的扩宫器探进来，冰冷而生硬。我闭上眼睑，仿佛这样就不必面对羞耻。

仓促笨拙地套上裤子，我看到灯光照耀下自己腿侧寒栗起来的汗孔。虽然医生检查后，告诉我外观正常，也没有发现滴虫，但这不等于最后结果。无法解释身体长时间这么难忍的痒痛，我惊恐于更坏的结果。

手里紧握玻璃试管，里面插着一根长长的棉签——木节一端伸出管口之外，另一端的棉团上，沾着提取出来的微黄分泌物。我下楼，穿过各个门诊之间迂回的走廊，路过一张张灾难威胁中亟等拯救的脸，在窗口盛着血和尿的化验室，找到了将决定我命运的冷面法官。

大约四十分钟以后才能拿到化验结果。我站立不安，体会到焦灼那巨大的精神压力，而痒痛感更剧烈了，我简直想撕碎自己。一想到大鲸出色的对女人颇为奏效的表达力，一想到他仿佛训练有素的从容，想到他轻易的肉体尝试可能频繁发生，我就感到天旋地转的恐慌。潜在的神经质又发作了，把后果放大到自己不能承受的地步……我忽冷忽热，呼吸紊乱。等待宣判的过程，我对大鲸不断萌生着崭新的仇恨，以及，对未来的幻灭感。

当确信种种化验结果表明，自己依然是健康和安全的，我如释重负，折磨我数日的痒痛，瞬息之间，消失得无影无踪。大鲸给我揠苗助长的教育，让我体会到自己和以往经验正从根部开始撕裂。我猜是多年的精神洁癖作祟。当我认定自己的悲剧角色，认定自己不过是一只暂时放置他体液的瓶子，我就无法祛除肉体的这种道德性瘙痒。像是对大鲸的精液过敏，像是对一种我不能适应的亲密方式过敏，其实，是自我羞辱和惩罚。

是的，逼真的道德性痒痛，就是肉体化了的焦灼，就是我因自罪和自惩而随身携带的刑具。

11　强奸犯

在高音喇叭的指控中，在人群嘈杂的议论中，他始终低垂着头，绳子陷进颈后皮肉里，仿佛挂在前胸的大纸牌令他不堪其重。那年，我读初中，站在主席台下，仰头就看到罪犯那张仿佛还是少年的哀寂中的脸……硬币浮雕那样光滑却将被磨损的脸。公审大会后，他即将被押赴刑场，因为他最终用强奸对待了暗恋数年的女孩。

这是一个可耻的胜利者，即使他攫取了那幻想了无数个夜晚的身体，他也将自己的小仙女驱赶到密布丛生的荆棘之中。所谓少女的纯洁，是一种人人都争相歌颂却又人人都争相第一个去毁灭的东西，是啊，每个人身上都有暴君和虎吏的一面，以爱之名只是使他的邪恶更具爆发力。尽管如此，这张马上会在世间被抹除的脸，还是让我难过。暴力化的情欲，同时摧毁了两个人，我相信受害少女也难逃脱死者的阴影笼罩……她的美、纯洁和荣誉，曾经被迫以血浇灌。

植物授粉不能选择花药，只能借助风或昆虫等触媒的偶然因素。大量雄兽交配所做的只是和同类决斗，雌兽的命运注定只是等待那个得胜的英雄……甚至所有雌兽唯有集体跟从同一个王。在人类的早期历史、战争状态和许多至今未被文明统一规范的部落里，如同作物是可以通过劳动获得的食粮，女人是可以通过强奸获得的礼物。

假设没有对弱者施予基本的道德同情和法律保护，人类就还停留于茹毛饮血、弱肉强食的野蛮状态里。但强奸，一般缺少旁证，美国作家苏珊·布朗米勒曾在《违背我们的意愿》中专章探讨强奸论罪的复杂性，她类比了财富掠夺和肉体掠夺，尖锐指出："抢劫受害者无须证明自己反抗过抢劫犯，这一点毫无异议，而且人们也不会因受害人把钱交给了抢劫犯就推断他们'同意'这种行为，因而这种行为不是犯罪。警方常常会建议守法公民在遭到抢劫时不要抵抗，要耐心等事情结束，然后向相关机构报案，把一切交给法律处理。"但对同样性质的肉体掠夺呢？

一桩铁定的强奸案中，那个毫无责任的女性受害者似乎也在承担着部分后果。置身安全区域的旁观者们，期望于她应该有足够的体力和智慧去制止发生在自己身上的不幸，至少，应该有以死相拼的决心才能震慑来犯，假设她轻易屈从，那么以强奸判处就显得不公。记得一个自幼习武的女子路遇歹徒，她所遭到的强奸不获舆论同情，因为普遍认为她的反抗能给欲意不轨者以严厉的教训，但她没有，所以她的放弃可以被视作顺奸，除了令人鄙薄外她什么也得不到。没有谁，感同身受地体会到她的恐惧，那时那境，她吓得完全忘记自己还会武功。

女性缺乏生理上的报复机制，惩戒不可能直接落实于身体，即便成功的复仇也不可能像强奸一样获得行动中的享受。强奸中的受害者常会陷入无援困境。曾经在某些传统的亚洲区域，唯独强奸这一罪行中，受害者似乎与罪犯同等获罪，当强奸者服刑监狱，巨大的屈辱感甚至已使被强奸者自杀而提前离世。

那是一条数小时后就会永逝的命，怀着那颗还来不及梦想的心——强奸犯罪恶的双手被捆绑在后，他再也不能从自己掘凿的深渊里爬出来。因为生殖器的短暂勃起，他的脖颈将被永久弯折。面对生死之境，十五岁的我内心茫然。假使自己是那个被侵犯的少女，我将如何面对艰难的未来？他的死能洗刷我的耻辱、安抚我的情感吗？我能否有勇气，让他付出生命的代价，只要他的性器曾经非法穿透过我的身体，我的子弹就必须毫不犹豫地穿透他的心？如果他并非一个惯犯的色魔，伴随着生命威胁，如果他只是激情中的失控，我所受到的伤害会不会像对父母或法庭陈述得那样巨大？当使用严酷的刑罚时，我是否会拥有正义理由而无动于衷？对阴道的短暂磨损，到底需要怎样长期的自由和荣誉来偿还才是合理的？或者，因为强奸行为里所象征的对个人尊严的无视，让我们怎么惩处负罪者都不足为过？

我的迷惑一直保留至今。如果单纯的强奸罪足以像我小时候那样被处以死刑，或者被处以漫长无涯的牢狱惩罚，那么，我的身体岂不成了一架潜在的杀人机器或刑具？我甚至感到自己的乳房状若放在捕鼠夹上的两块奶酪，诱引着，来犯者将被痛斩于铁刃之下。我知道自己过分丧失了底线原则的软弱，我很难设想，即使遭遇侵犯的过程中，我有无勇气有效袭击男人的性器，给他带来毁灭性下场。我明白，如果每个女性都能进行富有力量的反击，男人会考虑严重后果，就不会随意侵犯抗拒中的哪怕仅仅是一个拿不定主意的女人。但我，无法面对一个终身被自己废除了性可能的男人。

与刑事性质的犯罪不同，大鲸的侵入，由于我的犹疑和妥协，更像一场民事纠纷。我不认为大鲸必须付出荣誉的代价，的确，他过于看重自己的强势，而忽视了我的尊严和承受力。

但我的容忍也不全是软弱，包括了对他的好感和珍惜，这种好感即使在意外冲击下，竟然也未动摇根基。我在情爱上滞后的古典主义，使我更信赖循序渐进的保守方式，假设大鲸能够更富耐心，或者说，让我相信，我们之间的性关系建基于爱意之上，我就不会出现那种精神作用下的道德性痒痛，甚至会在受宠的喜悦里。

大鲸曾坦言，对他来说，欲就是爱的一个组成部分，而且是重要的支撑部分。是吗？在一个男人并没有了解并喜悦于我的灵魂之前，仅只的肉体渴求会让我难堪。我不能像西方女性或年轻女孩儿那样，被男人单纯地赞美肉体性感时能愉快而坦然地接受。难道，在我的意识里，身体没有独立的美感，它无权去单独领取只属于自己的荣誉？

尽管，日子单调重复，生活那烂熟的味道让我乏味，尽管我期待变化，甚至是带点严厉色彩的奇迹，但我还是被发生的一切打击得有点发蒙。我尝试着调整心态，努力消化，两个人在几近强奸关系中形成的障碍。

12　神话

古希腊神话中，许多男神都伴有强奸行为，对方也许是人间女子，也许是女神，甚至是他们的亲戚。一个遭遇波塞冬强奸的女孩所提出的赔偿要求，不过是让对方把自己变成了铠甲战士，变成一个再也不会遭受强奸威胁的男儿身。

也许，历史上典型的带有严厉色彩的奇迹就降临在圣母马利亚身上，她还在懵懂的童贞之中，就已有孕在身——那么，上帝的行为，算不算是强奸呢？他使一个无辜女性清白受辱，而且忍受强奸中最严重的后果，在没有防备的情况下成为母亲。

用一个脚印强奸的上帝，成为马利亚真正的统治者；尘世的男人模仿着神迹，用突然入侵的一小团下坠的肉，要做你生活的主人。裸露在黑暗里默默流泪的姐妹，我们如何能在马利亚的圣像下积聚力量，顽强地消化个人灾难，顽强地，把它变成一场赐福，如同从血泊里诞生圣婴？一次起点有误的奔跑，是否也能绕过荆棘和陷阱，最终抵达教堂，并被高处的钟声所赦免？

无论怎样的不幸里，一定，潜藏秘宝。此时，赴死的秋天正悄悄把最后的黄金，埋进落叶之中。

13 主人

我的女友长得不好看，她以沉默来消化自己的遭遇。选择沉默，是因为她付不起事件张扬开以后所需的心理代价。她出于一种自我保护而放弃另一种自我保护。我听到一个男性朋友当初冷淡地表态："谁会强奸她呢？恐怕，是她自己终于设计成功的一次勾引吧，她事后不想负名声上的责任，才自欺欺人地说是强奸。要知道，和她做爱，生理上会产生障碍的。"我无言以对，心生寒意，因为他并不知道，我早就清楚他们之间曾经发生过确凿的肉体关系。他，正是那个当事者。

更令人不可思议的是，女友后来对这个人的依恋。她几乎是在自取其辱地讨好他。男人讨厌稍有瓜葛就要对方为自己负责的女人，不过一场鱼水之欢而已，这流水只是碰巧路过的流水，怎么能仅仅因为触及过鱼体，就把自己关进鱼缸呢？这个男性朋友既骄傲于自己的伟力，又遗憾于她不是一个能满足虚荣心的炫耀对象，矛盾之下，原来只是一次偶然的肉体强暴，现在，添加了心理施虐带来的快感。

因为态度强悍的阴茎，他认为自己可以成为启动她全部热情的那根发条。肉体侵犯之后，他需要得到的心理上的奖赏——她将屈从于他的所有要求，屈服于他的性能力和性魅力，在他的图腾柱下抬起仰拜的脸。

我恨女友如此不争气，哪怕是警示性的打击也没有。我恨女友徒劳地等待那个男人的喂养，奢望那点用小勺子舀出的一路淋洒很快变凉的汤。我恨她会把一个侵占她的男性当作主人，把自己变成卑从的仆妇。我曾设想，即使和女友一样的遭遇，我也不会纠缠不休，并非想成为一个因为没有添麻烦而让男性更满意的女人，而是希望自己从中成长；即使遭受强奸，我应该完全有能力独立为自己的身体负责，支付它的后果和责任，无须他人的意见参与和情感弥补。不要谈弥补，既然，连毒药对患者都会有疗效。这个会疼、会喜悦、会沮丧和出神、会怒放也会凋谢的身体是我的，只是我的，我不会让任何参观的游客成为它的主人。

对大鲸呢？他预言，说我注定成为他的女人。我的敏感瞬间变得尖锐，觉察他的暗语仿佛是：你最好能识趣地、及时地捐赠你的身体，你曾经所做的抵抗，将成为未来两个人床戏之间的一段谈资……一个后知后觉者未受到启蒙之前，是多么笨啊。这个渊博自信、运筹帷幄的男人，能够猜测出更令人信服的过去，但他并不能由此断定一个斩钉截铁的未来。是成为他的情人，还是让这预言失效？前者只需肉体配合，而后者，变成智力上的博弈，变成精神上的挑衅和策略的迂回。针对一个对峙中的弱者来说，难道，不是后者更有吸引力吗？

大鲸预见，我们之间有了昨天和今天，两点一线之后，未来就固定为一条不经转折的射线。不，大鲸，你错了，当我拿着诊断正常的结果离开医院，沿着附满爬山虎的院墙，我走得很慢，像个乌龟以受伤者的姿势缓缓爬行……即使如此，那时候就已下定决心，我是优势感强烈的兔子，你将终生不会追上我。

我不能说，对大鲸自始至终只怀有单纯的强劲的怨恨，而不包含复杂的情感。很奇怪，这里面竟然会艰难地保留着一丝感恩。我像只迟疑的雏鸟，缩在蛋壳脆弱的保护里，随着专门用于破壳的卵齿退化，我也渐失长大的愿望和勇气。大鲸给予我带有残酷色彩的外力，不是说只有受伤感染的乔木才分泌树脂吗？我感到自己正在痛苦中酝酿，无声地，结晶着蜜蜡色的童年般剔透的某种品德。

我知道这个世界的粮食，不全是水果和便于携带的糖。我知道成长就是食物结构从乳汁走向带血的牛排。我知道只有成为勇敢的杂食类，才不致病弱。曾经，作为一个肠胃系统比较挑剔的人，我似乎还在贪恋幼儿时代的流食——温暖、软质、不伤牙齿。我是那么困难去适应有硬度的、有刺的甚至是令人作呕的食物。是的，当我们幼小，当我们衰老，我们都难以完成强有力的消化过程。而现在，是可以担当的年纪，我有什么必要抱怨，并在抱怨中纵容自己的软弱？无论是爱，还是仇恨，无论是灾难，还是耻于言及的伤害，都需要我们吃力地去独自吞咽。愿那些不断打磨我的，使我不再生锈，并散发出新的悦然的光亮。

即使大鲸给予的是痛楚，又怎么样呢？也算是人生的一种赏赐吧。一个被剥夺走财产、亲人和美貌的人，被剥夺得再彻底，也不会空无一物——因为有回忆的人，总可以享用他的无米之炊。

14　水族馆

博物馆里设立了以海洋为题的分馆，为了科普之用，里面有个让孩子近距离观察海洋生物并亲手触摸的区域。

长度约十米的垒砌起的砖石之间，流动着一湾浅浅的咸水，游着数尾受到惊吓后就会奓起体积的刺豚，停在池底一动不动的，是零星的海胆和海星。寄居触摸池里的生物，等于被宣判了死刑，因为它们注定迅速死去，被人触摸的它们不会得到宠物般的享乐，那些手上的油脂、化妆品、杂质……它们会在异物的爱抚里备受伤害。

哺乳动物似乎有着与人类近似的悲喜变化的感知系统，因而它们的死易于获得同情。而我们看待诸如海星这样的生物，疾病和死亡都令人无动于衷，之所以对应的情感锐减，因为它们的样貌——石灰质感的肢体坚硬，看起来如同化石，缺少交流的可能。

而电教室里播映的影片，急剧改变着我的印象。在电子摄像的连续监控下，科学家惊愕地发现，海星们在混浊的沙床上困难移动，努力靠近，然后，用岩石那样坚硬的触手相互爱抚。

是不是，孤独如我，骄傲如大鲸，我们之间已经永远丧失了某种合适的沟通方式？本来可能建立的安慰，因为缺乏对缓慢速度的耐心，因为缺乏对等的呼应能力，我们将被隔离在各自的触摸池里。

远方，涌动着古老的大海——在这亿万斯年形成的蓝琥珀之中，包裹着巨大的鲸鱼和寂寞的海星。海星啊海星，你不是什么纪念的徽章，告诉我，你脆弱的小骨骼是否被大浪和暗流瓦解着力量？

图书在版编目（CIP）数据

聋天使 / 周晓枫著. — 北京：北京十月文艺出版社，2019.1
ISBN 978-7-5302-1845-7

Ⅰ. ①聋… Ⅱ. ①周… Ⅲ. ①散文集—中国—当代 Ⅳ. ① I267

中国版本图书馆 CIP 数据核字（2018）第 125558 号

聋天使
LONGTIANSHI
周晓枫　著

出　　版　北京出版集团公司
　　　　　北京十月文艺出版社
地　　址　北京北三环中路 6 号
邮　　编　100120
网　　址　www.bph.com.cn
发　　行　新经典发行有限公司
　　　　　电话（010）68423599
经　　销　新华书店
印　　刷　北京盛通印刷股份有限公司
版　　次　2019 年 1 月第 1 版
　　　　　2019 年 1 月第 1 次印刷
开　　本　880 毫米 ×1230 毫米　1/32
印　　张　9.5
字　　数　168 千字
书　　号　ISBN 978-7-5302-1845-7
定　　价　59.00 元
质量监督电话　010-58572393
如有印装质量问题，由本社负责调换。